LAURE CLOUET

———

LA NUIT NE DORT PAS

Collection publiée sous
la direction de

LUC LACOURCIÈRE

professeur à l'Université Laval

ADRIENNE CHOQUETTE

LAURE CLOUET

LA NUIT NE DORT PAS

NOUVELLES

Préface de Romain Légaré

COLLECTION DU

NÉNUPHAR

*les meilleurs
auteurs canadiens*

FIDES

245 est, boulevard Dorchester, Montréal

CE VOLUME, LE CINQUANTE ET UNIÈME DE LA COLLECTION
DU NÉNUPHAR, A ÉTÉ TIRÉ À MILLE CINQ CENTS EXEM-
PLAIRES SUR PAPIER VERGÉ DE LUXE, ET ACHEVÉ D'IMPRI-
MER À MONTRÉAL, POUR LE COMPTE DES ÉDITIONS FIDES,
PAR LES PRESSES ELITE, LE ONZIÈME JOUR DU MOIS DE
FÉVRIER DE L'AN MIL NEUF CENT SOIXANTE-QUINZE.

ISBN : 0-7755-0534-X

Fiche de catalogue de la Centrale des Bibliothèques — CB : 75-3004

Préface

L'IMPASSIBLE destin n'accorda pas à l'écrivain une suprê-me joie escomptée comme imminente : celle de voir rééditer *Laure Clouet* dans l'importante collection du Nénu-phar. Mais avant que Fides réalisât le projet, Adrienne Choquette décédait à Québec, le 13 octobre 1973, à l'âge de cinquante-huit ans. Par la suite, le directeur de la dite col-lection décida d'ajouter *La nuit ne dort pas* à *Laure Clouet*. Ces deux ouvrages donnent une excellente idée de la pro-duction littéraire d'un écrivain trop peu connu de ses com-patriotes.

Adrienne Choquette naquit à Shawinigan, le 2 juillet 1915, la dernière d'une famille de quatre frères et d'une sœur. Perdant, dès le bas âge, sa mère, Albertine Amyot, elle subit l'influence de son père, le docteur Henri Choquet-te, homme cultivé, amateur des arts, notamment de la mu-sique.

Elle fit ses études au pensionnat des Ursulines de Trois-Rivières. Elle passa dans cette ville une grande partie de sa vie. Dès 1934, elle collabore à l'hebdomadaire trifluvien, *Le Bien Public*. En 1937, elle inaugure, au poste CHLN, plu-sieurs séries de sketches dramatiques et réalise des émis-sions diverses dans le cadre des « variétés dramatiques » ; puis, en 1942, elle est attachée à ce même poste en qualité de scripteur, d'animatrice, d'annonceur et de réalisatrice ; elle rédige, en outre, les textes commerciaux des émissions.

En 1948, elle quitte le poste CHLN pour entrer au ministère de l'Agriculture de Québec, à titre de rédactrice-publiciste adjointe de la revue mensuelle, *La Terre et le Foyer.* Pendant plusieurs années, elle se donne corps et âme à cette tâche qui irradie sa sincérité et son amour du peuple. Elle prend sa retraite en 1968.

Conférencière appréciée, elle a abordé divers sujets. De 1939 à 1963, elle collabora occasionnellement, par des nouvelles et des poèmes, à des revues et des journaux, tels que *Liaison, Amérique française, La Revue Dominicaine, Les Carnets Viatoriens,* les *Cahiers de l'Académie canadienne-française, Le Devoir,* etc.

Elle laisse quelques œuvres inédites[1]. Celles qui furent publiées s'imposent par leur valeur intrinsèque, car l'auteur, modeste, discret, simple, ne recourait pas à la grosse caisse pour se mettre en vedette.

Son premier volume, publié en 1939 aux éditions du Bien Public de Trois-Rivières et intitulé *Confidences d'écrivains canadiens-français,* reproduisait le résultat d'entrevues auprès de trente-trois écrivains de chez nous, présentés sous le jour de l'intimité. « Il sera d'un vif intérêt pour le lecteur, disait l'interviewer dans la préface, d'apprendre comment s'est précisée la vocation d'écrivain de nos auteurs, à quelles sources elle s'alimente, à quelles exigences elle obéit et ce qu'elle prétend imposer. » Les contacts avec les meilleurs littérateurs de l'époque ont certes contribué à stimuler et à affiner, chez Adrienne Choquette, sa propre vocation d'écrivain. Ses œuvres subséquentes manifestent un réel talent

---

1. À l'automne de 1974, Les Presses laurentiennes, C.P. 130, Notre-Dame-des-Laurentides, Québec, ont publié un récit savoureux et humoristique, intitulé *Je m'appelle Pax. — Histoire d'un chien heureux qui médite sur son bonheur.* Ill. 55 p.

littéraire, une profonde sensibilité, de solides dons psychologiques, l'originalité du style et de l'inspiration.

En 1948, elle publiait son premier ouvrage de fiction. *La coupe vide* (Montréal, Pilon, 1948, 204 pages) raconte l'histoire d'une Américaine de trente ans qui, lors de vacances passées avec un mari trop mûr dans une petite ville canadienne, envoûte quatre jeunes mâles, étudiants en philosophie, et marque à jamais leur destin ; l'un d'eux, devenu plus tard son amant, tentera de l'assassiner. La coupe des passions et des drogues s'est vidée.

Le sujet, un tantinet « osé » pour l'époque, fit quelque bruit. Salué par les uns comme « la première tentative sérieuse et psychologiquement juste sur l'éveil de l'adolescence au monde de la sensation et de la sexualité », condamné par les autres comme « une œuvre perverse qui ouvre la voie à toute une littérature très dangereuse », ce roman valut cependant à l'auteur l'une des meilleures places parmi les romanciers d'alors, car la critique loua la maîtrise de la langue, l'art de peindre, le sens de l'intrigue. Une réédition parut en 1949.

Adrienne Choquette révéla la mesure de son talent surtout dans la nouvelle par deux œuvres que nous reproduisons ici : *La nuit ne dort pas* (Institut littéraire du Québec, 1954, 153 pages) et *Laure Clouet* (Institut littéraire du Québec, 1961, 135 pages). La première œuvre remporta un deuxième prix ex aequo au concours des Prix littéraires de la province de Québec pour 1954 et la seconde le Prix du Jury des Lettres pour 1961.

Au cœur de la nuit qui ne dort pas, l'auteur traque, avec un art condensé, des âmes angoissées, aux prises avec la solitude, thème central du recueil. Qu'il s'agisse de monsieur Franque qui s'enfonce de plus en plus dans une solitude étouffante parce qu'à force de fuir le risque de la mort il a perdu celui de la vie ; d'une mère traumatisée dont la vie s'est tenue, selon le poème célèbre, dans la fêlure du « vase brisé » ; d'un écolier, fils d'un notaire sédentaire, incompris et trahi dans ses rêves de voyage et son admiration irrépressible pour un oncle globe-trotter ; d'un homme qui, par le crime, passe, dans une journée, de la banale solitude à l'isolement le plus intolérable au milieu du train-train criard de la ville ; d'un enfant arriéré, mal aimé des siens, poussé par eux à tirer vengeance d'une avanie reçue de l'unique ami ; d'un homme qui, par sa tyrannie de mâle, impose à sa femme et à ses filles le suffocant désert de l'amour et l'asservissante tâche des bêtes de somme ; toujours, sous différents visages, apparaît une solitude insomniaque, enténébrée, impitoyable, apparemment fermée au jour de l'espérance.

Toutefois, en secouant les ombres de son monde imaginaire, l'auteur a dilaté l'emmurement de sa propre solitude d'écrivain par la joie transformante de la création romanesque ; il est entré en profonde communion avec les ombres vivantes de futurs lecteurs, afin d'assourdir la plainte de la vie tragique par le chant toujours désiré de l'amour et de la beauté. Le rêve devient dès lors comme une porte dérobée qui donne accès à l'intériorité du moi, à une seconde vie qui forme le nœud de la destinée de la créature humaine et qui recherche la conquête d'une durée. C'est d'ailleurs la fonction de tout livre qui, né dans la solitude, rejoint la communion d'inconnues présences humaines et qu'a su discerner Adrienne Choquette.

« À dix-huit ans, dit-elle, je rêvais d'écrire beaucoup de livres sans les signer. Non pas que mon nom inscrit sur la couverture gênât en quelque manière ma liberté d'expression, mais à cause du don total que représentaient à mes yeux la vie et l'œuvre de l'écrivain. Je voyais celui-ci en effet comme le glorieux dépositaire de tous les sentiments humains dont il avait à répondre de telle sorte que ses livres devinssent le bien commun où chaque homme, à son gré, puiserait sa part d'amour et d'espérance, de beauté et de connaissance. Je crois encore qu'un livre est d'abord et avant tout un accompagnement humain, que c'est là sa profonde justification. Mais l'écrivain m'apparaît maintenant tel un mendiant parmi les mendiants ses frères. »[2]

Puis ce texte émouvant : « Quand il meurt un écrivain de par le monde, à peu d'exceptions près, cela passe inaperçu. Et c'est très bien ainsi. L'individu est peu de chose s'il n'a rien fait ; s'il a fait quelque chose, c'est son œuvre qui compte. Libérée de son auteur qui, simplement parce qu'il respirait en même temps qu'elle, restreignait sa portée, l'œuvre de l'écrivain, celui-ci mort, rompt avec lui d'invisibles liens et part à la rencontre des destins pressentis. Ce n'est pas tant par ce qu'elle contient de science qu'une œuvre d'écrivain est irremplaçable, c'est par ce qu'elle contient d'amour. Le livre, comme l'amour, ne se donne véritablement que dans le silence. »[3]

Laure Clouet fut unanimement saluée comme une œuvre de facture classique. Formé, en 1961, par l'Association des éditeurs canadiens dans le but d'encourager les gens à lire davantage nos écrivains et d'indiquer une sorte de bilan d'évaluation, le Grand Jury des Lettres proclama, en 1962, *Laure Clouet* comme la meilleure œuvre d'imagination canadienne pour l'année 1961. Ce jury rendait service aux lettres en signalant au public la valeur de ce petit ouvrage qui n'avait pas été lancé avec le tam-tam de la publicité.

L'ouvrage est remarquablement écrit ; il est fait d'un art précis, sobre, très dense, d'une rare finesse de touche, accentuée parfois de savoureux traits d'humour ou d'ironie. C'est un petit chef-d'œuvre de psychologie féminine, psychologie d'une vieille fille, riche héritière d'une excellente

---

2. Cf. *Le Devoir*, 20 octobre 1973.
3. Extrait d'une conférence à la Bibliothèque municipale de Montréal, 9 mars 1949.

famille bourgeoise de la Haute-Ville de Québec. Cette vie morne et ponctuelle et celle de sa vieille servante, écoulées toutes deux en vase clos, sont tout à coup dérangées par une lettre de vagues cousins, jeune couple résidant dans une autre ville (Sherbrooke) et osant solliciter comme des intrus une pension temporaire dans la grande maison. Dès lors tout un drame du cœur se noue : Marie-Laure Clouet sera-t-elle toujours l'impersonnelle « continuatrice d'un nom et d'un rang », ou bien tiendra-t-elle compte de sa propre personnalité ? aura-t-elle le courage de rompre avec la rigide fidélité au passé, avec le respect sacré des traditions familiales ? identifiera-t-elle « le devoir de vivre » avec le seul souci de sauver ce qui reste de « société » à Québec ? cessera-t-elle enfin de « vivre avec les morts » pour entendre la voix du présent, l'appel à la vie que lui lance le jeune couple de Sherbrooke ? amènera-t-elle la sève du bonheur dans son cœur généreux, vide, réduit à se créer artificiellement des raisons d'être ? Quelques initiatives la libèrent peu à peu de l'emprise des « ancêtres », de « l'oppression du passé ». Le coup de grâce libérateur, lié au contact de nouveaux êtres humains, ne peut venir que d'elle seule. C'est l'évolution psychologique du personnage extrêmement vivant et sympathique que retrace la nouvelle. Le récit se termine par une leçon de sagesse humaine : le conseil de modération dans la satisfaction d'une soif trop ardente, trop longtemps retenue.

L'auteur décrit en même temps le drame d'un milieu social : l'histoire d'une famille fière de son héritage et condamnée à le laisser à de « lointains cousins » ; le déclin des grandes familles bourgeoises de la Grande-Allée de Québec, face à la montée démocratique de diverses classes sociales. Comme le petit monde de Roger Lemelin remuant bruyamment et brutalement « au pied de la Pente douce », celui de la Grande-Allée est aussi inconsciemment régi par la « loi du milieu » : « orgueil de caste », loi réfrigérante qui

maintient silencieusement et diplomatiquement les dist
ces avec qui n'appartient pas à la « société » et n'est
québécois d'origine. À décrire le club des vieilles pimbê
ches Mlle Choquette met une délicieuse ironie. Serait-ce sa
revanche à elle qui dut vivre en milieu québécois sans avoir
eu l'idée d'y voir le jour ?

L'auteur s'en tient au genre littéraire de la *nouvelle* :
minimum d'événements, étude d'âme, description des lieux
où évolue le personnage principal. L'ouvrage tire sa *valeur*
— cette espèce d'âme des œuvres par où les livres peuvent
être sauvés — de la fine analyse psychologique, de la cons-
truction bien charpentée et de l'écriture soignée, réseau traversé de courants poétiques. Il forme en quelque sorte la
contre-partie du roman de Roger Lemelin : pendant que
Au pied de la Pente douce veut proclamer la libération du
peuple vis-à-vis des petitesses de la vie, sa montée, son accès au bien-être du plateau surplombant la « Pente douce »,
ou mieux encore, la conquête, sur son propre terrain, des
conditions favorables au plein développement humain,
Laure Clouet décrit la décadence des grandes familles bourgeoises de la Haute Ville de Québec, cédant à l'infiltration
progressive des générations montantes qui acceptent résolument de confondre leurs intérêts et leurs plaisirs (cf. p. 52).
Dans les deux cas sociaux, la loi de la vie tente d'équilibrer
le jeu de la balance.

Romain LÉGARÉ

an-
pas
hê

"... Tu as longtemps marché dans un désert.
Te voici au bord d'une oasis. Ne bois pas trop
vite à la source, elle te ferait plus de mal que
le sable sec ... "

Esther Boies à Laure

Au cœur secret des Marie-Laure Clouet,
ce livre, cette histoire.

TABLE DES MATIÈRES

Dépôt légal – 1er trimestre 1975
Bibliothèque nationale du Québec

LAURE CLOUET

nouvelle

I

TOUS les jours, à quatre heures, Marie-Laure Clouet allait faire "sa visite".

L'église était tiède, le bois blond des autels luisait. Du
grand vitrail central émanait une lumière qui surprenait
toujours Marie-Laure. Elle y tenait longtemps ses yeux de
belle encre un peu figée, avec un sentiment réjoui dont elle
n'était pas sûre s'il convenait dans le saint lieu. Aussitôt installée, elle se sentait environnée de silence, le silence des
jours de semaine qui n'attendent personne. Car les quelques vieilles caboches un peu somnolentes dans les bancs
étaient celles des familiers du lieu. Ils faisaient partie de la
maison, ils étaient ici chez eux et on ne pouvait pas les considérer comme des visiteurs. On comprenait cela à l'attitude
tranquillement assurée qu'ils avaient tous d'y pouvoir rester
le temps qu'ils voudraient pour raconter au Seigneur des
histoires dont Lui seul maintenant ne se lassait point.

Mlle Clouet choisit une place en avant afin de n'être pas
incommodée par le sifflement léger d'un vieillard récitant
son chapelet. Elle jeta un regard satisfait sur la verrière
dont elle avait, fort discrètement, fait cadeau à l'église récemment rénovée. Lorsque personne ne pouvait la voir,
Marie-Laure se donnait la joie sans précédent dans sa famille d'admirer une œuvre d'art, payée de son argent. Elle
en ressentait une fierté d'autant plus grande qu'elle n'enten-

dait rien à l'art, que ce geste-là avait été son premier acte libre après la mort de sa mère et qu'elle en éprouvait encore de la surprise.

Le temps coula comme une eau tranquille qu'aucun remous ne menace. Il y avait ces vieillards, puis un nouveau venu qui traînait les pieds. Alors les premiers le regardaient entrer péniblement dans un banc, avec un intérêt et une espèce de sollicitude dénués de préjugés à la manière dont s'examinent les très petits enfants entre eux. Pour sa part, Mlle Clouet n'aurait tourné la tête sous aucun prétexte. Elle se tenait droite, coiffée de velours au bord duquel la masse sombre de son chignon formait une torsade parfaite. Parfois cependant, elle se reposait de sa lecture pieuse en levant la figure vers le maître-autel. On était alors saisi par ce qui brûlait tout au fond de ses prunelles, une flamme courte et intermittente, surveillée d'ailleurs sévèrement, comme si Laure se défiait de l'impression qu'on en pouvait retirer et qu'une longue discipline là-dessus eût fini par commander même aux moments sans témoin.

Elle rouvrit son livre qui portait comme titre l'*Âme Dévote*. La flamme disparut sous ses paupières baissées et dès lors, rien dans son visage aux traits nets n'accrocha plus l'attention. En la regardant, on pensait à une phrase comme celle-ci : "Elle a passé en faisant le bien . . .", ce qui garantit d'ordinaire une incuriosité totale. Bien à l'abri sous les mystiques effusions de l'*Âme Dévote*, Marie-Laure Clouet prolongea sa prière du soir pendant qu'un frère convers préparait le maître-autel pour la messe du lendemain. Là-bas, au fond de l'église, d'anciens pêcheurs ne perdaient rien de ce qui se passait. Leur mauvaise vue les obligeait à étirer le cou en entrouvrant les lèvres, ce qui faisait connaître aux Ave de subites défaillances.

Le crépuscule atténua l'éclat laiteux de la grande verrière centrale. Un moment encore, l'église demeura sans lumière.

Seules les lueurs du jour finissant silhouettaient, de-ci de-là, des dos arrondis et la nuque un peu raide de Marie-Laure Clouet. Un reste d'éclair brillait furtivement dans de vieux yeux mal résignés à la nuit. Le rythme soudain accéléré de la rue annonçait la fermeture des bureaux et la fin des classes. Tout à coup, un cri clair d'enfant traversait les murs et toute l'église pour venir se poser, joyeux, entre deux vieillards insensibles.

Marie-Laure ferma son livre à signets, remit son chapelet dans l'étui. Elle dit un dernier Ave en se recueillant pour réparer les distractions des autres, après quoi elle quitta le banc de son pas sans passion qui était un pas de famille.

Sous le porche, elle éprouva la surprise de tant de lumière inondant l'avenue. "On se croirait en juin. . ." pensa-t-elle. Mais au feuillage terni des érables, aux feuilles mutilées, teintées de jaune, à des ombres froides couvrant tout un pan de maison comme si le soleil n'avait plus assez de force pour la lutte, Laure savait qu'il ne restait plus partout qu'un frêle été à la merci du premier vent, de la prochaine pluie. Déjà les matins étaient frais, les après-midi moins longtemps baignés de lumière. Les estivants désertaient l'Ile d'Orléans, le ton de cuivre des épaules de sportifs disparaissait sous des chandails. Il y avait déjà quinze jours que, pour sa part, Marie-Laure Clouet sortait, gantée de chevreau, en tailleur de gabardine.

De petites voix aiguës d'écoliers envahirent la rue, puis un bruit de moteur les tua toutes ; elles renaissaient plus loin en cris éperdus qui fatiguaient les vieilles personnes des balcons. Marie-Laure se fraya un chemin entre des groupes musards. Parfois, d'une main ferme, elle écartait des fillettes en train, gravement, d'échanger des crayons. À certains jours, il arrivait qu'un enfant n'osât pas profiter du feu vert de la rue Bourlamaque. Il levait vers Laure des yeux inquiets. "Suis-moi. . ." disait-elle, sans penser à le prendre par la main. Ils traversaient, l'un en arrière de l'autre, le petit pris de vertige, la dame hâtant imperceptiblement le pas. La rue franchie, ils avaient le même sourire de victoire étonnée pour se regarder.

Mais aujourd'hui, Mlle Clouet hésita à l'entrée du parc des Champs de Bataille : l'allée était tentante, elle ressemblait à une sorte de charmille et conduisait à la terrasse Grey en passant devant le Musée provincial. Laure contempla à ses pieds les dessins mouvants des feuilles. En avançant un peu, on se séparait des bruits de la ville, de ses odeurs chaudes, pour se trouver au milieu du silence — unique surprise de l'immense jardin. L'été, la jeunesse se chargeait d'y faire circuler un courant de vie exubérante qui chassait les vrais habitués. Ces derniers reparaissaient à l'automne, tous un peu parents de moeurs : juges à la retraite et vieilles dames cérémonieuses, petits rentiers agressifs, collectionneurs maniaques. Parfois, le cou long d'une institutrice ouvrait la promenade d'une classe que sa collègue fermait : entre ces deux ponts, les élèves glissaient telle une eau bien contenue. Des touristes ajustaient leurs jumelles pour contempler Lévis sur l'autre rive. Un étudiant, toujours le même, se rongeait les ongles en arrière d'un Code éventré pour abriter des brochures érotiques. Tout à coup, la mine goguenarde d'un beau garçon de la Pente Douce surgissait d'un talus devant une jeune fille qui battait des cils sur sa pile de gros volumes. Le gars la regardait en chantonnant des choses effrontées. Quand il s'en allait, la jeune fille, les lèvres sèches, plissait furieusement le front sur ses devoirs.

Laure Clouet savait qu'à cette saison on pouvait venir aux Plaines récapituler sa journée sans crainte de spectacles parfois embarrassants. Journée toute pareille à celle de la veille, que l'on regardait sans risque comme les bateaux sur le fleuve. Elle choisit un banc bien ombragé, y déposa un mouchoir apporté exprès. Son corps lourd ne bougea plus, ses belles mains non plus. Par instants, elle pinçait un peu les lèvres à l'exemple de feu Mme Clouet et elle avait de faibles étonnements dans l'oeil. De loin, elle faisait l'effet des belles pierres lisses qui dureront toujours.

L'heure du loisir se retira à la façon des autres, en semblant ne rien emporter que le superflu. On s'apercevait soudain que les ronds-points de fleurs ne se distinguaient plus des massifs ordinaires et qu'on tournait en rond au milieu de sa songerie. Alors quelqu'un quittait rapidement son banc en se demandant si l'angelus avait sonné. Laure eut un petit geste insouciant. Elle était libre maintenant de rentrer quand il lui convenait et personne n'avait le droit de lui demander de comptes. Elle sortait. Elle revenait. S'il lui plaisait de prolonger la sieste ou de lire tard le soir, sa volonté seule en décidait. Si, à ce moment précis, elle désirait dépasser le Musée provincial pour aller jusqu'à la terrasse Grey constater qu'un peu de lumière flottait encore sur le fleuve, elle n'avait qu'à tranquillement s'y rendre, aussi libre de son temps que les promeneurs dont elle avait tant envié, de la fenêtre du salon, le pas sans but déterminé. Elle aimait à se répéter qu'elle ne faisait que ce qu'elle voulait bien ; cela l'empêchait de voir qu'en rien strictement sa vie n'avait changé depuis la mort de sa mère. L'objet de sa servitude n'existait plus, mais l'habitude demeurait de se tenir disponible. Les gens disaient : "Mademoiselle Clouet, c'est curieux, elle a toujours l'air d'attendre qu'on lui demande un service..." Même à la promenade ou à l'église, et seule le soir dans sa maison, Laure semblait embarrassée de sa personne comme d'une relation longtemps perdue de vue et à qui l'on n'a rien à dire.

Elle sortit du parc en songeant que, de la fenêtre de sa chambre, elle en retrouverait l'horizon avec une vue en hauteur et en profondeur qui permettait d'embrasser fort loin. Alors, comme d'ordinaire, Marie-Laure fut reconnaissante à Jean-Baptiste Clouet, premier du nom, de la maison de pierre ("à panorama unique", disait feu Mme Clouet) qu'il avait bâtie. Elle traversa la rue, fut aussitôt devant sa demeure et poussa le portillon de fer auquel s'accrochait une grille. Dans le jardin, trois érables tapissaient la façade d'une ombre malsaine. Thomas, l'homme à tout faire, avait promené la tondeuse sur le gazon. Mlle Clouet nota un petit tas d'herbe oublié. "Décidément, se dit-elle, en montant les marches du perron, il vieillit, ce pauvre Thomas ; il oublie ceci un jour, cela un autre jour . . ." Mais Thomas était susceptible. Il fallait prendre garde de le blesser. Récemment encore, n'avait-il pas menacé de "tout planter là" si on l'embêtait ? Hermine insinuait que c'était à cause du testament de Mme Clouet. C'était bien possible après tout. Pourquoi donc cette dernière n'avait-elle pas été plus généreuse envers un vieux serviteur ? "Il faudra que je m'arrange pour réparer cette injustice . . ." pensa Laure, sans se rendre compte qu'elle employait un mot bien nouveau.

Dès quatre heures de l'après-midi il faisait noir dans le vestibule, ce qui obligeait le visiteur à un petit temps d'arrêt pour habituer ses yeux à l'obscurité. (Même réflexe d'ailleurs en sortant de la maison, mais alors on baissait vivement les paupières sous la blessure fulgurante du jour.) Marie-Laure Clouet, néanmoins, dès le premier pas dans la pièce, perçut quelque chose d'insolite. Elle ne voyait rien encore dont la position fût le moindrement dérangée, ni un cadre, ni un bibelot. Et dans l'encoignure réservée jadis à cet effet par l'architecte, la vieille horloge "grand-père", celle qui avait vu cinq générations de Clouet rectifier leurs montres sur la foi de son carillon, continuait son office sans que rien, absolument rien, ne laissât appréhender une défaillance possible. Non, la *chose* ne tenait pas des choses de la maison, ni de leur odeur si familière à Laure qu'elle l'eût reconnue sous les décombres d'un tremblement de terre : *cela* venait de l'extérieur.

Soudain ses yeux aperçurent, dans le plateau aux lettres, une enveloppe bleue adressée à son nom, avec le timbre-poste collé de travers comme si l'envoyeur avait été pressé ou que ce fût quelqu'un aimant à se singulariser.

Une lettre !

Laure avança de quelques pas pour lire son nom, tracé d'une écriture grêle qui ne réussissait pas aussi bien qu'elle des boucles extravagantes à la fin des mots.

Une lettre !

Mlle Clouet demeura immobile à fixer d'un regard inexpressif le petit rectangle bleu dans l'assiette d'argent. Elle étira le bras, toucha le papier du bout des doigts, furtivement. Puis elle se reprit à le contempler ainsi qu'elle faisait toujours devant l'inattendu, soit par défiance instinctive de ce qu'elle ne connaissait pas, soit pour rassembler toute son attention au cas où elle devrait prendre une décision. En tout cas, il était peu probable que son imagination s'exerçât sans contrôle à propos d'une missive arrivée pendant son absence et qui attendait de faire connaissance.

II

FEU Mme Clouet, suivant en cela sans doute l'exemple de sa propre mère, aimait raconter l'histoire de sa famille, une histoire longue et doucement ennuyeuse où il était beaucoup question de gens morts " en odeur de sainteté" ou en héros, selon qu'ils avaient servi l'Église ou la patrie. Dans le grand salon aux meubles lourds, dont les tapis tuaient la voix, au milieu de bibelots d'un autre âge, Mme Clouet relatait à sa fille les hauts faits de "leur famille de pionniers". En fait, la lignée s'était plutôt illustrée dans l'art de garder ce qu'elle avait hérité : des biens en espèces d'abord, la maison de pierre ensuite, un rang social, une bonne conscience. Il n'y avait qu'à regarder aux murs, encadrés d'or en feuilles sur fonds de paysages romains, les portraits de ces messieurs pour se convaincre que rien n'avait dû être davantage selon le génie de chacun.

Jean-Baptiste Clouet, premier du nom à s'établir à Québec, l'avait fait dans des circonstances "malheureuses", racontait-on dans la famille, sans donner de précisions que personne, au reste, ne demandait. En vérité, à la veille des troubles de 1837, l'homme était disparu de Saint-Eustache. Son épouse le chercha un peu, puis elle prit le deuil et la tête du commerce. Pendant ce temps, à Québec, Jean-Baptiste changeait de domicile plus souvent que de chemise à cause de voisins trop curieux à son gré. Ses constants déménagements finirent par nuire sérieusement à son foie. Il résolut d'en finir . . . et rentra chez lui.

—Toi ! s'exclama sa femme, d'un naturel peu loquace.

—Pourquoi pas ? répondit Jean-Baptiste d'un ton conciliant.

Les enfants pleurnichèrent :

—Si t'es pas mort, t'es pas un héros, alors qu'est-ce qu'on va dire à l'école ?

—On ne dira rien, on n'aura pas le temps, on déménage ce soir ! déclara l'épouse renommée pour ses décisions rapides.

—Oh ! gémit le voyageur, encore ! . . .

Rue Dupont. Rue D'Auteuil. Grande-Allée. Cependant, Jean-Baptiste ne vit pas la maison de pierre terminée et ce fut son fils, Hugues, et sa fille, Marie-Josèphe, qui s'en partagèrent le logement. Ils s'étaient fait une promesse écrite qu'advenant le mariage de l'un d'eux, l'autre devenait seul propriétaire. Le couple communiquait une fois l'an pour se souhaiter mutuellement "un bonheur bien mérité". Cette petite phrase-là se posait un instant entre le frère et la soeur, tel un oiseau sans ailes qui les regardait en essayant de se soulever. Marie-Josèphe remontait, tête basse, à son étage et Hugues se grattait la barbiche. Puis, ils allaient faire le tour du domaine en évitant de se rencontrer. Peu à peu, devant tant de valeurs sûres, chacun se rasérénait vis-à-vis de lui-même.

Le souhait du nouvel an l'emporta quand même. Un matin, à l'heure du courrier, le frère et la soeur lurent chacun un faire-part par lequel ils s'annonçaient réciproquement leur mariage. Les mémorialistes de la lignée arrêtaient d'habitude leur relation aux cloches nuptiales ou à la porte du couvent, comme si la vie dès lors s'éclipsait. C'était précisément ce qui se produisait. Passé la trentaine, tous les Clouet rentraient dans leurs pantoufles. Quelques-uns même ne les avait jamais quittées, tel Léandre-Auguste,

rentier par vocation, qui mourut dans sa "chaise berçante". On dénonça l'usure du cœur. En vérité c'était les fesses qui ne tenaient plus.

Personne ne semblait avoir eu de passion singulière. On était, dans la famille, commerçant en gros, rentier ou prêtre ; et le commerçant saluait du geste bénisseur de son frère l'abbé. Tout ce monde se couchait tôt et mangeait beaucoup. De bonne heure, les messieurs Clouet prenaient du ventre cependant que leurs épouses s'étiolaient dans des robes de bonne coupe.

Mais tout à coup, la vie prenait une sadique revanche en faisant sauter la fenêtre à Myriam-Aurore Clouet, fille cadette d'Édouard, "l'une des gloires de notre Sénat", qui mourait de honte . . . vingt ans plus tard. Cette Myriam-Aurore voyagea beaucoup, puis rentra. Elle sentait le jupon sale et la défaite amoureuse. Il fallut en hâte inventer l'étrange guérison d'une plus étrange maladie. Myriam-Aurore faisait très bien dans le remords et chacun était satisfait d'elle aussi longtemps que la conversation éludait les lieux étrangers. Ignorant ce détail, une dame mentionna Londres et Paris. La vieille Myriam tressaillit dans son fauteuil à roulettes. Elle parut s'interroger, puis ses doigts crochus s'agrippèrent à la jupe de la visiteuse : "Écoutez, marmotta-t-elle, l'oeil canaille, j'ai goûté des deux. Eh bien ! je vous jure qu'ils se valent toutes lumières éteintes ! . . . "

L'épisode Myriam-Aurore fit redoubler de sanctions à l'endroit des adolescents qui désertaient les vêpres pour courir à l'Anse du Foulon voir lever l'ancre aux vaisseaux. Un second Jean-Baptiste, arrière-petit-fils de l'Exilé, fut mal avisé de souhaiter prendre la mer. On le fourra tout de suite dans une fabrique de bas de laine. Il en repassa au capitaine d'un navire pour tout l'équipage, ce qui était une brillante idée, car il fut aussitôt invité à bord. Une photographie représentait ce garçon, à genoux sur un coussin, les

mains jointes sur le fauteuil maternel. Avait-on pris la pose la veille du secret et fabuleux embarquement ? On ne savait quel adieu lumineux errait dans les prunelles de ce Jean, et puis aussi un pardon comme seul en est capable celui qu'un grand bonheur hausse au-delà de la mémoire.

Il se noya le lendemain en manquant la passerelle.

Ainsi deux générations de gens d'ordre n'avaient donc abouti qu'à une Myriam-Aurore "possédée du démon" et à Jean qui ne savait pas nager. On pria pour eux tout en continuant de haïr tranquillement les matins trop soleilleux qui traversaient les persiennes.

Parut Emmanuel, "le cher enfant trop pur pour cette pauvre terre". Celui-là prit tôt l'habitude de marcher les yeux baissés, ce qui devait fatalement l'amener un jour à se tromper de porte. Il prit cinq nuits à s'en apercevoir, après quoi la famille le dirigea tout droit sur l'hôpital Saint-Michel Archange, récemment inauguré.

Ces épreuves imposées à la tribu par quelques-uns de ses membres ne pouvaient sérieusement altérer l'image de l'ensemble, pas plus, en tout cas, que des feuilles anarchiques ne compromettent la ramure. Somme toute, l'Exilé pouvait être fier de sa descendance. Les Clouet n'avaient rien créé, pas même un ennemi, insinuaient les grincheux, ce qui leur donnait parfaitement le droit de s'opposer, par principe, à toute entreprise risquée, fût-ce pour sauver leur ville ou le prochain. Ils n'avaient pas non plus d'amis, mais ils possédaient une épouse, choisie dans *leur* monde, qui élevait deux enfants, parfois même trois, en ayant soin d'entourer du plus de mystère possible "les choses du sexe". À vingt ans, on mariait les filles. Plusieurs d'entre elles développaient une lente hystérie à forme obsessive dont elles s'accusaient à confesse. La plupart tenaient un journal intime dans lequel, d'une écriture ornée, elles émettaient gravement des jugements infantiles. Souvent humiliées dans leur

dignité de femmes, réduites poliment mais implacablement à un rôle de façade, ces incomprises qui ne connaissaient guère de la vie conjugale qu'une honorable servitude, poussaient leurs filles, comme elles avaient été poussées elles-mêmes, dans une existence de ténèbres pour l'esprit et le coeur.

Marie-Josèphe mourut sans descendant, mais Hugues, ainsi que le voulait la tradition familiale, légua à son fils Antoine, premier-né, la propriété de la Grande-Allée alors un imposant domaine. Antoine Clouet vit à réduire tout cela. Il était né joueur et guigneux : les écuries, puis le pavillon y passèrent. Un soir d'inspiration, il misa sept cents pieds de terrain. Après cela, Antoine crut bon — et personne dans la famille ne lui donna tort — d'attraper une fluxion de poitrine. Au premier rang des notables venus aux obsèques, on remarqua beaucoup un monsieur très souriant et très impatient : c'était le propriétaire des sept cents pieds de terrain. En un rien de temps, cet homme d'action fit abattre les arbres du parc qui tombaient droit, sans tressaillir, sans trembler d'une seule feuille et sans non plus que s'entendît la plainte profonde des racines, tel un adieu de la terre à la terre. Il combla la piste d'équitation, donna à ses domestiques le charmant petit pavillon qui avait servi, les dimanches d'été, à tant d'aimables collations entre deux parties de croquet. Lorsqu'il levait la tête, il apercevait quelque Clouet morose à une fenêtre. Fut-ce pitié ? Remords incongru ? L'homme décida d'élever un mur entre ses voisins et lui. Il ne pouvait pas deviner qu'il privait ainsi ces derniers d'une distraction de prix. Et ce fut par la faute d'Antoine, "le péché", rectifiait-on dans la famille, que son fils, Jean-Eudes Clouet, emmena dans une propriété fort réduite sa jeune femme, née La Rivière-Ponton.

Ici se situe une bizarrerie assez choquante dans l'ordre héréditaire des ressemblances familiales. Jean-Eudes, tout

Clouet qu'il fût par le nom, demeura toute sa vie étranger aux traits essentiels de la lignée. Mais telle est la prison d'un destin que ce garçon jovial, au surplus, agréable ténor désigné dans les salons comme "notre Edmond Clément québécois", épousa sans la moindre hésitation une femme qui était, par le caractère, du plus authentique Clouet. Jean-Eudes s'en avisa trop tard. Il passa en revue les différents moyens de se désespérer avec distinction, mais n'en trouva aucun qui lui convînt. Alors il endossa son paletot, prit sa canne et s'en alla au cercle pendant que Mme Clouet donnait le jour au petit Marc-Marcel. Au bout de trente et un jours, le bébé ouvrit les yeux et se prit à regarder toutes choses avec une lassitude de vieillard. Il avait l'air de se demander : "Où diable ai-je vu ces gens et ces meubles ?..." Le seul à ne pas manifester de surprise à sa mort fut son père. Jean-Eudes s'enferma une seconde fois quelques heures, puis il endossa son paletot, prit sa canne et s'en alla au cercle. Ce qui n'empêcha, ni le printemps d'éclore, ni Marie-Laure de naître.

Longtemps, Laure devait se souvenir des légères pinçades paternelles pour la faire rire : c'était malaisé. Jean-Eudes hochait la tête et jetait un regard de rancune aux portraits de famille. Entretemps, le jeune père faisait du sport. Un jour qu'il s'entraînait dans le salon à se tenir sur des raquettes, on le vit porter brusquement la main à son ventre. Au retour du cimetière où Mme Clouet avait donné des signes inquiétants pour son équilibre mental, Marie-Laure coucha sa mère et la borda. C'était le prélude à un temps de renoncement qui devait durer vingt-huit ans.

III

A H ! c'est toi, Hermine ... dit Laure en apercevant sa
vieille servante dans la porte de la salle à manger, comme si quelqu'un d'autre aurait pu surgir, comme si une autre qu'Hermine surtout pouvait ainsi apparaître ou disparaître sans qu'on entendît son pas, selon l'ancienne discipline
appliquée par feu Mme Clouet aux gens de sa maison. "Autant, répétait-elle, la présence des maîtres doit se faire sentir, autant celle des domestiques est tenue à la plus grande
discrétion." Hermine avait beaucoup pleuré dans le temps,
car elle était boulotte et perdait l'équilibre à marcher sur la
pointe des pieds. Cependant, lorsqu'elle eut compris les
avantages de tout entendre sans que personne ne soupçon-
ne votre présence, Hermine devint une artiste citée en
exemple par les dames de la société à leurs propres serviteurs.

—Une vraie surprise, cette lettre-là ! ... commença Hermine qui avait dû ruminer ses réflexions et mourait d'envie
d'en faire part à sa maîtresse, car elle avait son petit oeil
scintillant de curiosité en ajoutant :

—Vous avez vu d'où ça vient, mademoiselle Laure ? De
Sherbrooke. Je me demande qui peut bien vous écrire de
Sherbrooke, une ville où vous n'êtes jamais allée ... Vous
avez remarqué l'écriture ? C'est une écriture de femme ça.

—Ah ! Pourquoi donc ?

—À cause du fignolage. Regardez, les mots frisent . . .

—Oui, oui, disait Marie-Laure qui, sans perdre l'enveloppe de vue, retirait son chapeau avec moins de soin que d'habitude. Elle répéta :

—Sherbrooke . . . C'est dans les Cantons de l'Est. Mon oncle Augustin a tenu un commerce de chaussures à Sherbrooke, mais il est allé mourir à Ottawa. C'est le seul de la famille qui ait vécu à Sherbrooke. J'essaie de me souvenir de cette écriture-là . . .

Une sorte d'entrain égayait la voix un peu lourde de Mlle Clouet, comme si elle éprouvait du plaisir à chercher vainement quelle pouvait être sa mystérieuse correspondante. Hermine lui donnait la réplique avec vivacité. Toutes deux, à tour de rôle, soupesaient l'enveloppe du regard, tacitement d'accord pour ne pas l'ouvrir, mais s'excitant avec délices à la tentation de le faire.

Laure Clouet recevait en moyenne trois lettres par année, car on ne pouvait compter les missives du notaire, les communications de la banque et d'innombrables feuillets publicitaires comme de la correspondance qui fût une nourriture pour le coeur. Aussi, quand le facteur laissait une enveloppe adressée à la plume, c'était une minute émouvante, même si Laure reconnaissait tout de suite l'écriture de la tante Mignonne ou du vieux cousin Hormisdas qui se plaignaient alternativement, l'un de sa prostate, l'autre de son foie, en remplissant trois pages. Devant une enveloppe close, tout le temps que Laure la tenait dans sa main, ce qui se passait ressemblait à l'émotion d'entendre résonner tout à coup le téléphone. Une lettre, le téléphone, le timbre de la porte d'entrée, et voilà que la vie extérieure traversait les murs de pierre, bondissait au milieu d'une pièce pour contrecarrer le silence dans sa sinistre besogne d'ensevelissement. Alors Mlle Clouet et sa vieille servante faisaient durer l'illusion tant qu'elles le pouvaient, au moyen de petits commentaires superflus et de suppositions inutiles coupés de sourires à la missive.

—Sais-tu, Hermine, dit lentement Mlle Clouet, j'ai l'impression que cette lettre-là est importante . . .

—Ah ! moi aussi, savez-vous . . . répondit Hermine qui était fine.

Ce disant, elle fit beaucoup de lumière dans le vestibule, puis tira négligemment une chaise à sa maîtresse qui s'assit avec non moins de détachement.

Juste à cet instant, l'angelus de six heures s'échappa du clocher de l'église Saint-Dominique. Mlle Clouet récita à haute voix le Je vous salue, Marie, auquel Hermine répondit. Elles priaient ainsi ensemble comme elles faisaient presque toutes choses, avec la bonne assurance de n'être l'une à l'autre ni importunes, ni indiscrètes. La prière terminée, pendant que la douce musique du clocher n'avait pas tout à fait fini de rassembler les âmes attentives, les deux femmes passaient à table selon un autre rite familial qui voulait que l'on mangeât à heures fixes quels que fussent la saison et l'appétit. Pourtant aujourd'hui, en hésitant beaucoup, il est vrai, Laure Clouet proposa à sa domestique de retarder l'heure du repas.

—Oh ! cinq minutes au plus, assura-t-elle vivement en réponse à un geste de faible protestation d'Hermine. Elle désigna la lettre dans l'assiette d'argent : Regarde, elle est mince. Ça ne peut pas prendre plus de cinq minutes pour la lire . . . Et puis, plaida-t-elle, comme frappée d'une pensée urgente, suppose qu'il y ait là-dedans une demande de secours de la part d'un pauvre honteux . . . Tu sais qu'on m'écrit quelquefois au lieu de venir à l'ouvroir . . .

[35]

—Dans ce cas-là, répondit Hermine résolument, il faut lire la lettre tout de suite, mademoiselle Laure. La charité passe avant tout. Ça commande, la charité ! Et puis, ça tombe bien, j'ai préparé des viandes froides et une salade pour le souper. Il n'y a pas de risque que ça perde du goût...

L'instant d'après, Laure dépliait quatre feuillets couverts d'une écriture aux bonds joyeux, un peu déréglés, qui s'efforçaient à de touchants efforts, par-ci, par-là, pour se contenir. Mlle Clouet courut à la signature, la déchiffra :

—Brière... Annine Moreau-Brière.

Elle regarda Hermine, l'air interrogateur. Celle-ci haussa les épaules, chercha :

—Brière... On ne connaît pas de Brière, nous autres. Moreau-Brière... Est-ce un nom composé ou celui d'une femme mariée ?

—Ah ! Annine... C'est Annine Moreau ! C'est la petite Annine d'autrefois, la fille de Gabrielle Thiboutot...

Le beau regard de Marie-Laure Clouet, toujours un peu dormant comme les yeux de celles que personne n'a songé à tirer d'un trop long songe, les yeux de Laure se mirent à briller doucement sur une vision perdue, sur un décor enfoui dans le temps qu'elle recomposait avec son parfum errant, sa musique restée inachevée.

—Annine... répéta-t-elle d'un ton rêveur, c'est une lettre de la petite Annine !

Elle fit tout à coup un rapide calcul :

—Eh oui ! vingt ans, elle a vingt ans... Comme le temps passe ! Il me semble que c'était hier cet événement tant je m'en souviens parfaitement. On sonnait à la porte, j'allais ouvrir, je me trouvais devant une religieuse qui tenait une fillette par la main. C'était Annine. Sa mère venait d'être abandonnée par son mari. Elle avait demandé à maman de garder l'enfant pendant qu'elle cherchait du travail. Pauvre Gabrielle Thiboutot ! Elle refusait d'avoir recours à ses oncles et prétendait gagner sa vie et celle de sa petite fille.

—On ne peut pas dire que cette dame a manqué de courage, admit Hermine, mais on ne peut pas dire non plus qu'elle n'avait pas couru après son malheur... Madame a été bonne de garder l'enfant, elle qui avait besoin de tant de calme.

—Oh ! Annine ne faisait pas plus de bruit qu'une poupée dans la maison...

Mlle Clouet ne semblait plus pressée de lire la lettre de Sherbrooke. Elle regardait les feuillets bleus d'un regard hors du présent, qui flottait à la surface de souvenirs anciens sans y pénétrer vraiment, comme si elle voulait seulement respirer au-dessus d'eux. Hermine, de son côté, allait à la rencontre de sa propre jeunesse. Elle rappelait à Marie-Laure comment, durant cet été torride, Mme Clouet l'avait "prêtée" à une amie convalescente parce qu'Hermine réussissait des potages capables de ranimer une moribonde.

—Madame répétait à madame Derême qu'elle lui faisait une vraie faveur en me permettant d'aller la soigner...

—Cet été-là, reprenait Laure Clouet, la chaleur fut telle que nous devions nous réfugier dans le grand salon où les persiennes ne s'ouvraient jamais. Ma mère prenait place dans sa bergère, elle s'éventait... Parfois, elle me demandait de lui lire un ouvrage de Zénaïde Fleuriot ou de monsieur René Bazin. Je revois comme je te vois la petite Annine, pelotonnée sur elle-même dans un coin. Elle nous regardait, puis elle regardait dans la pièce, puis elle nous regardait de nouveau. Elle ne disait rien parce que maman ne tolérait pas que les enfants parlent à moins d'être interrogés par les grandes personnes.

[37]

—Madame était peut-être un peu sévère, mais elle s'y connaissait en éducation. Qu'est-ce qu'elle dirait devant la grossièreté de la jeunesse d'aujourd'hui !... Mais dites-moi, mademoiselle Laure ...

—Quoi donc, Hermine ?

Hermine eut un petit geste sec à l'adresse de la lettre de Sherbrooke que sa maîtresse lisait enfin.

—Ce monsieur Moreau, le mari de la demoiselle Thibou-tot, qui sait s'il n'est pas enfin mort ? A moins que la lettre annonce qu'il est revenu sous le toit conjugal ?... Ce serait mieux qu'il soit mort quand même. Des sans-coeur de même, il y en a toujours trop. Je me souviens que Madame disait : C'est un roman d'amour qui finira en histoire de deux sous. Elle ne se trompait pas. Ah ! on peut dire qu'elle l'a payée cher sa mésalliance, la pauvre demoiselle Thibou-tot. Et savez-vous ... Mais qu'est-ce qu'il y a, mademoiselle Laure ?

Ce qu'il y avait ? de quoi, en tout cas, ébranler chez une vieille servante un sang-froid en grande partie inspiré de l'attitude de ses maîtres. Or Marie-Laure Clouet venait brusquement de perdre son calme habituel au point de se lever d'un bond en s'écriant : "Qu'est-ce qu'elle me deman-de, cette petite effrontée-là !... " sur un ton qui hésitait en-tre la stupeur et l'indignation.

Aussitôt, Hermine fut debout à son tour. Elle scruta la lettre que sa maîtresse agitait.

—De l'argent ! glapit-elle. Elle vous demande de l'argent, j'en suis sûre. Ça ne me disait rien de bon, cette lettre-là. Après tout, des gens qui n'ont seulement pas offert une grand'messe au décès de Madame ! On n'a jamais eu de leurs nouvelles et les voilà aujourd'hui avec une lettre de trois pages ... C'est une demande d'argent, mademoiselle Laure ?

Mais Laure faisait non de la tête tout en achevant rapidement sa lecture, après quoi elle regarda Hermine d'un air navré : "Je n'aurais jamais cru, murmura-t-elle, que cette enfant-là deviendrait si audacieuse . . . "

—Mais qu'est-ce qu'elle demande ? se fâcha presque la servante.

—Une chose inimaginable . . .

Laure Clouet s'adossa à la table de marbre du vestibule, sous la peinture qui représentait la propriété de la Grande-Allée à l'époque de sa splendeur avec son parc et ses saules pleureurs. La glace de l'autre mur renvoya la carrure massive de Mlle Clouet, son opulente chevelure noire domptée par un chignon qui ne se défaisait jamais, si bien que l'imagination se décourageait à chercher quel étrange charme un peu de désordre eût introduit là-dedans. Mais depuis l'adolescence, dès sept heures du matin, Mlle Clouet était en "tenue", prête à vivre une autre journée en réglant son souffle sur l'élasticité peu complaisante de son corset. Telle quelle, tout sourire disparu de ses lèvres, Marie-Laure rappelait la beauté froide et distante des femmes de sa lignée.

—Commençons par le commencement, dit-elle, redevenue très calme.

Alors elle apprit à sa servante que la petite Annine de jadis était mariée depuis huit mois à M. Maurice Brière, comptable dans une compagnie d'assurances, et que les chefs de celui-ci lui offraient une promotion dans leurs bureaux de Québec.

—Maintenant, écoute bien . . .

Hermine se prit à renifler à petits coups nerveux.

—*"J'ai pensé,* lut lentement Mlle Clouet, *de vous demander de nous prendre en pension dans votre grande maison de*

la Grande-Allée en attendant que nous trouvions un loge-
ment...

—Oh ! suffoqua Hermine qui porta la main à ses yeux comme devant un insupportable spectacle.

—*... Mettons que ce serait pour quinze jours, peut-être*
moins longtemps...

—Mais c'est effrayant !... balbutia Hermine.

—*... Et vous savez, cousine, n'ayez pas peur de nous voir*
arriver armes et bagages. En fait de meubles, on possède à
nous deux un petit appareil de radio et un tourne-disques..."

Pendant que Laure Clouet continuait sa lecture, en s'in-
terrompant souvent pour entendre les commentaires de sa
vieille domestique, on mettait le couvert dans d'autres maisons de l'avenue. Des gens rentraient chez eux, portant
dans la mémoire et sur leurs vêtements l'odeur du bureau,
de l'école, de la manufacture. Et chacun échangeait des
propos sans surprise et faisait les gestes gris de la routine.
Dans la demeure de la Grande-Allée, au contraire, où deux
femmes vivaient côte à côte d'une existence toute feutrée,
que l'on eût dit oubliée de la vie même, une lettre avait
suffi pour créer un émoi aux résonances sans fin. Toute la
soirée, Laure Clouet et Hermine allaient continuer de s'entretenir avec animation. Marie-Laure apprendrait à sa
vieille compagne (qui le savait de longue date) qu'il n'y
avait jamais eu de parenté réelle entre sa famille et la famille de Gabrielle Moreau, née Thiboutot : "Du temps que
mes parents recevaient beaucoup, les Thiboutot faisaient
simplement partie de leur cercle de relations, tu comprends,
Hermine ? Mais lorsque la petite Annine fut ici et qu'elle
était si intimidée qu'elle n'arrivait pas à avaler sa soupe, ma
mère inventa ce cousinage pour la mettre à l'aise..."

Ce soir-là, le jour suivant, combien de fois la lettre bleue
de Sherbrooke serait-elle reprise et commentée, fouillée jus-

qu'en ses plus secrètes intentions, suspectée puis considérée avec une subite indulgence, et de nouveau accablée de reproches qui finiraient dans un haussement d'épaules amusé, jusqu'à ce qu'enfin les feuillets laissés en permanence sur un guéridon deviennent un plaisir familier, quasi une présence chère dont il ne serait plus aisé de se passer... Et puis, un soir, au moment de souhaiter bonne nuit à Hermine, Mlle Clouet laisserait tomber à sa manière tranquille de femme habituée à peser le pour et le contre :

—Sais-tu, Hermine, je ne regrette pas d'avoir attendu pour répondre à Annine. Sur le moment, j'ai été tellement suffoquée que je ne trouvais aucune excuse à son audace. Ma réponse aurait été vraiment trop sévère. Après tout, Annine a vingt ans, elle est de ces jeunes qui n'ont pas plus de tête que de sous...

—Vous pouvez le dire que ça n'a pas de tête ! s'exclamerait Hermine. Quand on pense qu'après huit mois de mariage, ce couple-là n'a pas encore de lessiveuse !

—Il est bien certain, poursuivrait Laure Clouet, que je ne laisserai pas l'ombre d'un espoir à Annine. C'est une chose qui ne se pense même pas. Mais pourquoi est-ce que je n'essaierais pas d'aider ce jeune ménage autrement ? Après tout, Annine n'est pas une parfaite étrangère, bien que je n'aie jamais eu de ses nouvelles depuis le temps jadis... Je me demande, Hermine, si monsieur Lord ne quittera pas enfin son appartement au printemps ? Sa pension de vieillesse...

—Voyons donc, mademoiselle Laure, sa pension de vieillesse ! Vous savez bien que c'est un rêve. Il nous en rebat les oreilles depuis deux ans. Je vous dis, moi, qu'il va mourir avant de l'avoir ! N'empêche que son petit trois-pièces arrangerait bien les jeunes de Sherbrooke... D'un autre côté, je me demande si c'est prudent de votre part de

vous mêler de cela ? Les jeunes sont si ingrats ! Si vous alliez avoir des ennuis plus tard avec eux ? Avez-vous parlé de la lettre à Mme Boies-Fleury ?

—Je lui en ai dit un mot seulement, mais après-demain, au Mardi d'Amitié, j'ai bien l'intention de lui demander conseil. Comme tu dis, Hermine, c'est une chose à laquelle il faut bien réfléchir. N'empêche que je n'aimerais pas, sais-tu, de ne pas rendre service à quelqu'un si la chose m'est possible . . .

IV

L ORSQUE Mme Clouet s'était sentie gravement malade, elle avait solennellement fait part à sa fille de ses "vœux de mourante", dont l'obligation de recevoir deux fois par année cinq vieilles dames qu'elle appelait ses amies sans avoir jamais su ce qu'était l'amitié. Elle ne manqua pas de rappeler que "noblesse oblige", bien qu'elle n'eût guère confiance dans sa pauvre grosse empotée de fille. "Enfin, soupira Marcelline, tâche de te souvenir au moins de l'essentiel : préparer un goûter exquis. C'est une tradition que je te confie, une tradition sacrée. Tant que la dernière de ces dames vivra, je désire que le grand salon brille de tous ses feux pendant que tu recevras, en mémoire de moi et de notre famille, ce qui reste de "société" à Québec..."

Une fois donc son deuil terminé, Laure se souvint des volontés maternelles et rouvrit le grand salon. Dix jours durant, juchées l'une et l'autre sur des escabeaux, l'héritière et sa domestique détachèrent les trois cents pendeloques des lustres de cristal, les trempèrent dans l'eau carbonatée, par groupes de six à la fois, avant de les envelopper dans des linges délicats. Les cuivres furent astiqués, les replis des feuilles d'or aux cadres des ancêtres fouillés jusqu'au dernier grain de poussière. Par scrupule, Hermine épousseta les épaules et les revers de redingotes des messieurs Clouet, ce qui l'amena à voir de si près la galerie de portraits qu'el-

le croyait respirer une vague odeur de cigare. Pendant ce temps, Thomas, l'homme à tout faire, s'assurait que la cheminée tirait. Enfin, les canapés, les *causez-moi,* les mignonnes chaises "du plus pur Louis XV" (fabriquées à Québec, au fond d'une chambre, par un génial filou) furent débarrassés de leurs housses et apparurent, vêtus de brocart et de velours.

Marie-Laure Clouet connut alors une minute d'orgueil de caste et si elle ne chercha pas du regard le blason familial, c'est parce qu'on lui avait toujours répété qu'il avait été perdu aux cartes par ce guigneux d'oncle Antoine.

Après le salon, on s'attaqua à la cuisine. Les amies de feu Mme Clouet avaient, en effet, ceci en commun que le régime alimentaire de chacune tolérait une quantité inouïe de nourriture pourvu que la qualité fût bonne. Or, comme toutes les femmes de sa lignée, Laure excellait dans la préparation de plats fins. De plus, elle avait à la mémoire la blessure du ricanement maternel. Elle s'appliqua, fiévreusement, quatre jours à la tâche, sentant bien qu'elle jouait le tout pour le tout. "Vous allez gagner, lui disait Hermine, d'un ton encourageant, ne vous énervez pas si vous voulez gagner." Enfin, lorsque deux tables complètes offrirent le spectacle d'un menu de gala aux roses fondants et aux mauves subtils, devant les gâteaux dorés, les pâtes fauves, les fromages et les crèmes, Laure put lever sur le portrait de Marcelline Clouet un regard exténué et victorieux.

La dernière semaine précédant le carême, les amies de Mme Clouet ressuscitèrent les Mardis d'Amitié dans le grand salon où la nouvelle hôtesse, consciente de ce redoutable privilège, se demandait comment elle allait y faire honneur. C'était compter sans Mme Boies-Fleury, l'âme véritable de ces agapes, qui, déjà, du temps le plus glorieux de Marcelline Clouet, n'avait qu'à paraître pour aussitôt aimanter vers elle toute l'attention. Elle donna à Marie-Laure

une petite tape sur l'épaule qui était un chef-d'oeuvre d'approbation conditionnée en lui conseillant de "faire comme d'habitude". Alors celle-ci n'eut qu'à reprendre tout bonnement, comme autrefois, son rôle de servante supérieure auprès de ses invitées en se contentant de prêter la main pour activer le service. Durant deux heures, on ne la vit pas une seule fois s'asseoir, ni prendre part à la conversation de cinq vieilles dames charmantes et tyranniques.

Quelquefois, après le départ de ses hôtes, Laure Clouet connaissait une indéfinissable tristesse, comme si elle avait joué à faux dans une tragi-comédie. Peut-être se demandait-elle à quoi rimaient des réceptions fastueuses pour quelques vieillards près de la tombe ? Un goût de cendre lui remplissait la bouche comme jadis lorsqu'elle contemplait trop longtemps sa mère effondrée après une crise nerveuse. Pour une minute alors, cette femme de quarante-quatre ans semblait éprouver jusqu'à la violence un sentiment d'absurdité. Ses forces intactes protestaient, ses poumons puissants cherchaient l'air, la musculature souple de ses bras se tendait pour une étreinte impossible. Mais l'instant d'après, Marie-Laure haussait les épaules et commençait à remettre de l'ordre dans le salon.

"Si vous pouviez arriver avant les autres dames, avait fait dire Laure Clouet à Mme Boies-Fleury, je vous lirais la lettre d'Annine..." À trois heures donc de l'après-midi, la superbe Cadillac démodée de Mme Boies se rangea devant la maison de la Grande-Allée. Dix minutes plus tard, celle-ci s'installait dans le fauteuil disposé par Laure de façon que la flamme du foyer prêtât sa bonne chaleur à la hanche sclérosée de Mme Boies. Sous ses pieds déformés, si douloureux toujours, un tabouret fut glissé, puis une petite table au napperon de fine toile en forme de cœur permit de déposer un pilulier de nacre et un face-à-main serti de perles. Enfin un verre d'eau accompagna l'"en cas" d'une poudre médicamenteuse. Tous ces soins prenaient du temps, et tout ce temps on songeait à une poupée cassée qu'il importe de faire durer encore un peu. Mais lorsque Esther Boies leva tout à coup les yeux, alors apparut un regard d'une extraordinaire intensité d'expression, qui happait l'interlocuteur et le rivait à son reflet d'or. Il n'y eut plus soudain de face crayeuse, ni de fils blancs sur le crâne, frisés avec précaution pour ne pas les arracher, il n'y eut que ce regard orgueilleusement indépendant de l'usure du corps et de sa terrible fatigue sans gloire, comme si rien de commun ne pouvait exister entre la cécité de la chair et l'expérience émerveillée d'une âme. C'était fort étrange. Alors que la masse chancelante du corps ne croyait plus qu'au repos de la tombe, à ses bonnes ténèbres fraîches, deux prunelles attendaient encore, guettaient encore la vie. Ce regard-là s'était un jour posé longuement sur Marie-Laure, adolescente, que sa mère humiliait. La jeune fille comprit-elle qu'il était plus important d'être aimée d'Esther Boies que torturée par Marcelline Clouet ? À compter de ce jour, en tout cas, elle parut défendue secrètement.

"J'ai horreur de cette espèce de chantage de la vieillesse qui exploite son âge et ses hideurs physiques pour forcer les gens à l'écouter. Pouah ! Je me sentirais déshonorée d'agir ainsi." Peut-être la vérité tenait-elle aussi dans une souffrance de femme qui avait été belle. Seules celles-là connaissent la tragique colère de suivre, jour après jour, une lente mais inexorable défaite du corps qui abdique. Mme Boies murmurait parfois : "Les plus indépendantes parmi nous savent bien, si elles ont été aimées, que nulle sagesse ne console tout à fait de la jeunesse perdue..."

Maintenant, la veuve du juge François-Xavier Fleury partageait une existence de recluse avec Mme Catherine Cardinal, dame de compagnie aux vertus sans fissure. "Catherine a deux corsets, plaisantait Mme Boies, un pour le corps, un autre pour l'âme. Seulement elle les porte ensemble. Je me demande bien comment elle arrive à respirer . . . " Après dix ans de vie commune toutefois, Esther Boies avait fini par admirer sa roide compagne, elle l'affectionnait presque et certainement ne pouvait plus se passer de ses soins, à vrai dire, précieux.

Catherine Cardinal, depuis son "épreuve", avait perdu la foi dans l'humanité. Elle faisait partie, en effet, de cette catégorie de femmes qu'une déception sentimentale brouille à jamais avec le genre humain tout entier. À la mort de son mari, elle avait beaucoup pleuré jusqu'à la lecture du testament, après quoi elle revint chez elle, alla tout droit au salon et fourra sans ménagement la photo du défunt dans un tiroir. Puis elle convoqua les créanciers et leur offrit tout de go sa maison. Enfin, l'estomac saisi de crampes, mais la tête haute, Catherine rédigea une demande d'emploi qu'elle porta aux journaux locaux.

Elle avait assisté au départ de Mme Boies-Fleury de sa luxueuse demeure du chemin Sainte-Foy. Elle seule sans doute soupçonnait le poids de certains crépuscules d'hiver sur un vieux cœur mal endurci, mais nul n'eût su dire si elle plaignait ou méprisait ce qu'elle appelait "les misérables faiblesses de nos cœurs de chair".

Catherine parut dans la porte du grand salon.

—Ces dames arrivent, annonça-t-elle à Laure qui lisait à Mme Boies la lettre de Sherbrooke et parut très désappointée.

—Tu m'as lu l'essentiel, lui dit celle-ci, je vais réfléchir pendant que tu désemmailloteras mes amies . . . Catherine, ajouta Mme Boies en riant, allez-y aussi. Vous ne serez pas trop de deux femmes énergiques pour aider ces dames à gravir les marches du perron !

Restée seule, la vieille dame s'aida de sa canne pour déplacer légèrement son fauteuil de façon à s'assurer une vue d'ensemble de la pièce. Ainsi, un peu en retrait du cercle où ses amies allaient tenir, Mme Boies-Fleury dominerait l'assemblée sans être elle-même, ni tout à fait en dedans, ni entièrement en dehors. Elle parut satisfaite et considéra un moment la flamme du foyer. Ensuite, elle promena son grand regard avide sur les choses, en souriant avec ironie aux répliques de tableaux et de porcelaines dont elle possédait chez elle les originaux. Elle hochait parfois la tête et sa figure exprimait la difficulté de situer une peinture. Alors elle ajustait son face-à-main en entrouvrant ses lèvres sinueuses, et tout à coup l'on ne savait plus si cette vieille tête était celle d'un homme ou d'une femme.

Des exclamations parvinrent jusqu'à elle. Mme Boies avait l'ouïe fine, elle reconnut des voix : celle de Mathilde Bruneau, un peu grise et doucement entêtée, que couvrait par éclats gutturaux le timbre de Mme Ursule de Saint-Mars. Mais elle n'entendrait plus la toux de Marie-Hélène Malenfant, ni ses excuses plaintives : "C'est encore mon rhume de l'été dernier..." Une bonne fois, son poumon s'était déchiré. Ses amies évitèrent de se trouver toutes ensemble devant sa bière et elles causaient de choses indifférentes en se fuyant du regard, comme si chacune tout à coup reflétait la mort de l'autre.

Les yeux d'or sombre d'Esther Boies se posèrent sur un étui aux filigranes d'argent, tapissé de velours, qui contenait les médaillons de Jean-Eudes et de Marcelline Clouet. Mme Boies retira son face-à-main. Elle connaissait bien les traits paresseux de Jean-Eudes, elle savait aussi quelle tache noire Marcelline dissimulait sous une frange de cheveux. Quant à revoir dans sa mémoire le couple qui, trop ostensiblement, l'appelait chère amie en public, ou même pour entendre la voix aux inflexions traîtres de Marcelline, Esther Boies n'avait qu'un faible effort à faire, car le passé n'est jamais qu'à demi enseveli sous des secrets pâlis.

Dans quelques instants, le grand salon aux lustres étincelants allait être envahi par des visiteuses froufroutantes et parfumées, aux cheveux blancs, aux yeux las, qui s'approcheraient du feu en tendant leurs mains trop pâles. Tout avait été préparé pour que deux heures durant, elles se sentissent, comme jadis, des hôtes dont on se disputait la présence, elles que plus personne n'invitait. Alors Esther Boies-Fleury, se souvenant des temps victorieux, relèverait sa tête maintenant battue de deuils et promènerait la bizarre pitié un peu méprisante de son indomptable regard sur une cour réduite ...

On se fiait à elle, au don qu'elle avait de ressusciter d'une phrase une époque, un événement, un visage. Elle-même se prenait rapidement au seul jeu des souvenirs qui lui fût encore permis, elle s'animait, devenait attentive à sa propre voix et la flamme sombre de ses yeux brûlait tout le présent inutile.

Pour l'instant toutefois, seule encore dans le salon, elle faisait penser à une vieille actrice que son répertoire encombre et qui cherche, entre ses rôles, le seul peut-être qu'elle n'a jamais su jouer parfaitement. À moins qu'elle ne méditât sur la revanche d'une maison plus durable que la sienne. Qui eût prévu que les pieds d'argile tiendraient plus longtemps que le socle de marbre ? Les temps n'étaient plus où Esther Boies pouvait *choisir* entre les salons. À présent, elle s'asseyait dans les fauteuils de Marcelline Clouet, elle goûtait les glaces, trempait ses lèvres dans le vin, mais laissait à la sottise d'Ursule de Saint-Mars le ton d'imperceptible condescendance d'autrefois. Sans le dire, peut-être la très puissante et très abandonnée Esther Boies songeait-elle que le jour était proche où elle n'aurait plus que la maison de pierre de Marcelline Clouet pour la défendre contre la solitude rabattue sur son nom ainsi qu'une plaque commémorative.

—Qu'est-ce que tu racontes, ma pauvre Louise ! Mais non, ce n'est pas Eugène Samson qui eut ce mot d'esprit, mais Arthur Dubreuil.

—Arthur ? Vraiment, Ursule ?

—Certainement, Arthur Dubreuil, de la firme Dubreuil & Papillon. Je peux même t'assurer qu'Eugène Samson n'était pas du pique-nique précisément parce qu'Arthur en était et qu'il y avait un froid entre leurs femmes.

—Bon, je continue. Ursule, je t'en prie, laisse-moi continuer. Qu'est-ce que je disais ? Ah ! Voici donc qu'environ dix heures, par un soleil radieux, nous partons pour l'Ile . . .

—Pour l'Ile ? Pour l'Ile d'Orléans ? Allons donc ! Parles-tu du pique-nique du mois de juin ou de celui du mois d'août, Louise ?

—Mais . . . En tout cas . . .

—En tout cas, tu n'y es pas comme d'habitude. Je me demande pourquoi tu t'obstines à raconter des faits que tu cites tout de travers ? C'est terriblement agaçant pour moi qui me souviens de tout si parfaitement. C'est sur la côte de Beaupré que nous sommes allés cet été-là.

—Oh ! c'est pourtant vrai. Merci, ma bonne Ursule. Toujours est-il que . . .

—Écoute, Louise, si tu voulais, nous parlerions plutôt de l'affaire Thiboutot. La lettre qu'a reçue notre petite Marie-Laure a fait lever une foule de souvenirs dans ma mémoire . . . Ajoute donc un peu de crème à mon thé, Mathilde. Merci. Le scandale Thiboutot ! Tu ne l'as sûrement pas oublié, toi, Esther. Quand je pense que tu avais pris parti pour le jeune va-nu-pieds ! Son nom déjà ? Attendez, ne me le dites pas . . . Moreau. Voilà, un nommé Moreau, sorti on ne savait d'où . . .

—Hé ! là, Ursule de Saint-Mars, tu exagères. Daniel Moreau sortait d'un honnête foyer de la Pente Douce. C'était même un brave garçon, juste assez intelligent pour s'accommoder de la petite Thiboutot . . .

—Tu veux dire de son héritage, ma chère !

—Mettons qu'il s'est épris des deux. J'admets cependant que le garçon manquait de discrétion et sentait trop le poisson. Alfred Thiboutot n'aimait pas qu'on lui rappelât son premier métier ... Au lieu de déshériter méchamment sa fille, il aurait dû acheter de l'eau de Cologne à son gendre !

—Trève de plaisanteries, Esther. Si on ne te connaissait bien, on pourrait penser, ma parole, que tu donnes raison à tous ces anarchistes sans foi ni loi qui envahissent nos quartiers depuis un quart de siècle au nom de je ne sais quelle dégoûtante égalité humaine.

—Ces anarchistes, comme tu les appelles, Ursule, sont les amis de tes petits-fils. Tu ne devrais pas oublier cela. Ton devoir est de leur faire estimer les vieilles pierres pour d'autres raisons que l'intérêt touristique.

Seule Mathilde Bruneau, "la douce", comme on l'appelait, ne souriait pas des familières passes d'armes entre deux irréconciliables jouteuses.

Mathilde ... Elle semblait honteuse de vivre encore en ayant si peu de raisons. Les siennes s'étaient effondrées toutes ensemble, d'un seul coup, et depuis elle avait passé le temps à les ensevelir.

Mathilde Bruneau ... Une vie passée à sauver les apparences du bonheur. La frêle créature avait tenu bon, acculée à un héroïsme quotidien dénié par le milieu même qui l'y avait jetée. Après quarante ans d'exercice, cette femme pouvait, avec sérénité, entretenir ses petits-enfants de leur grand-père "aussi bon que beau", disait-elle, en souriant sans pitié pour elle-même au portrait de l'infidèle.

Sans doute n'avait-elle pas été la seule à refouler dans le silence son cœur fier. D'autres, bien d'autres certainement,

[51]

au sein d'existences apparemment comblées et douillette-
ment inutiles, avaient connu le coup de ciseau de la souffrance et de l'humiliation. Mais la loi du milieu commandait de se taire et de figurer. À la fin de la représentation
pourtant, les dernières familles bourgeoises de Québec ap-
prenaient parfois qu'elles avaient eu tort de tant lutter puisque les générations montantes résolument acceptaient de
confondre leurs intérêts et leurs plaisirs. Ultimes obstinées
résistantes, quelques vieilles dames aux bijoux désuets comme leurs somptueuses demeures, assistaient dans l'impuissance à la mise à mort du *rang* et au coup de pied de l'âne
sur les idéaux de leur génération. Et peut-être était-ce pour
elles la pire épreuve que ce vacillement des cadres auxquels
plus d'une avait immolé sa part légitime de bonheur.

Dans l'antique salon de leur amie morte, réunies autour
du foyer pour quelques heures d'entretien un peu précieux,
piqué parfois d'un irrépressible petit coup de griffe, avec
des gestes d'une grâce ronde qui ponctuaient de jolies exclamations surannées, cinq vieilles dames prenaient, deux
fois l'an, une revanche illusoire sur le siècle en feignant d'i-
gnorer le bruit qu'il faisait. Mais peut-être ne feignaient-el-
les point. Peut-être, dans une maison qui faisait penser à un
vaisseau enlisé, descendaient-elles à la rencontre de fantô-
mes plus vivants et plus chers à leur coeur que leurs sportifs
petits-fils. On souhaitait que ce miracle-là s'accomplît, on
en était même assuré, au moins pour l'une d'elles, qui portait un beau nom trop long pour sa taille minuscule, Louise-Aimée Delagrave. Sans cesse bousculée par l'impérieuse
Ursule de Saint-Mars, Louise-Aimée cependant demeurait
sereine, comme si sa mémoire en vacances avait, une fois
pour toutes, déposé le morne fardeau des rancunes sans issue.

Au milieu de ces vieillards, une femme semblait insolite
comme un chemin détourné de son cours, comme une force
de la nature contrariée dans son destin par un amas de

branches mortes. C'était Laure Clouet. Elle évoluait parmi les amies sexagénaires de sa mère, elle les servait, elle dépendait d'elles sans paraître se douter que le devoir de vivre, personne de l'assemblée ne pouvait l'assumer pour elle.

V

L E mois de septembre s'acheva presque sans pluie. Un
matin, vues de la côte Sainte-Geneviève, les Laurenti-
des firent l'effet de flamber. De jour en jour, les arbres de
la Grande-Allée se transformèrent sous les yeux des promeneurs, filtrant au soleil couchant des rayons de lumière
rousse que de jeunes peintres tentaient de fixer sur leurs
toiles. Mais l'instant d'après, les feuilles roses n'étaient plus
roses, ni l'érable or, ni le hêtre couleur de sang ; il fallait
attendre au matin suivant. Alors tout recommençait avec
violence, et les yeux, pour avoir trop longtemps regardé, se
teintaient d'ocre et d'émeraude.

La ville se mit à sa vie d'automne, raffinée à la porte
Saint-Louis, faite de bals, de dîners d'État ; âpre chez les
ouvriers. Dans l'entre-deux se situait le peuple du commerce québécois, à partir du petit boutiquier de la côte du Pa-
lais et de la rue Saint-Paul, bon enfant sous des dehors
abrupts, jusqu'aux grands propriétaires invisibles des magasins à rayons, des compagnies d'assurances, des courtiers
en valeurs immobilières. Souvent, dans la masse des tra-
vailleurs divisés par grappes humaines aux arrêts d'autobus,
on reconnaissait la tête de malchance des chômeurs. Ils for-
maient une seconde masse d'attente. Les plus âgés étaient
vêtus comme s'ils sortaient de l'usine, mais les jeunes

usaient leurs costumes de dimanche et taquinaient de propos bruyants les serveuses de restaurants.

Entre les autos couraient les gamins de Québec, toujours au courant de tout, candides et débrouillards, parfois d'une telle joliesse de traits sous leurs grimaces moqueuses qu'on en éprouvait un choc heureux. Ils vantaient celui de la famille qui portait toujours une chemise blanche : "Mon frère du Parlement..." disaient-ils avec respect, en désignant à leurs camarades celui qui, hors de son quartier, tombait dans l'anonymat du service public. Un rouage. Mais qui refusait d'être confondu et rapidement se prenait de mépris pour la classe de petites gens d'où il était sorti. Alors on le voyait miné par une lente fièvre dont il ne mourait jamais. Il prenait rang dans un peuple d'hommes impropres à la gloire du pays, de femmes muettement exaspérées, de jeunes filles qui se regardaient, avec haine et épouvante, ressembler bientôt aux laissées-pour-compte de leurs bureaux. Tous ils avaient cru se délivrer de quelque chose et voici que chaque jour les ligotait à une nouvelle servitude. Sortes de poids-du-jour aux revanches furtives dans le vin bon marché qui leur donnait vite, comme pour se débarrasser, une ivresse grinçante et rendait les femmes semblables à des chattes folles. Tel un corps de métier, ils faisaient bloc aux grandes funérailles et à l'ouverture de la session provinciale en s'arrangeant pour être dans le champ de vision des caméras, car ils ne manquaient aucune manifestation, affairés, importants, le verbe ironique pour bien montrer qu'ils n'étaient pas dupes. Cependant ils se retrouvaient toujours dans le chemin suivi la veille et bordé de scrupules dévotieux aisément traversés d'agacements érotiques qui leur inspiraient des énormités verbales. Sans doute beaucoup d'entre eux avaient-ils rêvé jadis d'un destin sans mesure et sans conditions ; l'aigle qu'ils auraient voulu symboliser, ils vivaient maintenant dans l'attente qu'il surgît de leur corporation. Mais peut-être alors l'attacheraient-ils au sol.

Le jour tombait rapidement sans qu'on y prît garde sous le fluorescent multicolore des panneaux-réclame. Dans l'autobus qui grimpait la côte d'Abraham, parfois des lueurs mauves à courtes veines d'or traversaient les vitres pour se poser sur une épaule, sur un front. L'individu ainsi touché faisait le geste de se débarrasser d'un insecte et ses voisins d'en face le regardaient avec indifférence resplendir quelques secondes d'un éclat fantastique. Soucieux, inquiet même, mais pudique de ses sentiments jusqu'à la gouaille, le peuple de Québec s'agitait nerveusement aux approches de l'hiver. Dès les premières soirées fraîches recommençait, pour les uns, l'éternel calcul du combustible à faire durer et des vêtements à renforcer aux coutures. Pourvu que le syndicat ne votât point de grève . . . Pourvu que la femme tînt jusqu'au printemps malgré sa vessie crevée . . . Pourvu que le gars . . . Pourvu que la fille . . . Longtemps, n'importe quel travailleur à petits gages réfléchissait, pipe au bec, devant son appareil de radio où des drames semblables aux siens toujours se dénouaient.

Le dimanche, parfois, des jeunes gens montaient encore se promener rue Saint-Jean. De là, ils s'aventuraient jusqu'à la terrasse Dufferin, mais ils n'allaient plus aux Plaines et tôt rentraient dans leurs quartiers, déconcertés par l'indifférence de leurs flirts d'été. Peu à peu, les classes sociales reprenaient position. Cela se faisait sans heurts, comme d'un accord tacite : Saint-Roch en bas, Grande-Allée en haut, et jamais si nettement qu'à l'automne les portes de la ville n'assignaient aux habitants leurs limites respectives.

Aux premiers jours d'octobre, Québec tout entier parut se mouvoir dans l'enchantement de tons purpurins aux nuances de soufre brusquement barrés par le vert obstiné des peupliers. Si l'on y regardait de près, chaque feuille déjà était morte sur sa tige. Précautionneusement, les jardiniers de l'État mirent en lieu sûr leurs étoiles de Cannas et leurs allées de Salvias, encore qu'un ciel pastellé abusât les

imprévoyants. Mais la maison de Laure Clouet savait bien que l'hiver gelait déjà les nuits. Les trois érables de son parterre se dressaient, dépouillés, contre sa grille, découvraient la façade de pierre gris ardoise, les contours bruns des fenêtres, la toiture à dentelle métallique. Et l'on apercevait avec surprise, barbouillé d'un papier "mosaïque", l'oeil-de-boeuf dont Laure, quand elle était enfant, croyait que c'était l'oeil de Dieu le Père.

La vieille maison aux assises encore solides se renfrognerait bientôt sous la pluie de novembre fouettant ses pierres. À l'intérieur, Marie-Laure poursuivrait ses soirées de reprisage pour l'ouvroir de la paroisse. Elle ne lèverait pas les yeux, mais peut-être n'entendait-elle pas la pluie siffler ? Il semblait que nulle rumeur extérieure jamais n'aurait pu troubler le rythme de cette maison, aussi immuablement ordonnée que ses horloges à carillon. Semblable à quelque fort, la demeure de la Grande-Allée se moquait des intempéries depuis soixante ans. On y entrait comme dans un tombeau orné. La première surprise passée, une singulière impression de ne plus participer à la vie du siècle s'insinuait dans l'âme. Bientôt, les murs épais, le silence, la galerie des portraits de famille, des meubles d'un autre âge achevaient de couper toute amarre. Marie-Laure Clouet était née entre ces murs, elle avait joué aux jeux sages des enfants solitaires. Peut-être sa jeunesse avait-elle un moment frémi devant elle ? Nul, en tout cas, ne le sut. Un jour, Mme Clouet commença une longue maladie sans nom. On vit alors sa fille prendre la veille, l'air secrètement exalté d'une prédestinée. Elle parut bientôt à tout le monde dans le rôle qui convenait à sa figure blanche, à sa voix monocorde, à ses gestes toujours soucieux d'apaiser ou de rassurer. Autour d'elle, des jeunes filles s'épanouissaient puis se fanaient. Laure, elle, ne changeait pas. Sa maison non plus, coincée entre des logements modernes dans un quartier de moins en moins réservé aux propriétaires. À chaque

saison, grâce aux dames Clouet, l'ouvroir paroissial s'enrichissait de draps ourlés et de chaussettes tricotées. La nuit venait tôt, durait longtemps. Dans la maison de pierre, dès sept heures du soir, le silence rendait au néant les faibles échos du jour. Alors Marie-Laure s'asseyait pour une procession d'heures dont le poids, apparemment inutile, venait s'ajouter à tant d'autres heures déjà perdues. Parfois le vent se levait. Là-bas, toujours trop loin pour être réel, un bateau en détresse peut-être cherchait un phare. Mais c'était ailleurs, hors des murs sourds, dans un monde qui n'avait rien de commun avec celui des Clouet où pourtant, de mère en fille, on avait cousu pour les pauvres en se dévouant aux bonnes oeuvres. Sans se hâter toutefois, quel que fût le besoin. Sans jamais avoir regardé en face la face d'autrui. Ainsi ne soupçonnait-on pas la possibilité de gestes extrêmes sans autre explication que la panique du froid ou de la nuit.

Ce jour-là, tout comme les autres jours, Laure Clouet suivit le trottoir en bordure duquel elle eût reconnu, les yeux fermés, chacune des maisons. Quelques personnes la saluèrent. Elle répondit d'un léger signe de tête accompagné d'un faible sourire qui lui faisait la réputation d'une femme distante. L'hôtel "château Saint-Louis", en retrait de l'église Saint-Dominique, lui fit lever les yeux vers l'étage de Mme Boies-Fleury. Laure imagina sa vieille amie, installée comme d'habitude près de la fenêtre d'où son grand regard songeur embrassait toute la ville. Le lendemain du Mardi d'Amitié, Mme Boies avait accueilli Marie-Laure par une question à brûle-pourpoint :

—Quelle décision as-tu prise à propos des jeunes gens de Sherbrooke ?

Laure dut avouer qu'elle n'avait encore rien décidé.

—Tu as cette lettre-là dans ta poche depuis cinq jours et tu n'as pas encore pris de décision ! s'impatienta Mme

Boies. Ce n'est pourtant pas la mer à boire de savoir si oui ou non tu prends ces petits Brière en pension.

—En pension . . . Vous voulez dire chez moi ?

—Naturellement. C'est ce que te demande la lettre, non ? Pourquoi fais-tu cette mine effarée ?

—Mais . . . Voyons donc, madame Boies, vous ne parlez pas sérieusement ? Vous savez bien que ce n'est pas "pensable" de prendre ce jeune ménage-là chez moi . . .

—Ah ! Et pourquoi donc ? Tu ne le sais pas. Tu protestes, mais tu es incapable de motiver tes protestations. Ma pauvre enfant . . .

Mme Boies considéra Laure avec une curiosité apitoyée. Elle hocha la tête, reprit d'une voix plus affectueuse :

—Je le sais, moi, à quoi riment tes protestations. Tu crains de déroger à un ordre établi, tu as l'impression qu'en ouvrant ta maison à ce jeune couple de Sherbrooke, tu trahis tes traditions familiales, tu poses un acte révolutionnaire, n'est-ce pas ? Écoute, Marie-Laure, il est temps que tu cesses de vivre avec les morts. Tu finirais par les mal servir à leur sacrifier constamment les vivants, en commençant par toi. Ta jeunesse a été en partie asphyxiée par des devoirs peut-être inévitables, bien que . . . Passons. Tu es libre maintenant et tu as, non seulement le droit, mais le devoir, entends-tu, de disposer de ton temps et de faire servir tes talents et ton argent. Je ne te dis pas de reléguer au grenier tes portraits de famille, ni de renier les qualités vraies des tiens. Ce serait commettre la même erreur que celle qui consiste à repousser en bloc, aveuglément, une génération différente du passé . . .

"Tout de même, songeait Marie-Laure ce matin, encore troublée par certaines phrases de Mme Boies, tout de même, prendre en pension des étrangers ! . . . "

Elle voulait en tout cas faire d'abord une visite à son locataire de la rue La Chevrotière. "Si monsieur Lord abandonne l'appartement, j'écrirai immédiatement à Annine pour le lui offrir..." se dit-elle, sans oser envisager le cas contraire.

Jusqu'à la rue De Salaberry, elle tint dans son regard un chêne centenaire, "mon arbre", pensait-elle. Plus loin, elle s'approprierait un paysage ou un coin de jardin. Enfin, à la rue Claire-Fontaine, elle tournerait la tête pour s'émouvoir du clocher de l'église Saint-Jean-Baptiste, surgi, semblait-il, de l'asphalte même. Car Laure Clouet éprouvait, au cours de ses promenades, un bonheur réservé aux Québécois d'origine et, parmi eux, à beaucoup de petits employés qui ne se lassaient pas, la tâche accomplie, de contourner les mêmes rues. On les reconnaissait à une faible voussure de l'épine dorsale, à leur pas sans précipitation et aussi à une aimable assurance d'être partout chez eux. En retour, la haute-ville, dans sa partie domiciliaire, semblait s'efforcer d'épouser le rythme d'existences repliées sur elles-mêmes, un peu mesquines dans le quotidien, peut-être capables de férocité si un jour on les forçait à partager les frontières. En attendant, la Grande-Allée était heureuse de la venue de l'automne qui faisait un choix parmi les touristes, la clientèle des magasins et la qualité du théâtre radiophonique.

À quelques pieds de sa maison de la rue La Chevrotière, du même regard possesseur qu'elle posait sur la demeure de la Grande-Allée, Marie-Laure Clouet regarda celle-ci, à deux étages, d'aspect modeste mais propre avec ses minuscules balcons de bois collés à la brique rouge et le rien de fantaisie d'un étroit carré de gazon. L'année sainte avait donné à des gens pieux l'idée de monter une grotte à la Sainte Vierge. Des immeubles environnants, celui-ci était de plus de poids, mais le regard de sa propriétaire jaugea son bien sans illusions comme sans fausse modestie. Car si Laure connaissait exactement la valeur de la maison de la

Grande-Allée aux yeux d'un entrepreneur, elle savait également que celle de la rue La Chevrotière, par ses soins, avait doublé de prix. Pourtant, cette considération demeurait étrangère, au fond, à sa secrète préférence. La vérité, c'est qu'elle avait fait ici sa première expérience d'administratrice. Est-ce que l'humble maison de briques ne lui avait pas, en effet, révélé à elle-même ses possibilités de femme d'action ? Aussi, lorsque le vieux notaire de sa famille lui avoua qu'il n'eût pas mieux mené les choses, Laure eut un sourire de légitime fierté. Elle songeait que de toute la lignée féminine Clouet, elle était la seule qui n'avait pas craint de se lancer dans une oeuvre de pionnière . . .

Désormais, la maison pouvait se tirer d'affaire moyennant une discrète surveillance. Laure espaça donc ses visites devenues superflues, sans pourtant se résoudre à les cesser complètement. Parfois, les prétextes qu'elle se donnait la gênaient et il lui semblait que les locataires souriaient de sa faiblesse. "Aujourd'hui, en tout cas, se dit-elle, j'ai une raison vraiment sérieuse de venir jusqu'ici . . . " Et elle monta d'un pas assuré l'escalier qui conduisait chez M. Lord.

Au premier palier, elle reprit souffle et tourna la figure dans la grande vitre de la rue dont elle aimait les moeurs laborieuses. Rue La Chevrotière ! Une odeur permanente de soupe passant les portes, des bruits de voix affairées, le glouglou d'une machine à laver que domine soudain un hurlement de bébé. Pendant un court silence, une faible toux de vieillard. Et sur tout cela, ininterrompue, la radio avec ses romans à suivre d'un matin à l'autre que les ménagères, gorgées de soucis et d'enfants, se récapitulent sur les paliers.

Laure se demanda si elle frapperait d'abord chez Mme Méthot pour la saluer, mais elle sentit qu'il était au-dessus de ses forces aujourd'hui d'écouter un interminable récit de catastrophes domestiques. Elle tendit ses poignets à la cha-

leur de la vitre qui s'accordait si curieusement avec la chaleur de ses pensées. Comment convaincre Mme Méthot d'ouvrir sa maison à l'espérance elle qui, de sa voix grise, niait l'allégresse élémentaire de vivre ?

Sa décision prise, Laure se hâta de fuir comme si Mme Méthot allait tout à coup surgir et l'appeler. Mais personne ne parut sur le palier, pas même un enfant. Ce n'était pas l'heure des écoliers. Plus tard seulement ils envahiraient les lieux — petit peuple posé en énigme pour les grandes personnes qui en prenaient sournoisement prétexte dans leurs chicanes hebdomadaires. Le dernier palier abritait, d'un côté, une famille entière de fonctionnaires, de l'autre, M. Lord, tailleur pour dames, *en haute couture* affirmait un carton fixé à la porte. Laure Clouet sonna plusieurs fois, car M. Lord était sourd. Elle entendit enfin traîner les pantoufles du tailleur sur le linoléum. Lui aussi, à l'instar de Mme Méthot, vivait dans un monde étranger à la réalité et ses rêves le tenaient si serré qu'il devait faire un grand effort pour s'en dégager une heure.

Le bonhomme parut, comme d'ordinaire, lent à reconnaître sa visiteuse. Il écarquillait les yeux sous ses lunettes; tout rond, tout jaune, tout porté en avant, son gallon à mesurer autour du cou comme une corde de pendu. Laure salua son vieux locataire. Tout à coup, il la reconnut en des termes exaltés, portés par une voix fluette aux prolongements nasaux fort bizarres. Alors il ouvrit la porte toute grande en bafouillant des excuses pour le désordre du salon qui servait de salle d'essayage. Malgré les protestations de la visiteuse, M. Lord débarrassa un siège, non sans se prendre les pieds dans le tapis, puis il empoigna avec une vigueur inattendue un mannequin aux hanches rebondies qu'il alla porter dans la pièce voisine. Il avait l'air un peu fou. Il l'était peut-être, ce qui n'empêchait nullement ses doigts déformés, tout piqués d'aiguilles, d'habiller pour la fête de Pâques des clientes réputées exigean-

tes. Enfin M. Lord prit place en face de Laure Clouet dans une position d'attention extrême tout en crachotant une maigre bave qui se faisait un petit sentier clair dans la barbe de son menton.

VI

L A visite de Laure Clouet dura une demi-heure, après quoi elle rentra chez elle, mais ne dit rien à Hermine. Dans l'après-midi, elle se présenta au presbytère et demanda à voir le Père curé. De nouveau, sa figure exprimait un lancinant souci. Cette fois, l'entretien se prolongea, puis Mlle Clouet passa à l'église et là, presque sans bouger, demeura jusqu'à l'angelus.

La nuit envahissait la rue quand Laure se retrouva dehors. Aussitôt, son regard chercha sa maison qu'on ne pouvait reconnaître de si loin. Pourtant elle la voyait, retenue au fond du jardin, froide, sans lumière, bien qu'il fût l'heure du repas du soir. D'ordinaire, Hermine éclairait le perron à colonnes et le *globe* toujours si propre diffusait une lueur réconfortante qui donnait l'impression d'être attendue. Mais ce soir, Hermine soupait chez sa nièce Noëlla ; ni le vestibule, ni le perron ne décelaient le moindre signe de vie.

À ces moments-là, Laure Clouet connaissait parfois la curieuse tentation de héler un taxi et de se faire conduire au château Frontenac pour y dîner aux accords de la musique. Elle se voyait commander en habituée. Entre les services, elle effleurait d'un regard distrait les autres tables. Quelqu'un, sans doute au courant de sa fortune, émettait des chiffres à l'oreille de sa voisine ...

Quelques images sans relief suffisaient d'habitude au rêve de Marie-Laure qui jamais encore n'avait poursuivi le songe au delà du café noir, savouré à petites gorgées pendant que l'orchestre jouait des mélodies de Chaminade. Alors la solitaire revenait à la réalité de sa vie en haussant un peu les épaules, comme si elle venait d'entendre quelque confidence romanesque de jeune fille.

Pourquoi donc ce soir la vision ne s'éteignait-elle pas ? D'où venait que persistait un murmure indistinct de voix au milieu desquelles soudain un éclat de rire révélait l'habitude du bonheur ? Laure découvrait des détails qu'elle n'avait jamais remarqués auparavant : des cils frémissants de femme, l'éclair de dents d'homme, l'odeur d'un poignet ... Ces choses-là s'attardaient près d'elle comme si elles se fussent attendues d'être saisies. Mais Laure n'esquissait pas un geste. Elle regardait seulement, dans une délectation grave, les convives et les couples vivre devant elle — spectatrice.

Il fallut les phares de l'autobus de six heures trente, brutalement projetés sur elle, pour la ramener où elle était. Elle se vit alors, immobile, vêtue de noir avec seulement la note grise d'une écharpe qui n'aurait pas suffi à rassurer les dîneurs du château Frontenac. "J'ai toujours un peu l'air d'une veuve ... " pensa-t-elle avec l'ironie qui lui venait quelquefois et semblait irriter les gens, comme si elle dérangeait l'idée qu'ils s'étaient faite d'elle. Mais brusquement, elle s'interrogea : depuis combien de minutes était-elle sur ce trottoir ? Cinq minutes ou une heure ? Est-ce que quelqu'un, à n'importe quelle fenêtre, ne s'exclamait pas : "Tiens, mademoiselle Clouet ! Qu'est-ce qu'elle peut bien attendre à cette heure dans la rue ? ... " Alors peut-être qu'une autre voix ripostait en riant : "Pas un amoureux bien sûr parce qu'alors la fin du monde serait proche ! ... "

Du presbytère aussi on avait pu la voir et la reconnaître !

[66]

Tout à coup, Laure s'aperçut qu'elle se tenait en face de la maison de Marie-Ange Lacoste, mauvaise langue servie par une intelligence active. Elle savait que l'infirme utilisait des jumelles pour mieux observer la rue. "Mon Dieu! Mon Dieu!..." échappa-t-elle, presque haut, saisie d'une gêne intolérable à l'idée que sa figure aurait pu trahir des pensées si secrètes qu'elle n'osait maintenant se les avouer à elle-même. Mais Marie-Ange Lacoste sûrement les avait devinées, car elle possédait un don diabolique. Qu'allait-elle en conclure? Quelle histoire pleine de méchanceté ferait-elle demain circuler dans le quartier? "Folle de folle que je suis, pourquoi suis-je restée plantée sur le trottoir aussi!..." se répéta la malheureuse avec un subit découragement, et elle se hâtait à présent vers sa maison en tenant les yeux baissés. Elle n'aurait pourtant vu personne aux fenêtres environnantes, peut-être même aucune ombre derrière les rideaux, quoiqu'en ce moment même certains résidents devaient avoir un sourire en coin à son sujet ou fronçaient sévèrement les sourcils. C'est qu'elle venait de nuire à l'ordre du quartier dont tout Québécois a le sentiment d'être responsable. Le jour du moins. Car la nuit, la ville tout entière échappe à ses geôliers, desserre son corset, s'étire plaisamment et joue la femme libre...

Laure soupa, ce soir-là, d'un potage au lait et de quelques biscuits. Tout en mangeant, elle considérait sa cuisine aux tubes fluorescents, aux nickels et aux porcelaines. Tout cela qui brillait, et les nombreux appareils électriques, et les caoutchoucs soyeux, et les chromes étincelants, faisaient de la pièce un lieu magique, un lieu qui appelait la jeunesse, le rire de ses dents blanches pour s'amuser à des jeux faciles comme de tourner un bouton, de pousser un levier ou encore de regarder mousser les oeufs à une vitesse prodigieuse.

Après la verrière offerte à l'église de la paroisse, sa cuisine avait été le second acte extravagant de Laure Clouet.

Elle y avait mis plus d'argent que toutes les dépenses de la maison depuis dix ans. Lorsque le dernier appareil électrique fut en place, Hermine regarda sa maîtresse et Laure regarda Hermine.

—C'est beau ... murmura celle-ci sur un ton de respect.

—Ça fait du bien ... répondit Laure qui ne parut pas se douter de l'ambiguïté d'une telle réponse dans une demeure que feu Mme Clouet avait toujours rêvé de voir immortalisée sous forme de musée.

—Il n'y a qu'une chose qui me "chicote" ... objecta Hermine.

Laure fronça le sourcil.

—Quoi donc ?

—C'est la blancheur du plafond et des murs. Ce blanc-là, ça nous donne un curieux teint, mademoiselle Laure. On dirait qu'ils ont oublié de nous enterrer ...

Par contraste, la salle à manger et le petit salon avec leurs abat-jour aux tons doux, leurs dorures fatiguées, avec leurs meubles en bois et leurs tapis moelleux dissipèrent le malaise de la cuisine. Ce soir-là, les deux femmes parlèrent peu, mais parurent réfléchir beaucoup. Le lendemain, Noëlla, la nièce d'Hermine, trouva une solution : "Disons (elle avait un rien de moquerie dans l'oeil), disons que la cuisine, c'est le progrès et le reste de la maison, l'ancien temps. Autrement dit : les vieux d'un bord, les jeunes de l'autre ! "

Restait une autre difficulté : celle de trouver à utiliser tant d'instruments merveilleux. Laure Clouet et sa vieille compagne menaient une existence frugale. Hors les réceptions des Mardis d'Amitié, il était fort à douter que l'énorme autoclave et une série de poêlons fort mignons serviraient jamais. Le vendeur trouva l'argument décisif : "Les savants, expliqua-t-il aux deux femmes, sont d'avis que nos ancêtres prenaient la vie par le mauvais bout. Savez-vous pourquoi ? Parce qu'il n'y avait pas assez de couleurs ni de lumière dans leurs maisons. Regardez vivre le monde d'à présent. Ça fait du bruit, ça danse, ça crie, ça fait de l'argent. Pourquoi ? Parce qu'on s'est décidé à peinturer. Et qu'est-ce qu'il y a de plus important pour la femme ? Sa cuisine. Les cuisines de nos grand'mères, on y entendait gémir les âmes du purgatoire. Aujourd'hui, le nickel, les tons pastels et le néon, c'est une vraie école d'optimisme ... "

Pour son repas solitaire, Laure Clouet s'était assise dans sa magnifique cuisine. Elle y était même demeurée longtemps après avoir rincé son assiette qui n'avait rien contenu. Le souci pourtant n'était pas sorti d'elle. Plus tard, elle se retrouva comme chaque soir dans le petit salon où, durant des années, sa mère et elle avaient vécu côte à côte, mais d'âmes si séparées que si elles avaient regardé au-dedans d'elles, ce qu'elles y eussent vu les aurait stupéfiées. Leur séparation avait commencé de bonne heure, peut-être même lorsque Marie-Laure n'était encore qu'un gros bébé un peu ahuri à qui Marcelline reprochait de n'être pas un garçon.

Mais ce soir, à la suite de sa visite à M. Lord et de son mystérieux entretien avec le Père curé, Laure avait dans l'esprit autre chose que les subtiles cruautés maternelles. Son ouvrage de couture en mains, elle s'appliqua pourtant d'abord à tirer les fils en cadence, résistant à la tentation de tourner le bouton de la radio. Mieux valait travailler en silence avec seulement, aux demi-heures, les notes graves de l'horloge. Alors elle profitait de ces pauses pour appliquer les doigts sur ses paupières lasses, puis elle reprenait son ouvrage et l'on n'entendait plus qu'un craquement de parquet intermittent et, si l'on était très attentif, le petit déclic d'une paire de ciseaux coupant le fil. Il arrivait que Marie-Laure Clouet levât subitement la tête et se prît à regarder autour d'elle avec surprise, comme si elle constatait une étrange réalité en n'y croyant pas tout à fait, en se disant qu'il n'était pas possible que la soirée s'écoulât toute ainsi, que sûrement quelqu'un allait venir. Mais personne ne venait et nul ne téléphonait, fût-ce par erreur.

Habituellement, Laure quittait, vers dix heures, la bergère maternelle pour aller s'assurer qu'Hermine n'avait pas oublié une fenêtre ouverte et que les "vénitiennes" de la cuisine laisseraient la clarté du matin doucement éveiller toutes choses. Elle montait ensuite à sa chambre, mais ne se dévêtait pas immédiatement, jugeant peu convenable de faire sa prière du soir dans le négligé d'une chemise de nuit. Agenouillée au prie-dieu de Marcelline Clouet, elle récitait sereinement des formules pieuses à l'usage des écolières, cependant que la lourdeur sensuelle de sa chevelure pesait sur sa nuque et qu'une flamme courte s'allumait au fond de ses yeux sombres, tel un défi involontaire à toute la fadeur du jour.

"... On ne lui a jamais connu une amie, encore moins un amoureux ..."

Laure cessa de coudre. Elle parut chercher à identifier la voix qui se moquait d'elle avec une tranquillité pire que tout. Mais elle était seule dans le salon. Un faible sourire triste joua sur ses lèvres tandis qu'elle piquait de nouveau l'aiguille.

Qui donc avait prononcé cette phrase ? Qui la répétait en voyant, depuis des années, Mlle Clouet dont jamais le pas ne perdait un rythme bien balancé, ni la voix son calme, ni le regard ses paisibles visions ? Oui, qui donc ? Mais tout le monde sans doute ! Mais chacune des personnes qui la saluaient avec déférence et curiosité ainsi qu'on salue un personnage énigmatique. Tout le monde, y compris le boucher et l'épicier. Lorsque Hermine fulminait contre certaines gens pour qui c'était "une vraie passion de toujours fourrer leur nez dans les affaires du prochain", elle ne soupçonnait pas un léger hérissement chez sa maîtresse. Comprenant que sa vieille domestique avait dû la défendre contre l'indiscrétion, Laure Clouet se retenait de s'écrier : "Mais qu'est-ce qu'ils veulent tous savoir puisqu'il n'y a rien à leur apprendre !"

Rien. N'y avait-il vraiment rien à révéler ? N'y avait-il jamais rien eu à cacher ? Se pouvait-il qu'une femme de quarante-quatre ans fût sans rides intérieures ? une femme riche et célibataire, une femme qui eût été belle, qui l'était pour peu qu'elle consentît, comme en ces tout derniers jours, à se laisser envahir par une émotion diffuse dont il semblait que c'était le souffle tiède d'une sorte de printemps voilé défiant l'ordre de la nature. Bien peu de chose, en vérité, cette émotion : de l'eau touchée de rose qui reflétait une double silhouette superposée d'homme jeune et de très jeune femme confondus en un même regard, en une seule bouche d'où s'échappait un soupir d'amitié vers la solitaire de la Grande-Allée.

Du moins, Laure voulait-elle s'en convaincre.

Comme pour se prouver qu'elle avait raison, elle retira de la poche de son tablier la plus récente lettre du jeune couple de Sherbrooke. En l'ouvrant pour la première fois, Marie-Laure avait eu la surprise d'y découvrir une photo d'amateur représentant Annine et Maurice. Le vent les avait décoiffés. Ils riaient au soleil et à Laure.

Peu de chose. Est-ce qu'une femme sérieuse s'arrête à une photo ? Est-ce qu'elle éprouve, à la vue d'un jeune couple enlacé, une joie saisissante, d'une pureté presque douloureuse, comme si elle faisait la découverte fortuite, en plein automne, d'un fruit intact, d'une fleur fraîche ?

Bien peu de chose l'émotion. Aujourd'hui même pourtant, Laure Clouet s'était rendue chez son locataire de la rue La Chevrotière pour savoir s'il renouvellerait son bail cette année encore. Et suffisante aussi l'émotion pour que la femme sérieuse qu'était Mlle Clouet s'étonnât ce soir, non du vide de son existence passée, mais de sa propre résignation à ce vide, et d'avoir vécu dedans sans vertige.

Elle se demanda brusquement pourquoi elle avait laissé stagner sa vie telle une eau morte.

Car enfin, songea-t-elle lentement, comment désigner autrement tant d'années sans objet réel, sans cause vivante au bout, même pas la cause de son propre bonheur ? Alors elle chercha si, du moins, quelque tâche ne l'avait parfois sollicitée au point de compromettre son sommeil ou son appétit ou la fade paix des saisons. Est-ce que personne n'avait eu une fois assez besoin d'elle pour qu'elle en oubliât toute prudence et accourût ? Elle ne trouva, dans ses souvenirs, que sa mère et l'ouvroir de la paroisse, tous deux organisés, l'une dans sa maladie, l'autre dans ses secours aux pauvres, et fonctionnant sans surprise possible.

Marie-Laure pensa au nom et à la fortune de sa famille qu'elle avait soutenus sans faillir jamais. N'était-ce pas là ce que l'on appelle une oeuvre ? Pourquoi donc n'en était-elle plus certaine ? Mme Boies-Fleury, Lady O'Sullivan, les soeurs Fortier-Mongeau avaient constamment défendu les traditions de leurs maisons et l'esprit d'une époque. On disait que, grâce à elles et à quelques autres, le siècle nouveau hésitait à démolir ce qui restait de pierres historiques à Québec. Soit. Mais pourquoi ne citait-on pas aussi la lignée des Clouet ? Est-ce que la dernière de ce nom n'avait pas, elle aussi, tenu son poste de sentinelle devant des tombeaux vides ?

Des tombeaux vides !

Laure rejeta son ouvrage de couture et regarda, troublée, les choses familières du salon, l'une après l'autre, comme si

elle cherchait le démenti dont elle avait besoin, un besoin immédiat et urgent, pour conjurer une menace imprévue. Mais les choses que l'on n'aime plus assez restent muettes.

Ses yeux rencontrèrent le portrait en pied de sa mère. Alors, pour la première fois sans doute de toute sa vie, Laure Clouet osa interroger Marcelline Clouet. À la fin, que recelaient donc les tombeaux de la lignée familiale ? Pourquoi ne le lui avait-on jamais dit avec précision ? Étaient-ils vides ? Peut-être avaient-ils toujours été vides et seule leur gardienne l'ignorait ? Peut-être qu'avec une bonne foi navrante, elle perdait son temps à veiller sur des reliquaires sans reliques, et tandis qu'elle singeait le recueillement des dépositaires d'authentiques valeurs, la vie, la chaude vie lui faisait des signes qu'elle ne voulait pas voir ?

"Il est temps que tu cesses de vivre avec les morts . . . "

Oh ! que Mme Boies avait prononcé là une parole secrètement attendue !

Laure pressa dans sa main chaude la petite photo d'un jeune couple qui lui souriait. Une lettre. Une photo. Qui sait si ce n'était pas un suprême, un dernier effort de la vie pour attirer son attention sur les vallées vertes ? Il était trop tard pour qu'elle y courût sans doute, mais pourquoi donc refuserait-elle d'en respirer au moins l'odeur sur deux jeunes êtres ? Ils lui tendaient un espoir dont elle ne discernait pas encore le visage, qui ne faisait que rôder, pour le moment, autour d'une vision libératrice. Et Laure, en affamée sans cesse dupée par les mirages, se disait qu'elle se contenterait des miettes de jeunesse et de bonheur semées en chemin par deux enfants comblés.

VII

— MADEMOISELLE Laure, dormez-vous ? Laure Clouet ouvrit les yeux, se redressa vivement en apercevant Hermine près d'elle.

—Ma foi, oui, je crois bien que je me suis endormie, fit-elle avec effort. Quelle heure est-il donc ?

Il était dix heures du soir.

—Oh ! c'est de la neige que je vois sur ton chapeau, s'exclama Marie-Laure qui, d'un geste rapide, glissa la photo du jeune couple de Sherbrooke dans la poche de son tablier. S'il n'était pas si tard, reprit-elle avec un entrain un peu forcé, je te demanderais de sortir avec moi. La première neige ... J'ai toujours aimé marcher dans la première neige de la saison. C'est fou sûrement, j'ai l'impression de me promener dans un verger en fleurs ...

Elle s'était levée, tout en parlant, pour aller à la fenêtre dont elle écarta le rideau. La rue était déserte, toute blanche avec encore quelques feuilles jaunes aux branches des érables du jardin.

—C'est bien pour dire qu'on ne s'y prend jamais trop tôt, remarqua Laure en désignant les massifs du jardin soigneusement ficelés par Thomas dans des sacs. Avoir attendu un jour de plus, sais-tu bien que les "Boules de neige" pouvaient geler ?

Elle se retourna brusquement vers Hermine.

—Qu'est-ce que tu as ? Pourquoi ne dis-tu rien ?

"Elle m'a vu cacher la photo d'Annine et elle boude, pensait-elle avec impatience. C'est rendu que j'évite de prononcer le nom de Sherbrooke pour ne pas exaspérer sa jalousie ... "

—C'est seulement, dit enfin Hermine très raide, que ce soir, ce n'est pas un soir ordinaire ...

Laure l'interrogea du regard.

—Moi, j'y ai pensé toute la journée, mademoiselle Laure ...

Après ces mots, Hermine dégrafa le col de son manteau comme si elle avait soudain très chaud ou qu'elle voulût donner à sa maîtresse le temps de se souvenir. Mais la distraction de celle-ci était visible. Alors la servante déclara froidement :

—Nous sommes à l'avant-veille de la mort de Madame. Or il neige comme ce soir-là ...

Peut-être Hermine espérait-elle confondre Marie-Laure, car elle parut déconcertée du calme avec lequel cette dernière soutint son regard en répondant d'un ton égal :

—C'est exact qu'il neigeait ce soir-là. Je regardais tomber la neige, je pensais que ma mère dormait, mais c'était l'agonie. À minuit, tu es venue prendre ma place à son chevet. Tu m'as dit : C'est son dernier sommeil ... Alors j'ai compris. Nous avons récité le chapelet. L'agonie a duré dix heures. Elle est morte au moment où le laitier descendait de sa petite voiture. Son imperméable noir brillait sous le réverbère de la cour ...

—Vous n'avez rien oublié ... murmura Hermine, rassérénée.

Elle parut satisfaite, poussa un soupir de soulagement. Laure regardait de nouveau la nuit pâle. La neige ne tombait plus, mais on devinait qu'il s'en ramassait pour bientôt dans de gros nuages paresseux. Sans se retourner, Laure Clouet prononça lentement :

—Je n'ai rien oublié, en effet, Hermine. Je n'oublierai jamais rien. Mais cela ne m'empêchera pas d'ouvrir ma maison à monsieur et madame Maurice Brière de Sherbrooke, en avril.

....

"... Cela ne m'empêchera pas... J'ai décidé d'inviter monsieur et madame Maurice Brière... "

Allongée bien droite dans son lit, le drap effleurant son menton, Laure réfléchissait, les yeux grands ouverts.

Cette phrase...

Elle avait dit cette phrase qui la liait et sur laquelle elle ne pouvait plus revenir. C'était une phrase qui sentait la rébellion envers tout un passé et elle n'avait pas craint de la prononcer à vingt pieds du portrait maternel !

Comment cela s'était-il fait ? Les mots avaient franchi ses lèvres sans qu'elle pût les arrêter, mais y songeait-elle seulement ? En les disant, elle les entendait un à un, comme Hermine tantôt, et leur signification réelle ne lui parvenait qu'une fois toute la phrase énoncée. Seulement alors. Elle était certaine que l'instant d'avant, quand elle se rebiffait intérieurement contre la jalousie d'Hermine, et même tandis qu'elle rappelait l'agonie de sa mère, Laure était sûre que la phrase-tournant n'était pas dans sa pensée, encore moins dans son projet. Alors ? Était-ce possible ? Abrite-t-on sans le savoir des décisions qui, tout à coup, au moment propice, s'expriment en quelques paroles toutes prêtes ? Dans quelle région inconnue d'elle-même, la fille de

Marcelline Clouet avait-elle donc abrité le dessein le plus insensé qui se pût concevoir ?

Et pourtant . . . Pouvait-elle sincèrement ne pas reconnaître qu'à l'instant où elle formulait sa décision, elle n'en était ni effrayée, ni même surprise ? Pouvait-elle nier qu'après avoir parlé, elle s'était sentie libérée comme lorsqu'on amène au jour un désir longtemps contenu ? Hermine avait paru décontenancée par son assurance bien plus que par la foudroyante nouvelle de leur intimité menacée.

—Vous me dites, avait-elle balbutié, une chose effrayante comme si c'était une chose ordinaire . . .

—Mais c'est une chose ordinaire, ma pauvre Hermine, répondit Laure qui ajouta tristement, c'est nous, vois-tu, qui ne vivons pas d'une vie normale.

Elle avait donc aussi dit cela par-dessus l'autre phrase !

Maintenant elle ne le pourrait plus, elle le savait. Mais du moment que c'était fait, pas une seconde elle ne songeait à reprendre les mots fatidiques. Bien plus, elle n'en éprouvait nul regret, seulement un peu d'appréhension devant l'avenir brusquement chargé de faits encore indiscernables qui se précipitaient avec une hâte joyeuse au-devant d'elle, qui la sollicitaient de toutes parts et auxquels elle voulait faire face sans choix, curieuse de chacun, intéressée, presque excitée . . .

Hermine avait encore murmuré : "Mademoiselle Laure, pensez-y bien . . . " Et Laure comprenait brusquement que tout était déjà pensé, ou plutôt décidé en elle, aussi simplement que n'importe quelle décision. Hermine connaissait trop sa maîtresse pour espérer un revirement. Aussi n'avait-elle pas achevé sa phrase, comme découragée d'avance. Avant de se retirer toutefois, elle faisait une dernière tentative — menaçante celle-là.

—Je ne sais pas, siffla-t-elle, comment Madame accueille-
rait cette nouvelle . . .

—Ma mère n'est plus avec nous, riposta Marie-Laure, et
là où elle est, elle comprend les choses autrement.

Cette fois, elle empruntait sa réponse au Père curé qui,
en effet, l'après-midi même, avait renversé ses objections (si
semblables aux objections d'Hermine !) en haussant simplement le débat : "Vous avez l'occasion de faire la charité. Ce
mot-là, mon enfant, est plus consistant que tout autre. Votre mère, là où elle est, sait cela. "

Un mois auparavant, Mme Boies, de son côté, avait dit à
Marie-Laure : "Il est temps que tu cesses de vivre avec les
morts." Tout en pesant fortement sur la décision de Laure,
de telles paroles cependant ne l'avaient pas fait naître, elle
le savait. Peut-être y avait-il longtemps qu'elle consentait à
la présence d'un jeune couple dans sa maison ? Mais tout
cela était si extraordinaire qu'elle n'avait pas voulu s'y arrêter autrement qu'en une sorte de rêve et par pure fantaisie.
Par fantaisie ! comme jadis lorsqu'elle s'amusait à édifier
un château de cartes que son souffle bientôt abattait. La
seule différence, c'était que la grosse petite fille d'autrefois
s'étonnait toujours de voir tomber les cartes, tandis que la
femme de maintenant savait que, sans même souffler dessus, les bonheurs s'effondrent. Elle ne croyait plus, se disait-
elle, au bonheur pour elle-même, alors quel danger y avait-
il d'en imaginer les multiples visages, du plus humble au
plus téméraire, puisqu'elle ne perdrait pas de vue qu'il ne
s'agissait que d'un jeu ? Et ce fut ainsi sans doute qu'à la
deuxième lettre de Sherbrooke, tout en vaquant à sa besogne d'héritière, Laure Clouet permettait doucement à ses
pensées de dériver du côté d'un jeune couple qui vivait
ailleurs dans un joyeux tumulte de bonheur.

Au commencement, en époussetant avec soin les portraits
de son père et de sa mère, il lui arrivait de leur dire en sou-

riant : "Les lettres d'Annine vous effaroucheraient... Moi-même, je les lis avec le sentiment de me trouver devant deux enfants turbulents. Ils m'essoufflent rien qu'à me raconter l'emploi de leurs journées. Mais comme ils m'amusent ! et que je les trouve charmants, si vous saviez ! Mais il y a plus que cela, il y a leur émerveillement à chaque pas qu'ils font dans la vie, comme s'ils voyaient partout des trésors. J'ai eu vingt ans moi aussi, mais jamais je n'ai éprouvé cette griserie d'Annine pour tout et pour rien ..."

Laure quitta son lit où elle n'arrivait pas à dormir. Le réveil marqua deux heures. À la lueur de la veilleuse, pieds nus sur le tapis, elle commença d'arpenter sa chambre, puis elle alla à la fenêtre, écouta le silence de la rue qui n'était pas tout à fait le même que celui de sa maison, moins irrémédiable, semblait-il.

"J'ai décidé ... Rien ne m'empêchera ... "

Elle disait tout bas ces mots comme si elle se caressait à la victoire qu'ils promettaient. Elle prit une petite clef dans un coffret, ouvrit son tiroir aux lettres. Le paquet bleu des enveloppes de Sherbrooke en comptait six. Elle savait par coeur leur contenu, aussi ne voulait-elle que tenir les lettres sous son regard, sans les lire. Peu à peu, sa figure pâle et forte s'anima d'une joie emplie de gratitude, puis imperceptiblement l'expression des lèvres glissa vers une attente impérieuse et dominatrice ...

Cette demi-heure qui précède l'aube. Le malheur de s'éveiller en sachant qu'on ne se rendormira pas. D'abord on n'ouvre pas les yeux et l'on se répète qu'on rêve. Mais jamais les rêves ne pèsent d'un tel poids et nul sommeil n'entretient non plus une espèce d'angoisse sans visage, un lent déroulement d'images, de sons, d'idées, comme autant de

petites bêtes gluantes et collées à soi. Heure du désespoir et de la prière.

Hermine détacha de son poignet un chapelet qui y passait la nuit et se mit à tâter les grains, selon une vieille recette apprise à l'orphelinat. "Le diable, disaient les Soeurs, ne s'approche pas de quelqu'un qui tient son chapelet." Apaisée, Hermine n'osait pas bouger cependant. Son étroite forme occupait le centre du lit sans seulement y dessiner une place. Lorsqu'elle mourrait, personne ne pourrait deviner qu'elle avait dormi cinquante-deux ans dans ce lit.

Depuis qu'elle était une vieille femme, la servante souvent s'éveillait à cette heure et chaque fois un lourd malaise l'envahissait. Elle ne savait pas pourquoi quelque chose qui ressemblait à la peur lui enserrait graduellement les épaules. Ce n'était pas une peur ordinaire, elle ne connaissait jamais à d'autres moments la sensation d'être sans défense contre une menace vague, qui lui faisait retenir son souffle, comme si elle espérait détourner ainsi de son chevet une attention mystérieuse. À personne, Hermine n'avait parlé de son tourment. Comment y fût-elle arrivée dans son langage strictement appliqué à des faits et à des sentiments familiers ? Peut-être était-ce l'intuition de la mort ? de sa mort à elle, se familiarisant avec l'instant et la chambre où elle s'assoirait bientôt. Peut-être simplement ses soixante-six années d'existence pesaient-elles d'une énorme solitude sans issue. "C'est pas croyable, confiait-elle à Thomas, le temps qu'on passe à "jongler" quand on prend de l'âge." Et Thomas bougonnait que "les vieux, c'était plus bon qu'à ça, jongler." Alors Hermine comprenait que le bonhomme s'éveillait lui aussi avant l'aube, mais cette pensée ne lui était, la nuit suivante, d'aucun secours. Pas davantage la certitude que Marie-Laure Clouet fût accourue au moindre appel, en robe de chambre de flanelle, la chevelure dénouée, avec ce regard tout de suite affectueux et inquiet qu'elle prenait naguère pour sa vieille compagne terrassée par la grippe.

L'un des bas d'Hermine pendait hors de la chaise sur laquelle était disposé son linge. Il pendait, ce bas, mollement, le pied de travers. La vieille femme y vissa un oeil courroucé en se demandant si Laure la soignerait comme autrefois. "C'est qu'elle n'est plus la même, Mademoiselle... ricana-t-elle intérieurement, plus la même, ah! non." Elle tombait dans des songeries interminables ou, au contraire, devenait presque bavarde. Croyait-elle vraiment donner le change à la perspicacité d'Hermine ? S'imaginait-elle, pauvre mademoiselle Laure, que celle-ci trouvait normale une émotion sans cause qui lui mettait sur la figure un sourire involontaire et faisait de ses gestes les plus insignifiants de petites choses gaies, légères, virevoltantes ?...

Pas un bruit ne s'entendait, pas même les habituels craquements dans les murs qui sont les os d'une vieille maison en train de tranquillement s'émietter. Hermine tourna avec précaution sa tête semée de bigoudis. Les aiguilles lumineuses du réveil marquèrent quatre heures un quart. Elle soupira. Encore trois quarts d'heure d'attente avant que le carillon de la grande horloge du corridor ne brise enfin le silence et que la fenêtre s'éclaire d'un peu de gris. D'ordinaire, entre ces deux manifestations de vie, la vieille femme s'assoupissait, mais cette halte inespérée ne parvenait pas à effacer les rides sur ses tempes, ni à rassurer sa figure anxieuse.

—"...À la fin, Hermine, qu'est-ce qu'ils t'ont fait, ces enfants-là ?" "—Après tout, ma tante, ils ne vous ont rien fait, ces jeunes-là !" "—Taisez-vous donc, vieille sorcière ! Est-ce qu'ils vous ont fait quelque chose, ces deux-là ?"

"Ah ! vous, le Thomas, pensa Hermine sous ses couvertures, mêlez-vous de ce qui vous regarde ! C'est des choses que vous ne pouvez pas comprendre, pauvre homme !"

Restait Noëlla. "Après tout, ma tante..." Hermine s'agita. Faudrait voir depuis quand les nièces se permettaient de faire la leçon à leur tante !

Restait Laure, mademoiselle Laure ... La colère d'Hermine chavira brusquement.

Dormait-elle en ce moment Marie-Laure Clouet dont sa vieille servante, maintenant importune, avait tenu la main quand sa mère rendait le dernier soupir? "Tu es ma seule amie, Hermine ..." avait-elle murmuré. Car elle avait prononcé ces paroles, l'orpheline trop riche de la Grande-Allée. Elle savait qu'elle pouvait compter sur Hermine pour la seconder dans son rôle de "continuatrice d'un nom et d'un rang", selon l'expression de feu Mme Clouet. Elle le savait. On avait vu les deux femmes, côte à côte dans la luxueuse auto noire de la maison funéraire, suivre le corbillard de Marcelline Clouet jusqu'au cimetière. Et là, Hermine s'avançait entre des groupes de gens de la meilleure société qui s'écartaient avec respect devant elle. Au bord de la fosse, elle regardait au fond longuement, puis elle redressait sa petite tête noire d'un mouvement destiné à faire comprendre aux assistants qu'il n'y avait plus de servante, mais une femme ennoblie par un serment de fidélité.

Après cela, trois ans avaient passé, marqués de veilles d'anniversaires, d'anniversaires et de lendemains d'anniversaires que la mémoire d'Hermine ne permettait à personne d'oublier. — "À cette saison-ci, en 1946, notre pauvre Madame attrapait une jaunisse, vous en souvenez-vous, mademoiselle Laure?" — "Jeudi en huit, il faudra téléphoner aux dames du Mardi d'Amitié pour leur rappeler la grand'messe aux intentions de nos membres défunts."

Une servante de petits bourgeois connaît, à l'égard de ses maîtres, la tentation dont ceux-ci ne peuvent se défendre vis-à-vis des bourgeois de grande classe et qui consiste à s'approprier, moins leurs vertus que la contrefaçon de celles-ci. Après cinquante-deux ans vécus dans l'orbe Clouet, Hermine disait "nos immeubles de la rue Saint-Pierre" aussi naturellement que Marie-Laure elle-même. Ses goûts, ses plaisirs, ses inclinations, tout cela s'était fondu dans un caractère unique ; et il n'était pas jusqu'au grasseyement de Mme Clouet, aux intonations de Laure que la servante n'eût adoptés pour les faire siens. Elle avait, dans sa chambre, à la place d'honneur, un album généalogique des Clouet qu'elle savait par coeur. Peut-être, en définitive, la tradition familiale était-elle plus à l'abri des défections entre les mains d'Hermine que dans celles de l'héritière légitime. Néanmoins, à la mort de cette dernière, la vieille domestique éprouverait l'étrange sensation d'être dépossédée de tout, elle qui n'avait jamais tenu quoi que ce fût dans la maison de pierre. Aux yeux des héritiers légaux, quelle importance auraient tant d'années d'un dévouement incompréhensible à leurs yeux ? Car elle n'hériterait de rien en dehors de quelques souvenirs de sa servitude. Nul plus qu'elle pourtant n'aurait été digne de tenir un jour, comme un legs bien mérité, les clefs de la maison. Mais la volonté de Laure Clouet même serait probablement impuissante contre la loi du milieu. Plutôt que de confier à une domestique le dépôt des vertus familiales, Marie-Laure sans doute testerait en faveur de lointains cousins dont le souci serait de tout vendre ce qu'ils désigneraient simplement par "les vieilleries des ancêtres".

Hermine entendait-elle parfois une voix qui lui disait d'espérer malgré tout ? Croyait-elle qu'il n'était pas possible d'être renvoyée à la fin aussi démunie qu'au premier jour, quoiqu'elle n'ignorât point le sort injuste de bien des vieux serviteurs ? Ceux qui mouraient en même temps que leurs maîtres étaient des privilégiés. La plupart des autres continuaient de hanter le quartier familier où les enfants raillaient cruellement leurs tics et leurs manies — derniers vestiges d'une dignité perdue.

Les Clouet n'avaient guère été reconnaissants envers leurs domestiques, "parce qu'ils n'étaient pas de vrais maîtres", déclarait durement Thomas, leur dernière victime.

Hermine protestait. Elle aurait voulu expliquer au bonhomme qu'il ne pouvait prétendre à ses titres à elle, car personne n'était allé le chercher, lui, à l'orphelinat. Personne ne l'avait *distingué*, comme disait Madame. — "C'est une chose de même qui nous met quasi de la famille", songeait gravement la servante, en évoquant un nébuleux matin d'hiver qui la hissait dans le traîneau de Marcelline Clouet. La Soeur, sur le seuil, lui disait au revoir, mais Hermine déjà chassait de sa mémoire un temps révolu. Elle regardait en avant et ne répondit pas à la religieuse. Puis, lorsqu'une heure plus tard elle entra dans la maison de la Grande-Allée, elle savait qu'elle s'appellerait dorénavant, non plus Léda qui était son nom, mais Hermine que sa maîtresse trouvait plus représentatif.

Peu de temps après, Hermine avait pourtant failli redevenir Léda. En fait, elle le redevint au moins le temps d'une bénédiction nuptiale. En effet, Hermine s'était mariée malgré les objurgations de Mme Clouet "pour la ramener au bon sens".

—Tu n'as pas honte, ingrate que tu es ! lança celle-ci, sincèrement outrée à la fin. N'oublie pas que sans moi, tu serais encore à l'orphelinat à peler des patates !

—Je les pèle bien ici . . . riposta la petite, en relevant le nez qu'elle avait, à l'époque, fort retroussé.

Mais tout à coup, d'une pauvre voix suppliante :

—J'ai toujours pelé les patates des autres, Madame. Pourquoi donc que je pèlerais pas enfin les miennes ?

—Fiche-moi la paix ! coupa net Mme Clouet qui, dans la colère, négligeait quelque peu la correction de son langage. Si encore tu épousais un garçon d'avenir . . . de petit avenir, bien entendu, mais tout de même un quelqu'un de moins morveux que ce Paulo. Je le connais, tu penses, le livreur de mon boucher ! Un nigaud. Ah ! vous allez faire la paire tous les deux. Ton Paulo, il ne gagnera jamais que sept piastres par semaine et toi, idiote, tu ne sauras jamais par où sortent les enfants ! Je te prédis . . .

Les prédictions de Marcelline Clouet concernant des hyménées qu'elle n'approuvait pas, ressemblaient fort à des malédictions. Le plus bizarre est qu'elle voyait souvent juste. Au bout de huit semaines de bonheur (un de ces bonheurs trop vite apprivoisé sans doute pour bien mériter son nom), on vit le mari d'Hermine dépérir de jour en jour. Il avait l'air d'un homme qui a eu trop faim pour supporter maintenant la nourriture. Il se prit littéralement à fondre. Mais personne ne s'en inquiéta étant donné la canicule. Brusquement, il cessa de suer et fit de l'onglée. Quand il n'eut plus d'ongles, il rendit un petit reste : le dernier soupir.

Alors Hermine revint sonner à la maison de la Grande-Allée.

—Je te l'avais dit, ma pauvre fille, que ta vocation était dans ton tablier ! ricana Mme Clouet.

Elle darda soudain sur la veuve un oeil fixe : "Noue-le à tes reins une fois pour toutes et qu'on n'EN parle plus !"

Hermine s'était affinée. Elle comprit que le mort tenait tout entier dans un pronom. Dès lors, le pauvre Paulo connut au cimetière un oubli proportionné à la place qu'il avait tenue dans la société.

"Qu'est-ce qu'ils m'ont fait ? Mais rien, rien du tout ! Je ne les connais pas, je ne les ai jamais vus. Pourquoi leur en voudrais-je à eux ? Ils ne comptent pas, voilà tout . . ."

Pourquoi Laure, Noëlla, Thomas déplaçaient-ils la question ? Qu'est-ce que c'était que cette idée de croire Hermine partie en guerre contre un petit ménage Brière quelconque ? Que se disaient-ils tous ? qu'Hermine voulait peut-être empêcher deux hurluberlus de mettre à exécution un projet d'ailleurs incroyable ... Et si cela était ? Oui, si Hermine était la seule qui devinât un odieux calcul ? Est-ce que ça ne se voyait pas tous les jours des jeunes à court d'argent, mais riches d'idées ?

Or, c'était une riche idée pour un jeune couple peu scrupuleux de spéculer sur la pitié d'une demoiselle d'âge mûr qui s'ennuyait. C'était bougrement habile aussi de jouer les fiers : *"À la condition expresse que vous nous laissiez payer notre chambre, chère cousine..."* Mais les finauds se gardaient bien de préciser un montant, comme ils évitaient avec soin maintenant de limiter la durée de leur séjour. Bien au contraire, les dernières lettres faisaient des projets pour l'été : *"Au temps des vacances de Maurice, nous louerons une auto et naturellement, cousine, vous serez de toutes nos balades... "*

Mademoiselle Laure, à ce passage, n'avait pu contenir un curieux petit rire, à la fois confus et ravi ...

Sainte Gudule !

Hermine avait fini par sortir un bras hors des couvertures. Sans faire de lumière, elle repêcha ses dentiers au fond d'un bol rempli d'eau et, d'une succion énergique, se les remit en bouche. On entendit un bruit d'osselets, après quoi une sorte de déclic referma sèchement les mâchoires d'Hermine qui parut rajeunie.

Elle venait de trouver, mais trop tard, ce qu'il aurait fallu répondre à Laure quand celle-ci lui reprochait "ses idées toutes faites" et "ses malheureux préjugés".

Préjugés. Parti pris. Égoïsme. Quoi d'autre encore ? Oui, quelles autres accusations Laure Clouet lançait-elle à sa vieille compagne depuis quelque temps, en usant d'un vocabulaire inconnu jusqu'alors dans la maison ? Mais ne cherchait-elle pas ainsi à motiver ses propres reniements ?

Ah ! elle s'offusquait parce qu'Hermine osait mettre en doute ce qu'elle appelait, elle, la "spontanéité" du couple Brière. Pourtant, il n'y avait pas si longtemps, ne se défiait-elle pas des lettres de Sherbrooke, un peu trop généreuses à son gré en protestations d'amitié ? "Tout de même ! Annine oublie que son affection est restée bien silencieuse depuis son fameux séjour ici. . ." ironisait-elle. Car alors, elle avait encore la tête froide et pouvait discerner entre le vrai et le faux. Elle riait en haussant les épaules. Que n'avait-elle continué de rire au lieu de tout doucement se mettre à lire puis à relire les missives bleues ? Dès lors, l'existence se gâtait pour Hermine obligée de s'intéresser à des lettres qu'elle aimait de moins en moins, qu'elle se prenait, en outre, à suspecter à mesure que l'émotion de Marie-Laure, au contraire, grandissait. Est-ce que n'importe qui ne se fût pas avisé que les conversations de la maison tournaient toutes à présent autour d'un sujet unique ? qu'il n'y avait presque plus moyen de retrouver de rassurants lieux communs sur la température, le prix des denrées, les sermons de la grand'messe et la vitesse des automobiles ? Mais le pire était encore à venir : c'était l'ahurissante décision de Mlle Clouet énoncée la veille dans le petit salon de Madame. "J'ai décidé de prendre en pension monsieur et madame Maurice Brière."

Comment dormir après une telle nouvelle ?

"J'ai décidé!"

Mademoiselle Laure avait changé. Et chaque jour désormais, elle changerait davantage si un jeune couple s'installait ici. Ah ! bien sûr, Hermine n'était qu'une servante et elle ne connaissait rien à rien. Pourtant elle savait une chose : que le piège est vieux comme le monde d'une vieille fille ensorcelée par le spectacle de deux êtres jeunes s'aimant sous ses yeux. Or Laure Clouet était une vieille fille, et de l'espèce la plus désarmée, celle des vierges de coeur et

de chair. Cela aussi Hermine le savait. Qu'adviendrait-il de Mademoiselle? On en connaissait de pauvres alouettes d'arrière-saison qui s'essoufflaient à suivre le rythme de la jeunesse. Elles faisaient rire autant que les tristes raidies et les bigotes de quartier.

Il y avait un péril plus grand que celui du ridicule, hélas !

Les yeux d'Hermine s'agrandirent comme si elle voyait tout à coup surgir une bête immonde. Seigneur! qu'allait-elle imaginer là? Comment osait-elle ! Tout, elle pouvait tout prévoir à part cette chose monstrueuse de Marie-Laure Clouet perdant son honneur ! N'importe quoi d'autre, la maison de pierre, la fortune familiale, les traditions sacrées, oui, peut-être un jour tout cela pouvait dériver vers d'insoupçonnables métamorphoses. Mais la vertu de mademoiselle Laure, oh !...

Hermine serra convulsivement les grains de son chapelet. Elle se disait que sûrement elle venait de subir une inspiration directement émanée du Malin, car jamais sa rancœur n'avait divagué si bassement. Rancœur... Encore un mot de mademoiselle Laure. "Quelle rancœur tu nourris contre moi, Hermine ! Et pourquoi ? Je vais te le dire..."

Non, Marie-Laure Clouet, ne dites rien de plus à votre vieille fidèle compagne qui a tenu votre main pendant que votre mère agonisait.

"J'ai décidé de prendre en pension..."

Pourquoi Hermine ne pouvait-elle s'empêcher de substituer à ces mots une phrase terrible, pleine des ténèbres de l'abandon : "J'ai décidé de demander pour toi une place à l'hospice..."

Non, non ! Mademoiselle Laure n'avait pas dit cela, elle ne dirait jamais cela, jamais !

Jamais ?

Où était le temps béni des toujours et des jamais érigés, tels des rocs de défense contre l'inconnu des lendemains ? Où étaient les merveilleuses certitudes d'autrefois, et même de l'an dernier, à cette date, à cette heure ?

Le visage ravagé d'Hermine se plissa sous la souffrance enfin avouée et submergeante. Une souffrance qui noyait toute colère et même l'angoisse de cette nuit interminable. Car c'était encore tout noir dans la fenêtre et rien, rien ne garantissait la venue prochaine d'un autre jour à vivre en sécurité. Hermine ne chercha point à reconnaître le pas du laitier dans la cour, ni le heurt familier de son panier de métal aux bouteilles pleines de lait frais, chacune bien à sa place dans son petit compartiment. Certains mouvements du laitier parfois dérangeaient un peu les bouteilles et alors Hermine entendait comme un son de clochette très gai et très léger. Elle souriait en évoquant les aurores d'été à la campagne, lorsqu'une jeune chèvre s'éveille avant tout le troupeau.

Mais ce matin, la douce main de la vie quotidienne n'effacerait pas le tourment de la vieille femme. Il plongeait trop creux et il avait la figure trop ancienne. Quelques maigres larmes coulèrent sur ses joues dont chacune semblait la déchirer.

VIII

NOËL et le nouvel an passés, la ville glissa dans le silence refermé sur elle ainsi que des bras puissants et froids. C'était, du temps de Mme Clouet, le signal d'une longue retraite devant le feu de bûches du petit salon dont la lueur, prétendait-elle, suffisait pour une lecture à haute voix des poésies expurgées de M. Victor Hugo. Dès lors, on ne sortait plus que pour la messe dominicale et la confession mensuelle allongée des formules du rituel pour durer le temps convenable. Et les jours ressemblaient à un vieux chien paresseux qu'il faut pousser du pied pour le faire avancer. Parfois même, on avait l'impression que le temps s'immobilisait à la façon d'un balancier d'horloge mal réglé. S'étant arrêté sans raison, il repartait de même. Moyennant un peu d'imagination, on pouvait le voir, au bout d'un moment, tourner en rond comme s'il était allé trop vite et ne savait plus que faire entre les minutes. Quelqu'un, parfois, soupirait : "Comme le temps passe !", mais c'était toujours une personne d'âge venue dire bonjour en passant et boire une tasse de thé. Ces visites ne grignotaient qu'une heure à la fois. On se retrouvait ensuite face à face avec le reste de la journée, et celle-ci vous examinait de ses yeux fixes qui contenaient toutes les saisons sans avoir gardé le souvenir d'aucune d'elles.

C'était autrefois.

Il y avait eu aussi autrefois Mlle Marie-Laure Clouet à l'existence réglée comme du papier à musique et dont les habitudes avaient le poids des épaves de mer. Dans ce temps-là, quel que fût aux branches naissantes le frémissement de la nouvelle saison, c'était pour Laure la date du *grand ménage* ou de la fin du chauffage. Dans ce temps-là, sans souci des douces violences du printemps, les soirées de Laure Clouet se prolongeaient sur les papiers d'affaires envoyés par le notaire. Dans ce temps-là ... Mais il semblait aujourd'hui si loin le dernier mois d'avril où toutes ces choses s'accomplissaient que Laure elle-même se demandait tout à coup : "Est-ce qu'il y a seulement un an ou dix ans que j'ai fait peindre les contrevents ? "

Maintenant on voyait des choses surprenantes. On voyait, par exemple, Mlle Clouet se coiffer de paille et de rubans, on la voyait s'attarder dans les boutiques de mode. Elle avait avec l'architecte un long entretien dont elle révélait à Mme Boies-Fleury le renversant secret :

—Monsieur Gilbert assure que rien n'est plus facile de séparer le rez-de-chaussée de l'étage. Il ferait même une entrée particulière. Mes Brière seraient ainsi parfaitement chez eux.

Mme Boies répondait songeusement :

—Tu as l'air d'une lampe dont on aurait renouvelé l'huile ...

Mais c'étaient les mains de Laure qui accusaient le plus un changement bien singulier. Toujours aussi sages, elles ne craignaient plus cependant de se laisser voir dans l'expression de l'enthousiasme. Elles manifestaient, elles prenaient de l'avance sur la parole, plus fines et plus sensibles qu'on n'aurait cru. Pendant le sommeil, elles expérimentaient une grisante liberté, devenaient légères avec des gestes errants, un peu craintifs soudain et qui s'arrêtaient court au bord

des doigts interrogateurs ; puis elles repartaient en frémis-
sant sur le drap. Il y avait, la nuit, dans les mains de Laure
Clouet d'étranges chants sans musique.

IX

CE dimanche-là, Laure franchit l'entrée du parc des
Champs de Bataille juste à l'instant où le soleil per-
çait. Elle ressentit à la nuque une longue, douce chaleur qui
était le salut du printemps. Du moins, les promeneurs ap-
pelaient-ils printemps l'intervalle d'une heure dans l'après-
midi pendant laquelle la terre fumait autour des haies et la
vieille herbe de l'automne précédent achevait de s'effilo-
cher. "Un vrai ciel d'été ! ..." s'exclamait-on, en se mon-
trant l'azur bordé de rose en travers duquel le vol noir
d'une corneille faisait l'effet d'un désordre d'oiseau ivre. Le
fleuve attendait sa marée pour disloquer des îlots de glace
sous lesquels une eau lourde et moirée ondulait avec de su-
bits élans agressifs. Une barge glissa au milieu de l'eau menaçante. Sans diminuer son allure, le petit bateau cracha
une extraordinaire fumée noire qui prit beaucoup de temps
à se dissiper. Les falaises de Lévis, grises encore de glace,
découvrirent un pic rose. Quelque chose brilla au bout qui
était peut-être le dos d'un goéland.

Laure Clouet se sentit les mains chaudes dans ses gants
de peau et l'envie singulière de renverser la tête pour fixer
le soleil.

Autour d'elle, les talons ferrés des garçons battaient la
mesure sur l'asphalte. Un quatuor d'adolescentes chuchota

en se poussant du coude devant un nouveau venu. Elles avaient des rires brefs et stridents qui faisaient penser à une légère décharge électrique. De jeunes mères se laissaient tyranniser par leurs bébés. Un vieux célibataire un peu obsédé marmotte des choses contre un groupe de gamins pressés les uns contre les autres, telle une grappe mouvante, pour l'observer. Il y a un moineau au petit dos usé par les intempéries. Un écureuil part à la recherche de son ombre. Une plante toute neuve émerge d'une profonde odeur végétale.

La nouvelle saison laissait l'imagination s'embarquer pour un voyage fabuleux que personne ne ferait jamais, et s'égarer délicieusement les rêves dans un lacis d'aventures amoureuses, et pressentir en soi le poète de génie étouffé dans ses langes. Chacun répétait : "Cette fois, ça y est, c'est le printemps . . ." en réprimant un frisson et l'envie d'éternuer.

Marie-Laure Clouet n'eût pas éprouvé une joie de vivre de qualité plus fine en la compagnie d'Annine et de Maurice Brière, mais peut-être une joie aveugle, l'une de ces joies qui font presque mal parce qu'elles prennent toute la place en ravageant ce qui résiste ; et qui empêchent de réfléchir ; qui font prononcer des paroles imprudentes ou poser même un acte plein de risques. Ces sortes de joies sont dangereuses pour les coeurs chastes, mais elles n'assaillent toujours que ces coeurs-là. Laure l'ignorait et personne n'avait songé à la mettre en garde. Demain peut-être serait trop tard pour celle qui ne se préoccupait plus de dissimuler une flamme courte animant ses yeux sombres ; et parfois un souffle rapide entrouvrait ses lèvres comme si elle avait couru, ou bien encore qu'une attente indiscernable tendît doucement son être vers l'inconnu.

"Pourquoi donc n'ai-je jamais eu d'amie ? " se demanda Laure Clouet, assise sur un banc de la terrasse Grey un dimanche d'avril où elle ne semblait ni plus ni moins seule que d'habitude. Aussitôt, l'image de Mme Boies-Fleury

effleura son esprit comme un remords. Laure tranquillement s'en défit. Il faut à l'amitié la simplicité des gestes autant que la spontanéité des confidences. Or Mme Boies n'acceptait de présence humaine à ses côtés qu'aux heures où elle se faisait accroire à elle-même qu'elle n'était pas si lasse de tout, ni si détachée de tous. On ne pouvait téléphoner à Mme Boies pour lui donner rendez-vous aux Plaines. On ne devait pas non plus arriver chez elle si elle ne vous avait fait appeler par sa dame de compagnie ... Mais si Mme Boies ne suffisait plus à Laure et si la pauvre vieille Hermine n'avait jamais réellement compté, qui donc attendait-elle ? Annine peut-être ? Elle-même n'en était pas sûre. L'amie de son rêve n'avait pas de traits définis, elle ignorait la qualité profonde de son âme. Androgyne créature roulée dans les voiles pudiques de l'imagination, cette amie n'aurait-elle pas dû porter plutôt le nom de témoin ? un témoin simplement, un témoin pour écouter les battements insolites de son coeur. Car maintenant, sous le vêtement de coupe sévère de Mlle Clouet, dans sa poitrine chaude battait un coeur heureux. Toute sa vie, Marie-Laure avait écouté battre les coeurs des autres. Il y en avait d'amers et de rancuniers, certains rendaient le son du vide. Il y avait eu surtout trop de vieux coeurs au ralenti. Si quelquefois, Laure avait cru reconnaître un coeur heureux, elle savait bien à présent que ce n'était que simulacre comparé à son coeur à elle qui faisait songer à une forêt profonde, remplie des rumeurs du vent et des parfums de l'aube. Fallait-il aller jusqu'au bout de la vérité et dire qu'à l'heure où la plaine bascule dans la nuit, le coeur de Laure Clouet se dorait délicatement de morceaux de soleil dédaignés par les vivants repus ? Voilà ce qu'était devenu un coeur que tout le monde croyait mort parce que personne n'avait voulu écouter ce qu'il avait à dire.

Mais où était le témoin d'un lent réveil ? Comment d'abord ce réveil s'était-il fait ? Un jour sans doute, le jeune

[97]

couple de Sherbrooke s'en vanterait : "C'est grâce à nous, à notre jeunesse..." devant une Laure Clouet triomphant enfin de ses folles paniques. Mais leur jeunesse et leur amour n'auraient été que le prisme à travers lequel Laure contemplait ses propres incendies intérieurs. Chaque être est pour chaque être un prétexte à vivre ou à mourir, mais la vie et la mort sont déjà dans la main qui s'ouvre ou se referme.

Pourquoi, osait enfin penser Laure Clouet, pourquoi n'aurait-elle été créée que pour servir de sentinelle devant des tombeaux vides ? Car une inquiétude nouvelle l'assaillait. De qui pouvait-elle répondre parmi les hommes et les femmes de sa lignée ? Que savait-elle, au fond, de tant de morts dont il lui arrivait maintenant de chercher quelque signe caractéristique dans les portraits encadrés du grand salon ? "Quel noble front !" s'exclamait autrefois Mme Clouet devant le crâne chauve de l'oncle Edouard. Puis elle désignait à sa fille l'image de la tante Annonciade : "Voilà ce que j'appelle un port de reine !" Mais le pouce arrogant d'Edouard, l'expression méprisante d'Annonciade, un reste de cruauté secrète ici, la bêtise là, il n'y avait pas longtemps que Marie-Laure Clouet en reconnaissait les signes affligeants dans la galerie de portraits familiaux. C'était vrai pourtant qu'aucun n'était mort sans pardonner à des ennemis imaginaires et c'était exact qu'on les appelait de "bons citoyens". Mais où étaient leurs oeuvres ?

Tout à coup, Laure Clouet se prenait à considérer l'histoire des siens et à la trouver sans consistance. Bien des années avant la mort de sa mère, l'héritière de la Grande-Allée avait cherché des *actes* dans la généalogie. Elle n'y trouva que des attitudes. Mais elle-même ne savait pas alors faire la différence. Plus tard, peut-être simplement en parcourant le journal du soir bourré de l'énorme fait divers humain des larmes et du sang, Laure entrevit-elle la ruse calculatrice des siens pour échapper aux débats de l'esprit sans que leur chair en pâtît ? Elle n'aurait su dire à quel moment précis elle avait commencé à haïr confusément l'hypocrisie des grandes tirades familiales dont chaque génération des Clouet s'était gargarisée, ni pourquoi elle tremblait soudain d'entendre murmurer dans son dos les mots étranges de "parvenu" et d'"infiltré"....

Surtout, surtout, elle s'avisait lentement que personne, pas même sa mère, ne s'était préoccupé d'elle en tant que créature aux droits sacrés. Chacun lui avait légué, il est vrai, ses biens et son honneur, mais à la condition qu'elle n'en usât que pour leur mémoire à tous. Dans les testaments, elle était désignée comme la "continuatrice", mais sans prénom et sans regard. À vingt ans, elle était déjà de celles que les jeunes femmes comblées et les vieilles femmes sans pudeur prennent pour confidente. Mais elle n'avait rien à confier à personne. Si un visage, parfois, ou la tiédeur d'une ombre s'était attardée tout contre sa figure, nul sans doute n'en saurait jamais rien. Et si la force frémissante et la douceur secrète de son corps peu à peu dégénéraient faute du don sans mesure, nul n'entendrait Laure Clouet accuser sa mère. Pourtant bien des voiles se déchiraient à présent devant elle. Saurait-elle dénouer les fils de beaucoup de mensonges sans tomber à son tour dans l'injustice ? Déjà ne confondait-elle pas ses propres appétits d'affranchissement avec la liberté ? et n'était-ce pas la violence découverte de son propre sang qui l'inclinait dangereusement à dénoncer l'oppression ?

X

I L était quatre heures trente quand Laure arriva à l'hôtel "château Saint-Louis". Quelques personnes flânaient dans le hall en attendant le thé de cinq heures. À l'ascenseur, un triple regard de connaisseurs accueillit cette dame bien vêtue, au teint avivé par une promenade aux Plaines. Laure hésita, traversée par le désir de fuir. Mais déjà les trois hommes lui faisaient place avec empressement. Elle dompta son impulsion.

—Au septième, s'il vous plaît, dit l'une des voix au garçon d'ascenseur qui poussa la grille.

Laure calcula les paliers. Miséricorde ! Il y en avait neuf à franchir avant d'atteindre l'étage de Mme Boies-Fleury. Elle sentit dans son dos la chaleur particulière aux corps bien nourris, elle respira une odeur peu familière de fin tabac et de sueur fraîche mêlée à l'eau de Cologne. Si l'homme le plus rapproché d'elle tournait un peu la tête, il pourrait observer une minuscule "tache de vin" au bord de sa joue droite... Marie-Laure Clouet sentit naître des gouttes d'eau glacée aux aisselles, qui roulaient l'une sur l'autre sans se défaire jusqu'au rempart du corset.

Brusquement elle se détesta d'éprouver un tel désarroi. Autrefois, devant sa poitrine déjà ronde qui luttait contre des soutiens-gorge assassins, Laure entendait sa mère gémir : "Dire que sans le savoir, tu donnes peut-être de mauvaises pensées aux hommes ! " Alors l'adolescente se prenait à haïr son corps trop sain au sang bondissant et rêvait obscurément de quelque mutilation comme on lui avait raconté que les saintes en pratiquaient sur elles.

"Non ! Non !" se commanda-t-elle en serrant les mâchoires devant l'évidence grotesque de son bouleversement. Non, elle ne voulait plus, à quarante-quatre ans, subir une espèce de terreur maladive au souffle de l'homme. Elle se regardait souffrir absurdement de son visage, de son corps, comme si elle était infirme ou laide. Mais non, elle n'avait pas de tares physiques, elle n'était pas non plus une obsédée comme sa mère. Alors pourquoi éprouvait-elle une honte morbide devant trois étrangers qui l'examinaient complaisamment ?

Tout à coup, Laure goûta à la fadeur du sang sur sa lèvre mordue. Au même instant, le cercle d'acier autour de sa nuque céda.

—Voici votre étage, madame, dit le garçon.

Elle s'aperçut qu'elle était seule dans l'ascenseur. Un à un, ses compagnons l'avaient quittée sans qu'elle s'en rendît compte. Encore ahurie, Laure s'éloigna rapidement en battant des cils sur quelques larmes nerveuses.

À la porte de Mme Boies, Catherine Cardinal avait épinglé un bout de papier à l'adresse de Mlle Clouet. Celle-ci y lut que la clef était à l'endroit convenu et que les petits fours glacés attendaient au dressoir. "Elle est sortie, tant mieux", pensa Marie-Laure qui prit la clef sous le paillasson. Aujourd'hui surtout, elle avait besoin d'être seule avec Mme Boies à cause de ce billet reçu la veille et qu'elle n'avait pas bien compris. C'était une très ancienne habitude de la vieille dame d'écrire aux êtres qu'elle aimait une pensée lui venant subitement à propos d'eux. Laure possédait ainsi une cassette pleine de réflexions grâce auxquelles d'ailleurs certains jours avaient moins lourdement pesé. Mais le billet de la veille lui laissait une appréhension qu'elle désirait éclaircir. Et puis aussi sa ridicule émotion dans l'ascenseur, elle voulait s'en confesser à celle qui recueillait, sans les trahir jamais, les secrets et les larmes. Mme Boies disait qu'apprendre à vivre, c'est apprendre à cerner son âme jusqu'en ses retraites les plus couvertes de nuit. Elle lui aiderait donc, elle la guiderait. Il fallait que Laure sût quelle était *l'oasis* dont parlait le billet et pourquoi les *sources* enfin trouvées peuvent quelquefois empoisonner les impatients.

Dans l'étroite pièce d'entrée, elle tendit l'oreille. De la musique parvenait du salon : un concerto de Beethoven que Mme Boies chérissait. Le disque finit sur l'accord victorieux du piano dominant l'orchestre. Laure en profita pour frapper. Déjà cependant l'instrument ramenait la musique à son début. Alors Mlle Clouet tourna sans bruit le bouton de cristal de la porte et pénétra dans la pièce. Comme chaque fois qu'elle s'y trouvait, le salon de Mme Boies l'apaisa. Les meubles ici, en bois satiné, les porcelaines délicates, les soieries, tant d'oeuvres d'art authentiques ne témoignaient pas seulement du génie humain, mais aussi de sa sagesse. Ceux qui amoureusement avaient ouvré, sculpté, brodé ou peint tout ce que l'on voyait dans l'appartement, n'avaient pas si patiemment travaillé dans le seul but de se survivre. Bien des œuvres d'ailleurs ne portaient pas de nom et elles étaient quand même parfaites. Elles attestaient d'un désir souverain de servir au moyen de la beauté. Mme Boies avait passé sa vie dans la vérité de l'art. Peut-être était-ce pour cette raison qu'elle avait toujours répugné à certaines formes basses de la réussite ?

Laure aperçut sa vieille amie à sa place favorite, devant la large fenêtre et tournant le dos aux visiteurs. Il lui suffisait d'allonger le bras pour interrompre, si elle le désirait, la musique grandiose. Elle pouvait aussi, au moyen de sa canne, arranger le coussin sous ses pieds. Laure vit qu'il en avait besoin, de même que l'oreiller de dentelle.

—Madame Boies, dit Laure, c'est moi.

Elle n'avait pas parlé assez haut peut-être, car rien ne bougea dans le fauteuil. Laure remarqua la tête un peu penchée sur l'épaule comme si la vieille dame lisait. Mais le crépuscule envahissait trop rapidement le salon pour qu'il fût possible de lire. Mme Boies devait simplement, comme chaque soir, contempler Saint-Malo palpitant de mille feux. "Québec est là désormais..." murmurait-elle parfois. Ses amies protestaient avec véhémence, mais elle les arrêtait ainsi qu'on arrête un bavardage inutile.

—Pourquoi ne pas en convenir ? Nous n'avons pas su ou pas voulu voir au delà de notre époque et de nos intérêts particuliers. Nous avons vécu en vase clos sans comprendre que l'asphyxie était inévitable. Voyez-vous, il faut de fameuses provisions de génie ou de vertu pour se passer des autres... Allez, c'est nous-mêmes qui avons donné au peuple le droit de nous juger et les moyens de nous remplacer...

Le concerto joua le passage à propos duquel Mme Boies avait inventé la légende d'une créature en marche vers d'innombrables chants semblables au sien, et à chacun elle demande un impossible accord.

Marie-Laure pensa au billet reçu la veille. L'oasis, était-ce un jeune couple de Sherbrooke qui la symbolisait dans la pensée d'Esther Boies ? Mais pourquoi Laure devait-elle se garder d'un mirage possible ?

Ses yeux fixèrent soudain avec terreur la délicate mule de velours d'Esther Boies qu'une main semblait avoir arrachée de son pied. Il reposait, ce pied, sur le côté, tel un vieux routier au bout de la route.

LA NUIT
NE DORT PAS

nouvelles

Le cri dans la gorge de Laure s'étrangla. Ses doigts fouillèrent dans son sac à main, y trouvèrent le billet dont elle ne comprenait pas le sens et qu'il fallait que Mme Boies lui expliquât. "Si vous me laissez seule, comment y arrive-rai-je ?..." gémit-elle en silence. Mais elle savait déjà qu'elle était seule et que d'elle seule dépendait désormais la signification des lignes tracées la veille par Esther Boies. *"Tu as longtemps marché dans un désert. Te voici au bord d'une oasis. Ne bois pas trop vite à la source, elle te ferait plus de mal que le sable sec."*

Monsieur Franque

MONSIEUR Franque n'était pas un imbécile. Certes non. Mais l'expérience ne lui avait pas encore appris que lorsqu'un médecin, d'une voix douceâtre, insiste en vous conseillant de vous laisser vivre, de vous emmitoufler dans la quiétude, cela signifie qu'il vous enterre déjà dans la mémoire des hommes.

Or son médecin lui avait dit :

—Ce qu'il vous faut, c'est le grand calme. Existence aimable, sans heurts d'aucune sorte. Fuyez tout ce qui est de nature à vous affliger, voilà.

—Voilà ! répéta monsieur Franque à sa femme. Vivre doucement, doucement, tu comprends ? surtout jamais d'émotion violente.

Le soir même madame Franque prouva qu'elle avait parfaitement compris en décidant de faire chambre à part.

Au bureau, monsieur Franque, pressé par la sympathie de ses collègues, avoua le régime de vie prescrit. On s'entendit aussitôt pour le ménager, poussant la pitié jusqu'au mensonge.

Ainsi le jeune commis que monsieur Franque interrogeait sur la santé de sa mère, lui répondit sans broncher qu'elle allait beaucoup mieux.

En fait, elle se mourait.

On prit l'habitude de lui cacher même les accidents de la rue :

—Bah ! simple collision de bicyclettes . . .

Et tandis que, rassuré, monsieur Franque se remettait à ses dossiers, des gens transportaient les victimes dans une maison voisine.

Il arriva bientôt qu'il ne sut plus rien de personne, sinon les fadeurs du train-train quotidien. La vie étant faite d'échanges, l'équilibre se trouva rompu entre monsieur Franque et son entourage : on finit par lui en tenir sourdement rigueur.

D'ailleurs, lui-même posait de moins en moins de questions. À force de s'isoler, il en vint à nier les événements qui lui échappaient, d'où malentendus et maladresses qu'il s'efforçait ensuite de réparer.

À ce jeu, son coeur s'énerva. Il se rappela l'avertissement du médecin :

—Pas de nouvelle crise !

Il donna sa démission.

Monsieur Franque possédait quelques économies. Tout compte fait, il pouvait s'offrir le luxe d'un tête-à-tête indéfini avec sa femme.

Le malheur est que le couple ne sonnait plus la même note sentimentale. Au surplus, madame Franque, bien portante, n'entendait pas changer son mode de vie. Laissé seul plus souvent qu'à son tour, monsieur Franque s'ennuya. Peu industrieux, dénué d'imagination, il ne lui resta plus, comme toute ressource, que la lecture des journaux.

Son épouse s'en chargea pour lui, avec mille précautions, passant sous silence tout ce qui pouvait l'impressionner. Elle filtrait l'actualité. À l'entendre, tout allait pour le mieux dans le meilleur des mondes. Le couple faisait le tour de la terre en quinze minutes. Mais les nouvelles empirant, madame Franque n'en mit que dix, puis cinq ... quitte à reprendre minutieusement la route avec sa voisine de palier.

Pendant ce temps-là, monsieur Franque était tout occupé à attendre sans impatience son petit déjeuner.

Les Franque avaient une fille mariée et un fils, mauvaise graine, que le père, avant sa visite au spécialiste, tenait à l'oeil.

Mais voici que, du jour au lendemain, toutes les semonces cessèrent au sujet des bulletins de conduite. Par mesure de prudence, madame Franque, à la fin du mois, déchira une lettre du directeur du collège adressée à son mari.

Par la suite, le mauvais garnement lui-même se servait des bulletins pour allumer sa cigarette aux yeux ébahis de camarades.

Monsieur Franque avait un ami. Il le fréquentait depuis l'enfance. À vrai dire, ce fut son seul ami.

De bonne heure traqué par le destin, celui-ci reportait sur monsieur Franque une pauvre soif d'aimer. Les deux hommes se voyaient souvent, jouaient aux cartes, se promenaient dans les rues familières du quartier.

L'ami souffrait d'hypocondrie. Cuisiné par madame Franque, il fit des efforts héroïques pour mentir à ses souvenirs. Lui qui ne souriait jamais, on le vit un jour qui s'y essaya.

[111]

Ce fut un spectacle si navrant que monsieur Franque en eut les larmes aux yeux. Cette nuit-là, il se retourna bien des fois dans son lit. Le lendemain, il avait la mine de quelqu'un qui lutte contre une mauvaise pensée.

Les jours suivants, cela s'aggrava. Inquiète, madame Franque résolut de le confesser.

—Mon gros, tu me caches quelque chose ! . . .

Ce ne fut pas long.

Étouffant de honte et de chagrin, monsieur Franque se confia.

—C'est à cause d'Ernest. C'est bien simple, ma femme, je défaille rien qu'à reconnaître son pas de crevé dans le vestibule !

Cependant les relations continuèrent encore un peu de temps. Mais il fallut se rendre à l'évidence : monsieur Franque dépérissait de manière alarmante.

Plus d'hésitation possible.

La scène eut lieu dans le salon par un dimanche de faux printemps.

—Si vous l'aimez . . . Le docteur a été catégorique . . . Ce n'est pas votre faute, je sais, cher Ernest, mais vous êtes déprimant comme ce n'est pas permis . . .

L'hypocondriaque comprit. Il ne se plaignit point. Il s'en alla. Deux mois plus tard, on le trouva mort. On découvrit qu'il avait souffert d'un cancer d'estomac sans en souffler mot à quiconque.

Une année s'écoula au bout de laquelle, s'il en eût fait le tour, monsieur Franque se fût aperçu qu'il ne lui restait presque plus de souvenirs de sa vie passée.

De plus en plus il tailla, élagua, coupa. Cela lui composa une bizarre existence de beau temps continu.

Au début, sa bonne humeur et son optimisme lui valurent quelques relations. Les gens venaient chez lui oublier leurs tracas.

Une heure durant, l'entretien sautillait d'un sujet comique à un sujet noble dont monsieur Franque et sa femme dirigeaient les alternances.

On écoutait. On approuvait. On bénissait.

À la longue pourtant, la sérénité de la maison parut agacer les visiteurs. Un audacieux se permit même des propos sarcastiques sur les égoïstes qui ne pensent qu'à se protéger tandis que le voisin brûle ...

Personne de la famille Franque n'eut l'air de comprendre. Les amis haussèrent les épaules et s'abstinrent de revenir. Ce qui fit longuement réfléchir monsieur Franque à la difficulté qu'éprouvent les hommes à s'adapter à la paix intérieure.

Lui, il était heureux. Oh ! d'un bonheur infiniment fragile, il est vrai, qu'un rien troublait. Par exemple, la viande "triste à voir" lui faisait repousser son assiette. Il donnait de la lumière partout, dès quatre heures de l'après-midi pour éviter la mélancolie du crépuscule.

Au commencement de la troisième année, sa voix autrefois persuasive se fit autoritaire pour enjoindre à madame Franque de marcher moins vite, de parler moins haut et de rire si possible par en dedans.

Lui jadis si actif, il se mit à paresser au lit de façon choquante.

L'heure vint où il ordonna qu'on lui apportât son gruau dans sa chambre.

[113]

Un jour, il suggéra d'offrir, à sa fille mariée qui n'en avait point, l'appareil de radio.

—Mon Dou ! Mon Dou ! soupira madame Franque, qui se passait difficilement de bruit.

Mais elle se sacrifia.

Monsieur Franque faisait sa promenade quotidienne. Un gamin, le désignant du doigt, cria à ses camarades :

—V'là le vieux qu'a l'air si mauvais ! . . .

Rentré chez lui, monsieur Franque s'examina dans la glace. Il y vit quelqu'un à l'expression des yeux dure, de bouche méfiante. Il sortit de son portefeuille une photo d'avant la cure et s'y trouva mieux.

La nuit suivante, il ressentit de l'angoisse.

—Dieu ! la crise . . .

Il s'en tira.

Le médecin mandé en toute hâte lui adressa des remontrances.

— Je suis sûr que vous ne vous ménagez pas assez. Tâchez donc de ne pas vous en faire !

À partir de là, monsieur Franque devint laid.

C'est ainsi qu'il osa lever sa canne sur un mendiant importun.

Qu'à la suite de ce geste impétueux ses vaisseaux ne se soient pas rompus, démontre clairement que l'homme est doué d'une singulière aisance dans le mal. Les moins malhonnêtes en sont d'ailleurs humiliés.

Monsieur Franque avait été honnête.

Il ne l'était plus.

C'est peut-être pour cette raison qu'il se prit à soupçonner tout le monde, en commençant par son fils. Pour ce qui est de ce dernier, au reste, il avait raison.

De frasque en frasque, l'adolescent s'acheminait vers la Cour des jeunes délinquants.

Il y aboutit et madame Franque pleura.

Le père, lui, raisonna. Aimer son enfant n'est-ce pas d'abord le protéger contre lui-même ?

Monsieur Franque s'en fut voir le juge.

—Je suis malade, Votre Honneur. Je suis quasi un moribond. Encore quelques semaines et je ne suis plus rien. Quant à ma femme, il y a longtemps qu'elle est folle . . . de terreur.

—Calmez-vous, cher monsieur. Allez, je devine ce qui en est : des parents pauvres et courageux, un garçon révolté. Oui, oui, je vois cela. Tenez, j'aurai pitié. Au fond, votre fils n'est pas méchant. Je lui ferai un peu peur et puis je vous le rendrai.

—Mais pas du tout ! Attendez ! Je n'en veux pas !

—Vous dites ?

—Je me meurs, Votre Honneur !

—Vous l'avez déjà dit. Et après ?

—Mon fils est un monstre. Ce gars-là joue du revolver comme on joue du chapeau !

—Comment ?

—Enfin, je vous jure que je suis d'accord avec madame Franque. La prison ! C'est la prison qu'il faut à ce vaurien. Oui, oui ! Au moins deux ans.

[115]

Délivré de ce gros souci, monsieur Franque poussa un soupir de satisfaction. Sa femme (elle gardait quelques illusions, tant elles sont encore là alors qu'on y a renoncé) prit cela pour de la peine et consola son mari de son mieux.

Une année. Puis une autre.

Sa femme s'étant alitée, monsieur Franque fronça le nez : qui s'avisait d'être malade dans la maison d'un agonisant ?

La fille mariée arracha des confidences à sa mère et en fit part au médecin. Celui-ci se vit dans un cul-de-sac.

D'un côté, le cardiaque. De l'autre, la tyrannisée.

Ce fut monsieur Franque qui trancha la difficulté. Cet homme étonnant proposa de faire soigner sa femme dans une clinique.

Remords de la fille mariée qui se reprocha d'avoir mal jugé son père.

À la première visite qu'elle fit à la malade, elle se rendit compte que celle-ci, à peu de frais, mourait dans un hospice de nécessiteux.

Une étrange existence commença alors pour monsieur Franque. Il vendit sa maison et tout ce qu'elle contenait. Les souvenirs sont des tombes ouvertes. Si l'on n'y prend garde, une nuit venteuse nous jette parmi les morts.

Monsieur Franque s'en fut habiter à l'hôtel.

Anonymat bienfaisant d'un hall d'hôtel ! Indifférence de tout repos des portes numérotées !

Il y avait longtemps que monsieur Franque, par instinct de conservation, cherchait à être bête. Il le devint entre une table à cartes et la banquette du bar.

Un soir qu'il avait ri bruyamment, il sentit une impérieuse protestation monter de sa cage thoracique.

Il en fut étonné. Le coeur était donc toujours là ?

Mais une seconde douleur coupa court à toute ironie. Monsieur Franque une fois de plus abdiqua.

On ne le revit plus.

Un petit village existait quelque part. Cent maisons. La forêt.

Des gens racontèrent qu'un bonhomme un peu fou y avait élu domicile. Ils ajoutaient qu'il vivait seul, qu'il avait une mine peu rassurante.

En vérité, monsieur Franque n'avait plus de mine du tout. Ni laid ni beau. Ni bon ni mauvais. Il se tenait à côté des sentiments.

Il n'avait oublié qu'une chose : c'est qu'à fuir le risque de la mort, on perd vite celui de la vie.

Il évoquait l'âge des robots alors que les hommes auront cessé de faire servir la souffrance.

Monsieur Franque néanmoins représentait une force : celle de la neutralité. Cet état d'euphorie dura assez longtemps pour que les villageois oubliassent celui qu'ils ne voyaient jamais.

Un soir, au moment de moucher la chandelle, monsieur Franque crut voir une ombre sur le mur. Il ne comprit pas, ses réflexes étant devenus lents.

L'ombre bougea.

Monsieur Franque tressaillit. Peu après, quelque chose de suant lui enveloppa les cuisses : la peur.

L'ombre redevint immobile. Monsieur Franque éprouva comme une morsure de rat au coeur.

Il mourut. Quand il fut par terre, l'ombre y fut aussi.

C'était la sienne.

Le vase brisé

IL y a déjà un bon moment que j'ai disposé l'abat-jour sur mon ouvrage, que j'ai dit gaiement en prenant place dans le vieux fauteuil :

—Une autre bonne soirée commence pour nous, chérie !...

Dans leurs lits jumeaux, Bernard et Ginette dorment certainement. La cuisine est dans l'ombre, bien rangée, la radio fonctionne.

Il ne viendra personne ce soir — ce soir d'automne de vent mauvais.

Notre maison est accueillante avec ses anciennes choses aimées. Nous pourrions, Hélène et moi, vivre tranquillement quelques heures à nous raconter les bruits du jour, à laisser deviner les tendresses de nos cœurs. Dans d'autres maisons, semblables à celle-ci, des gens qui nous ressemblent ne font pas plus ni mieux que nous pour être heureux. D'ailleurs, nous avons été heureux longtemps tous les quatre. Nous l'étions hier encore.

Peut-être pour les enfants n'y a-t-il rien de changé. Sûrement même. À cet âge, on n'a peut-être pas pris conscience d'une fêlure, à vrai dire, imperceptible. L'histoire du vase brisé. Ma vie aura tenu dans ce poème.

Je suis une femme déjà vieille bien que, dit-on, si je consentais à faire un peu de frais... Je n'en fais jamais à cause d'Hélène qui aurait alors à en faire trop. Parfois, au printemps, nous allions nous promener. Il y avait toujours une minute où, à cause de mes yeux brillants, Bernard, Ginette s'écriaient :

—Maman, que tu es jolie !

Je voyais bien qu'Hélène souffrait laidement.

Nous n'allons plus dans la campagne. Nous n'irons jamais plus.

Oui, il y a déjà un bon moment que j'ai disposé l'abat-jour. Mais Hélène n'a pas répondu au plaisir que je manifestais de sa présence. Elle m'a priée de fermer la radio. Et puis ensuite, en s'excusant, il est vrai, elle a tourné le bouton. Elle a pris un livre alors qu'elle avait déjà le journal sur les genoux.

J'ai murmuré :

—Préfères-tu sortir, chérie ?

Elle a protesté presque violemment. Elle s'est mordu les lèvres. Son petit visage a été subitement tout chiffonné par l'envie de pleurer.

Une autre bonne soirée...

Non, il n'y aura plus jamais de bonne soirée.

Pour la dernière fois ce soir, mais sans le savoir, les enfants ont embrassé leur soeur. Hélène demain ne sera plus là. Je rentrerai seule, le pas seulement plus lent. Je suis calme. Je le serai davantage demain.

Lorsque, il y a vingt ans, ils m'arrachèrent mon mari, la violence de mon désespoir s'accommoda pourtant de la vie. Demain, en menant moi-même ma fille à la clinique, je

cesserai de vivre. Personne n'en saura rien naturellement. Et pour les petits, je serai, je le jure, une fidèle représentation de la mère qu'ils ont connue.

Tout le temps que dure ce colloque avec moi-même, je ne bouge de mon fauteuil. L'ouvrage entre mes mains prend forme.

Sans lever les yeux, je sais que, de son coin d'ombre, ma fille m'observe. Elle me surveille à la manière de mon mari naguère, en me détestant...

Peut-être suis-je en danger comme jadis. Je n'ai pas peur. Et comment aurais-je peur de mon enfant ?

Mais Hélène n'est presque plus mon enfant, je sais. Je ne connais rien de cette créature aux songes monotones ou effrayants...

Souffre-t-elle ?

Plus maintenant, je crois.

Il y eut une heure abominable, mais non pas seulement pour Hélène. Qui pourrait dire laquelle de nous deux fut le plus déchirée !...

Elle parvenait enfin à dormir quand sa pauvre cervelle tout à coup cessait de poursuivre l'horrible démesure des mots et des images. Car c'est le bienheureux privilège des insensés — le docteur me l'assura jadis — de sombrer dans une totale indifférence, passé certaine minute aiguë de la crise. Pour nous, la nature demeure implacable.

Comment cela a-t-il commencé ? Par quoi exactement ai-je été informée ? Quelle ténue obsession ou quelle minime, mais persistante confusion dans les actes d'Hélène, m'a d'abord étonnée avant que je ne devienne anxieuse, puis angoissée ?...

Il est difficile de situer ce qui nous paraît n'avoir point eu de commencement. Hélas ! depuis mon mari, ne sais-je pas que ma fille est perdue ? N'ai-je point, chaque jour depuis qu'elle est née, scruté cette petite fille procréée en plein délire !

Bernard et Ginette, au contraire, ne m'ont jamais inquiétée. La sève de ma famille l'emporte en eux, je le sais, sur le sang pourri de leur père. J'entends encore le docteur :

—Votre seule excuse est votre ignorance. Mais comment la famille de votre mari a-t-elle pu se taire ! . . . Malheureuse femme ! Dès votre voyage de noces, l'homme à vos côtés était fou . . .

Guy . . .

Mon Dieu, un homme comme les autres, avec seulement d'étranges colères contre lui-même, qui tournaient court sur une pitié exagérée.

Dans l'amour, oui, parfois il m'a effrayée . . .

À la naissance de Ginette, déjà Hélène et Bernard étaient en pension. Ma mère se chargea de la petite. On me les rendit tous les trois quand aucun d'eux ne me connaissait plus. . .

Longtemps j'ai soutenu la fable de l'accident, "dont les suites furent funestes à la santé déjà ébranlée de votre pauvre père . . . " Longtemps Hélène ne s'avisa pas de pénibles contradictions de mon récit, mais il y a trois semaines (voilà donc que la mémoire m'en revient), alors qu'il n'était pas question de lui, ma fille, à brûle-pourpoint :

—Si je me mariais, maman, il me faudrait le certificat de décès de papa. L'as-tu ?

—Mais. . . Bien sûr. . . Enfin, il doit être dans mes papiers. . .

Je fus atterrée du son faux de ma voix.

—Songerais-tu à te marier à seize ans, Hélène ?

Elle répondit non, sans plus, et reprit sa lecture.

Dès lors, j'ai été sur mes gardes. Mais c'était trop tard. Quelque nettes réponses que j'apportais à d'insidieuses ou brutales questions, et sans qu'elle pût réellement me prendre en défaut, ma fille avait pour elle l'intuition de la vérité. Son désordre intérieur lui-même l'a avertie d'un antécédent dans la famille ... Or à qui pouvait-elle penser, sinon à ce mort mystérieux auquel tellement elle ressemble ?

Enfin, Hélène m'a fait part de son intention de prendre une police d'assurance en me prévenant d'une exigence stricte de la compagnie : tenir le certificat de décès du plus proche parent.

—Et si je l'avais perdu, ce certificat ?

—Alors le médecin qui soigna papa ...

—Tu sais bien qu'il est mort depuis dix ans !

Hélène me planta dans les yeux son grand regard où la fièvre ne cesse de monter :

—Il reste, dit-elle, d'une voix menaçante, il reste les registres du cimetière ...

Oh, mon Dieu ! lui apprendre ce qu'elle sait déjà serait-il pis que ce qui est ? Si rien ne peut délivrer mon enfant, alors me délivrer, moi ... Oui, crier l'épouvantable chose ! ... N'est-ce pas, à la fin, mon dérisoire droit de femme désignée par un destin injuste ?

J'ai été abusée. Et puis inexorablement l'on m'a grugé toute espérance. J'ai été jetée dans la nuit, garrottée pour être plus savamment torturée ...

[123]

Ne me laissera-t-on au moins ceci : raconter mon effroyable histoire, telle que ma mémoire à jamais la contient . . .

Le passé !

Ces nuits d'attente maudite dans une maison tout illuminée par crainte d'être saisie par en arrière. Le coeur qui bat la terreur devant un masque d'homme subitement inconnu.

Ah ! mon dégoût !

Ma haine !

Tout s'oublie, dit-on. Les imbéciles ! Sinistres imbéciles capables d'affirmer cela.

Allez demander à la femme du pendu ce qu'elle en pense ! Demandez-moi si au seul rappel d'un nom toute ma chair ne se soulève et mes os ne se brisent et ma cervelle n'éclate ! . . .

Et je recommencerais sous une autre forme — mais qu'importe la forme des choses si les choses demeurent ! — cet enfer au fond duquel à mon tour enfin je sombrerai parallèlement à mes deux bourreaux !

On exigerait cela encore ? Que je me taise et que je cache cette double malédiction d'avoir une fille folle après un époux dément ! . . .

J'ai pu trouver une fois l'héroïsme du silence. Un suicide manqué ne se tente point de nouveau.

De quoi suis-je coupable au bout du compte ? Quelle est cette impitoyable pesanteur sur ma vie ? Quel crime ai-je donc commis ?

Au secours, mon Dieu ! . . . Vous qui ne m'avez jamais répondu, au secours ! . . . Car je sais, contre toute logique, je sais que vous entendez mon cri. Je n'en puis plus cepen-

"Une épaule agressive ..." trouva-t-elle, reprise par un sentiment désagréable d'être importune.

Ce que Louis pouvait dormir !

Gisèle, elle, ne fermerait plus l'oeil jusqu'au matin. Elle était tellement réveillée maintenant que l'idée seule de dormir lui paraissait inimaginable.

Alors elle appela : "Louis ... Louis ..." mais sa voix était un murmure imperceptible.

Gisèle recommença.

Elle perçut une sorte de grognement sorti de la gorge de l'homme, telle une vague menace. Le geste tendre à moitié esquissé s'arrêta. Elle demeura stupéfaite un long moment et cela l'empêcha de souffrir.

Gisèle se souleva, s'appuya sur un coude : elle vit la figure du dormeur que l'aube éclairait enfin.

Cri contenu. La jeune femme se rejeta en arrière : "Louis ..." répéta-t-elle, mais elle ne l'appelait plus. Ses lèvres ne prononçaient même pas le nom de son mari, mais les syllabes tremblaient en dedans d'elle, tout environnées d'inconnu.

C'était, à l'intérieur de ce nom, comme un désert subitement apparu, avec le visage même de Louis, tel qu'il venait d'être surpris. Gisèle n'y avait aucune place. Louis ne la connaissait plus, ni elle, ni rien de ce qui faisait partie d'elle : sa famille, la maison natale, un bref passé aux souvenirs partagés depuis l'amour. Et puis l'indicible émoi de la cérémonie du mariage à l'église, le départ par train, la table à deux, ici même, en cette chambre où, plus tard, Gisèle, tenue dans les bras de Louis ainsi qu'un trésor ...

Le sommeil de Louis

CE n'était plus le sommeil ni pourtant l'état de veille, mais un troublant climat intermédiaire propice aux rêves que l'on conduit sans être tout à fait maître de leur dénouement.

Et puis, Gisèle ouvrit les yeux brusquement, comme si quelqu'un venait de la toucher à l'épaule.

Un instant, son regard dépaysé erra dans les ténèbres de la pièce. Elle avait peine à comprendre pourquoi il faisait si noir, cependant qu'elle éprouvait une sourde anxiété.

Sur le point de tenter un mouvement, elle se souvint qu'elle n'était pas seule dans le grand lit. Alors tout s'éclaira d'un coup.

La jeune femme eut un petit rire silencieux, puis elle s'accusa de sottise. Elle tourna la tête, aperçut une nuque aux cheveux coupés courts. Gisèle ne résista pas à l'envie d'y glisser un doigt, le retira aussitôt, gênée, inexplicablement, au contact de la peau chaude du cou, légèrement suante.

"Suis-je bête ! C'est Louis, c'est mon mari . . . "
Elle aurait désiré que Louis ne fût pas si immobile, surtout qu'il ne lui tournât pas le dos. Toute menue, Gisèle ne voyait rien au delà de l'épaule de Louis.

dant, je vous le dis, mon Dieu, notre Père, je n'en puis plus !

Je n'en peux plus, je n'en peux plus, je n'en peux plus, je n'en peux plus, je n'en . . .

—Bon ! voilà la crise qui commence. Il vaut mieux vous retirer, mademoiselle Hélène. Hé ! là, vous, tenez-vous un peu tranquille . . . Je vous avais prévenue, mademoiselle Hélène, de ne jamais prolonger vos visites au delà d'un quart d'heure . . . À la douche, vous ! . . . Ne la regardez pas, mademoiselle, allez-vous-en vite. Pauvre enfant, ne la regardez pas . . .

L'aube à présent ranimait les objets un à un.

Gisèle examina le papier mural, la table de toilette pla-
quée de noyer dont la glace ronde recomposait le décor de
la chambre et du petit salon attenant.

Vulgaire tout cela ? Non, plutôt inanimé. Personne ne
laisse de son âme dans une chambre d'hôtel.

"Pourtant hier soir, j'ai trouvé tout cela ravissant ... "

Ce n'était pas que la jeune femme fût amère, seulement
elle n'arrivait pas à s'empêcher de souffrir depuis la curieuse impression d'être rejetée du sommeil de Louis.

Elle se faisait l'effet de ne compter plus.

"Tellement absurde ! ... "

Ah ! oui, c'était absurde, cela ressemblait aux peines de
l'enfance.

Mais Gisèle avait grandi. Allons ! Elle était même devenue femme cette nuit.

"Je suis femme ... "

Toutefois cette idée ne la bouleversait pas autant qu'elle
eût cru. Tante Esther disait : "C'est l'extase ! Moi, j'ai res-
senti aussitôt ... " Mais Gisèle, assez mal à l'aise, se souvient d'une douleur aiguë, suivie d'un médiocre plaisir. Elle
ne voyait pas Louis, elle l'entendait gémir. Ensuite elle
étouffa sous son poids. Il lui demandait si elle était heureuse. Elle répondait oui, en hésitant. Il ne perçut point l'hésitation.

Maintenant il dort, avec un bruit nasal peu euphonique.

Gisèle se souleva de nouveau, chercha la figure de son
mari, aperçut sa bouche entr'ouverte de dormeur qui a trop
bu et qui respire mal. À moins que Louis ne fût incommo-
dé par ses amygdales en mauvais état ...

Il portait un pyjama neuf au ton choquant, rayé de vilaines barres verticales.

Gisèle se penche, brusquement avide du mystère d'un homme qu'elle croyait connaître.

"Louis ... "

Le prénom indéfiniment murmuré perd toute signification. Il ressemble à n'importe quoi. N'importe quoi ressemble à ce prénom.

Oh ! le jeu pénible qui fait perdre pied à une jeune épouse. Pourquoi ne l'a-t-on pas prévenue que peut-être son mari s'endormirait à l'aube de la nuit de noces, qu'il ne fallait pas s'en affliger, ni surtout avoir peur.

"Tellement absurde ! tellement ... "

Car Gisèle se rend bien compte. Et elle s'efforce de conjurer un malaise grandissant dont personne ne lui a parlé.

Si elle pouvait méditer sur l'avenir, elle ferait la promesse d'apprendre à sa fille un jour ce qu'est parfois (ou c'est peut-être toujours ainsi ?...) l'heure qui suit la tendre possession des corps.

Mais il n'y a pas d'avenir. Il n'y a pas même la journée toute proche. Il n'y a que cet instant blessé par le sommeil de Louis, par la chambre atroce, par une solitude subite, tout à fait imprévue.

Un instant que Gisèle s'imagine ineffaçable.

"Ce n'est rien. C'est parce que je n'ai pas assez dormi. Je suis énervée, c'est clair. La journée a été harassante, le long voyage aussi. Et puis, s'il faut tout avouer, l'amour ... "

Stricte vérité. Gisèle est trop raisonnable pour en douter.

Si seulement Louis se réveillait !

Comment peut-il dormir si tard puisqu'elle est là ?

"Bien-aimée, j'écouterai ton souffle ..."

Les rôles sont renversés.

Fermer les yeux pour ne plus voir la chambre encombrée de valises neuves, de linge neuf ...

Ne plus voir la glace ronde de la table de toilette recomposer niaisement le décor du petit salon attenant.

Fermer les yeux au souvenir du sourire gras du gérant de l'hôtel ...

Fermer, fermer les yeux ! ...

Gisèle se sent une chose petite et quand même encombrante dans le grand lit où Louis ne lui laisse que peu de place.

Pourtant, Seigneur, pendant des semaines, Gisèle a-t-elle été un personnage assez important ! Il semblait que la maison tout entière et les efforts de chacun pour lui plaire ne fussent jamais trop empressés à mesure que le grand jour approchait.

Les yeux embués de maman ...

Louis contemplant sa fiancée ainsi qu'un joyau rare dont il n'était pas digne.

À la fin, hier même, l'entrée à l'église. Cent cinquante têtes se tournent vers vous.

L'émotion des amis ...

Le prêtre regardait venir le cortège nuptial, papa mordait sa moustache, Louis adorait Gisèle ouvertement.

Toute une assemblée occupée pour une heure du charmant bonheur d'une jeune fille. Quel incongru sentiment

de consentir un acte dont profitaient, de manière indiscernable toutefois, ceux que Gisèle aimait !

"Et voilà ..." Gisèle met dans ces mots, prononcés à haute voix, l'étonnement humilié du présent, lequel ne s'accorde avec rien de ce qui l'a amené.

Sensation navrante d'avoir été dupée.

Louis dort toujours. La jeune femme appréhende maintenant la minute de son réveil.

Comment réagit un homme qui trouve à son flanc une épouse de la veille ? Que dira Louis ?

Gisèle craint sa déception plus blessante que tout.

Elle sait que ses cheveux sont décoiffés, sa robe de nuit froissée. Faut-il qu'il la voie ainsi après les parures d'hier ?

Louis étonné, déçu ! . . .

Encore une idée folle.

Louis ne sera pas embarrassé, Louis n'a pas le droit de l'être après avoir tant désiré l'épouser. Il répétait tout le temps dans son impatience : "Ma femme..." sans doute parce qu'elle l'était déjà dans son cœur.

Pourquoi serait-il confus, au lendemain de ses noces, de trouver Gisèle si près de lui ? En tout cas, il ne devrait pas l'être. Et le sacrement de mariage pourrait bien préserver l'épouse contre la toute première réaction de son mari trouvant dans son lit . . .

Mais ces expressions brutales elles-mêmes choquent Gisèle, dont la pensée n'ose préciser comment elle les accueille.

Au grand jour, le désordre de la pièce accuse une intimité encore inexistante entre les époux, quoique selon tante

Esther (Gisèle se prend à ricaner...) "l'acte" soit censé abattre à coup sûr la paroi de l'âme.

Pas du tout.

Et Gisèle tout à coup refuse à Louis le droit de surprendre sa pudeur.

Elle va se lever. Elle va faire disparaître certaine audace amoureuse de la veille qui bâille maintenant dans une déchirure de corsage, dans une dentelle gisant sur le tapis, dans un poudrier répandu.

C'est très bizarre.

Pour peu que le sommeil de Louis dure encore, (il n'a que trop duré déjà) Gisèle n'est pas loin de se croire une courtisane.

Mais voici que le jeune homme soupire.

Il lève une main molle.

Gisèle, le cœur battant, est prête à renier l'heure dangereuse.

La main de Louis retombe.

Il ne s'est pas réveillé.

Alors la jeune femme sans bruit se met à pleurer.

Le voyageur

NOVEMBRE, sa brunante de fin d'après-midi répandue sur une petite ville. Quelqu'un dit :

—Il neigera cette nuit.

En attendant cette claire délivrance, le froid gifle. Maisons aux persiennes closes, enfoncées dans le silence. Une auto parfois. La voiture du boulanger en retard. C'est l'automne, c'est une saison triste à laquelle succédera l'hiver interminable.

La petite ville fait connaissance avec une poésie des choses à forme de mélopée qui ennuie les habitants. À quoi bon des arbres sans feuilles ?

Dans un instant, l'angelus. Mais seul peut-être est sensible au chant gris des cloches l'écolier Jean-Marie Plantier.

À quoi tient l'automne ? Est-il vrai que sans les noms des saisons les hommes seraient plus tranquilles ?

Exubérance parce que c'est l'été.

Repliement en automne.

Mais le ciel déserté, la rivière mauvaise, n'est-ce pas novembre qui les a rendus méconnaissables ?

Et l'humeur chagrine de madame Plantier ? la maison plus laide que jamais quand on a rentré le parasol du jardin...

Jean-Marie revient de l'étude de quatre heures, sa petite casquette bien droite et le sac au dos. Son pas tape en homme depuis que madame Plantier a sorti les bottines à double semelle (si lourdes à porter les premiers jours !).

Retour à la maison sans une minute de retard.

L'été, sans plus musarder qu'en n'importe quel autre temps, Jean-Marie Plantier ressent sur sa joue neuve l'exquise douceur d'être. Alors il n'a plus tellement besoin de se réfugier dans le rêve. Chaque nuage pour ses yeux extasiés ne fait-il pas, au long des après-midis lents, tout le voyage ?

Il n'a qu'à regarder.

Voici les îles Océanie. Et voici la fantastique Égypte. Ici des peuples nourris de miel et de légendes. Un roi a les cheveux qui se soulèvent et forment une immense voile palpitante. C'est l'incendie là-bas, tel un hymne glorieux levé parmi les sables étincelants.

Il y a le bon Dieu sur son trône.

Il y a l'oncle Albéric, vêtu d'une tunique aux bords retenus par cent mains suppliantes.

Une porte quelque part a claqué.

Un chat miaule sur un seuil. Il a les yeux trop clairs de Jean-Marie, sa frêle mâchoire, une façon de se pelotonner s'il a peur.

Les méchants garnements du quartier sont déjà au restaurant. Jean-Marie, sans l'entendre, écoute ricaner le grand Cyrille. Qu'est-ce que ça veut dire "gibier de potence" que monsieur le notaire Plantier répète à propos de Cyrille ?

Bureau de poste fermé à l'heure où Jean-Marie traverse la rue pour se rapprocher d'une des fenêtres. Par un des carreaux presque noirs, pourtant, le regard de l'écolier découvre une série de cases où sont rangées des enveloppes blanches, jaunes, brunes.

Jean n'a jamais écrit de lettre que celle du jour de l'an à ses parents ; il la leur lit lui-même d'ailleurs, au moment de la bénédiction paternelle. Mais il a reçu une lettre, voilà deux ans, de l'oncle Albéric.

Une lettre de l'oncle Albéric !

Madame Plantier raconte encore comment le petit nigaud n'arrivait pas à lâcher l'enveloppe toute tremblante entre ses doigts.

Une lettre à lui, Jean-Marie, quand il eut dix ans et que l'oncle Albéric s'en souvint :

—Sébastopol . . . commença la voix hostile de maman.

Oh ! Sébastopol !

Jean-Marie sait bien d'où vient sa passion de la géographie que Frère Jules, ébahi, lui fait réciter devant Monsieur le Supérieur. À douze ans, le fils du notaire, s'il le voulait, en remonterait aux gars de troisième. C'est pourquoi Frère Jules affirme que la vocation de Jean-Marie est toute trouvée :

—Géographe ! Oui, monsieur le notaire, c'est indubitablement cela.

Allons ! On est médecin ou avocat, on est surtout notaire. Mais géographe ! Qu'est-ce que c'est que ça ? Frère Jules, homme candide, eut le malheur d'ajouter que Jean-Marie, grâce à une telle spécialité, irait loin :

—Pas seulement sur la carte, monsieur, mais en toute réalité.

Aussitôt le notaire Plantier est devenu de glace et l'entretien resta court.

C'est que Frère Jules ignore ce que madame Plantier, depuis vingt ans, évite de commenter : le départ d'Albéric Plantier vers l'inconnu des mers et des continents.

—Mais à la fin, où vas-tu ?

—Je ne sais pas.

—Quand reviendras-tu ?

—Cela, je le sais : jamais.

Petite scène jouée jadis dans le salon Plantier après les obsèques du chef de famille. Deux frères en habit noir se disent adieu. L'un a l'air de rendre une sentence. L'autre dit adieu comme si, pour la première fois de sa vie, il respirait librement.

Vingt ans de cela.

Albéric est devenu le mouton noir. Dans l'esprit du notaire, il a rejoint cet autre signe de contradiction, la cousine Bella "celle qui a mal tourné ".

Deux photos retirées de l'album familial.

Qui dira à Jean-Marie la grâce de cousine Bella, et son oeil moqueur, et la tendre duperie de son coeur ?

Lorsque Jean était petit, le flair soupçonneux du notaire surveillait ses ébats pourtant sages :

—Sait-on jamais ? l'hérédité . . .

Double poids du père et de la mère interposé entre l'enfant et un couple maléficié. Jean-Marie grandit ainsi qu'une vertu ennuyeuse.

C'est du moins ce que l'on pense devant un petit garçon d'humeur égale, dont jamais les yeux ne brillent indiscrètement.

On le voit, sac au dos, s'en aller à l'école. À cinq heures, il en revient. L'été, il porte une culotte blanche et, toute l'année, sa petite casquette, posée sur la tête à la façon dont son père se coiffe d'un chapeau. C'est le fils du notaire.

Celui-là seul sait qu'il adore la mémoire de son oncle.

À l'heure du couvre-feu, allongé sur le dos et les mains sur le drap, voici néanmoins pour Jean la revanche de la poésie que l'oncle Albéric tient par la main.

Voici que, non seulement les prunelles lumineuses mais tout le visage de Jean-Marie, non seulement se transfigure, mais ensoleille toute la chambre.

Qu'est-ce que le Paradis, sinon la terre vue en songe par un enfant pur ?

Il y a un mage. C'est l'oncle Albéric.

Il y a un aigle. C'est Albéric.

Dans la pièce voisine, le notaire Plantier, endormi, fait entendre un triste bruit d'arrière-gorge embarrassée. Oh ! que sait-il, cet homme, des étoiles qui trouent les ténèbres ? Il s'est méfié de la vie comme de la pâmoison des jardins. La vie et les jardins le gênent, au nom de la vertu. Qu'il haïrait, s'il le connaissait, le rêve de son fils !

Passé le bureau de poste, on pose le pied sur la section de trottoir payé par le notaire Plantier.

Voici la demeure en briques, à galerie couverte. Jean-Marie touche la grille de fer forgé, mais ne la franchit point. Il a un pied en avant comme si, en mouvement d'aller, il venait d'être saisi aux épaules.

Le grand lustre du salon est allumé.

Qui a fait cela ?

Oh ! mon Dieu, pour qui ?

Sait-on qu'un enfant peut mourir d'émotion ?

Jean-Marie serre, à briser les os, le loquet glacé, cependant qu'il ne peut plus ni avancer ni reculer.

Le grand lustre du salon !

Pour la visite annuelle du confrère Lemay, maman se sert des bougies de verre fichées aux quatre coins du salon. Quant au Frère Jules, on le reçoit dans la salle à manger.

À vrai dire, Jean-Marie ne connaît qu'un événement à la faveur duquel le grand lustre cruellement projette en pleine lumière les figures de l'assistance. C'est lors de la visite de l'évêque à la municipalité. Il y a bien aussi à la Fête-Dieu, mais pour une heure seulement, alors que tout le temps du séjour de monseigneur, dès sept heures du soir, le salon Plantier resplendit jusque sur la chaussée.

C'est à un tel point que Jean-Marie, partagé entre l'admiration et l'énervement, monte à sa chambre se réfugier dans l'équilibre du crépuscule : "Cet enfant a les yeux faibles..." remarque alors madame Plantier, un album de l'arbre généalogique de la famille sur les genoux.

Jean-Marie a les pieds froids dans ses bottines. Fébrilement sa mémoire joue avec les dates. Mais non, non, monseigneur ne vient jamais à l'automne... Oh ! papa serait-il ?...

—Je tomberai probablement à la façon d'un chêne atteint par la foudre.

Le petit se déteste de préférer presque n'importe quoi — et même la mort subite, effrayante, de ses parents — à l'intuition souveraine d'un événement qui le concerne, lui, Jean-Marie. D'un événement qui ne concerne que lui, il en a la définitive certitude des visionnaires.

Que peut un écolier contre le choc d'un rêve devenu réalité ? lorsque depuis sa petite enfance il joue, il dort, il pleure à propos d'un rêve impossible . . .

Et maintenant, il s'agit de reconnaître sur une créature humaine l'odeur des mers inaccessibles.

Albéric !

Car l'oncle Albéric est là, dans le salon Plantier et sa tête touche au plafond. Il est venu pour Jean dont l'appel enfin entendu l'a rejoint et s'est posé sur son épaule. Que le petit connaît la façon dont le magnifique vagabond soulèvera de terre son disciple ! Et qu'il prévoit le scandale, dans la maison des morts, du rire de leur proche départ !

La nuit est venue. Madame Plantier doit consulter de l'oeil l'horloge du corridor. Dans un instant, elle s'inquiétera.

Dehors l'enfant ne parvient toujours pas à franchir la grille. Et tout à coup, une terrible envie de fuir jette le désarroi dans son âme.

On s'apprivoise à l'image, si belle soit-elle, du moment qu'on sait ne jamais la tenir entre les mains. On ose peu à peu composer son bonheur en taillant sa part à même l'infini. Et l'on s'habitue à la prestigieuse hardiesse de mériter les roses du jardin. Mais que la fleur détachée de sa tige

[141]

nous soit donnée, que le bonheur repose sur la gorge et qu'il nous soit accordé d'être cette gorge, nous ressemblons à un voleur devant un butin trop riche. Et à Jean-Marie Plantier.

Il avait son étroite figure tout effarée d'orgueil et d'angoisse. Il sentait que l'enjeu ce soir, une fois et pour jamais, c'était sa vie même. La personne d'Albéric tenait le fil de l'espérance. De son accueil, de son premier regard dépendait périlleusement la vérité du songe.

Cependant la joie dominait tout. Une joie démesurée aux forces de l'enfant. Et ce fut davantage devant cette marée inconnue qu'il voulut fuir, car il n'était pas préparé à un tel embrassement. Il n'était qu'un petit garçon aux plaisirs un peu niais, qui ne savait rien de la violence de son coeur.

Il leva la tête.

Sa mère, en arrière du rideau, lui faisait une mine de colère et d'inquiétude. Mais déjà, maugréante, Rosalie arrivait et le poussait en avant, de sa main libre maintenant un méchant fichu enroulé autour de sa tête.

Au moment de franchir le seuil, la servante ressentit-elle que sous sa poigne l'écolier frémissait ? Ainsi se débattent les oiseaux surpris aux sources.

La chaleur de la maison. La voix mal contenue de maman pour gronder. À droite, l'escalier menant aux chambres. À gauche, la portière de velours lie-de-vin en arrière de laquelle s'émeuvent les souvenirs du notaire Plantier.

Jean-Marie soudain ne voit plus qu'une chose, déposée à côté du porte-manteau, en voulant la cacher un peu : la valise d'Albéric . . .

C'est un sac de tissu aux flancs flasques, effondré dans le corridor qu'il encombre, sale, pesant, avec des marques d'usure qui n'ont rien de glorieux. Un de ces sacs bêtement fidèle dans lequel on se prend les pieds. Un sac à relents de chambre meublée et de dessous de lit, qui se souvient des coups de talon qu'il a reçus.

Le petit garçon regarde indéfiniment ce tas informe qui pue. Il pose dessus ses yeux envahis d'horreur.

Maman est rentrée au salon après un sévère : "Va te laver les mains, ton oncle Albéric est revenu ".

Dans la cuisine, Rosalie met la dernière main au souper.

Jean-Marie est environné de l'odeur des cigares et de celle du veau rôti : odeur des dimanches dont la pendule de l'étude a tant battu les interminables heures. Le jeu de patience du notaire. La nappe brodée de madame Plantier qu'elle ne finira jamais, une autre et puis une autre encore devant lui succéder. Au mur, le portrait à l'huile de la première aïeule que Jean-Marie déteste sans savoir pourquoi.

Dimanche.

Le jour le plus affreux de la semaine est entré dans la maison, précédant Albéric et il s'y installe à demeure comme le voyageur las, repentant, qui, à l'instant même, (peut-être à cause du veau rôti dont il n'a pas mangé depuis si longtemps) fait amende honorable. Sa voix aux inflexions surprenantes de mue tardive passe la portière du salon, vient tournailler autour de Jean-Marie, assiégeante, pleurarde ...

Albéric ! Albéric !

Vienne la colère au secours de Jean ! Mais toute la place est pour longtemps prise par la souffrance — celle au sortir de laquelle un enfant, quelquefois, trahit les premiers signes de la vieillesse.

Fait divers

Dès qu'il fut dans sa chambre, il éprouva un immense sentiment de sécurité.

Adossé à la porte, épaules collées au bois, il attendit que la rumeur torrentueuse dans ses oreilles s'apaisât. Bouche ouverte pour mieux respirer, les jambes flageolantes après une course folle, on aurait pu croire que la peur — une peur sale — lui mordait la chair.

L'enseigne lumineuse du pharmacien d'en face plaqua rouge, plaqua vert sur le linoleum, sur le pied de la couchette, la frange du rideau.

Rouge. Vert. Vert. Rouge.

Les premières nuits, il avait cru devenir fou.

Aucune pensée raisonnable pour le moment dans cette grosse tête à cheveux frisés comme au petit fer. L'oeil chlorotique a affiché tout de suite une expression ahurie.

Un décor, un personnage de cinéma. Il ne manque que le crime. Mais non, il ne manque rien, le crime vient d'être commis.

L'iris peu à peu remonte à la vie. L'homme retrouve un tic familier des lèvres. Ses mains de manoeuvre sont ouvertes, doigts légèrement écartés. C'est leur pose habituelle dans l'inaction. Pourtant demain les avocats en feront un médiocre symbole :

—Des mains, messieurs les jurés, que le repos lui-même accuse !

Remontant à la vie, les prunelles rencontrent l'enfer. Pas moyen de l'éviter. Le mot sécurité devient un lieu commun inapplicable à la réalité. Dans une chambre verrouillée, par un soir de juillet où l'amour et l'espoir lèchent leurs blessures, un homme jailli des limbes reconnaît à quel fruit il vient de mâcher. Il a fallu pour cela un acte capable de couper les amarres qui le reliaient aux autres hommes. Entre eux et lui, il y a désormais une gorge étranglée.

Mais il n'éprouve ni remords ni honte. Ce sont des sentiments à venir avec la pitié de soi.

La chambre donnait sur la rue, si proche d'elle que profils et odeurs de destins y entraient parfois. Avant cette nuit, l'homme n'était sensible qu'à l'ennui de cette proximité, mais tantôt, quand il a fui, c'est ici que, spontanément, il a cherché refuge — ici où la police, il est vrai, ne viendra qu'à bout de ses conjectures. Il se laissera alors emmener, ayant eu tout le temps d'apprendre que rien ne trahit mieux que la chambre où l'on aima.

Vert. Rouge.

Aujourd'hui. Hier.

Si peu de temps sépare ce qui fut de ce qui est que l'homme éprouve de la difficulté à se mouvoir dans son nouveau personnage.

Hier, sa vie pouvait être retournée en tous sens. On n'y eût rien tâté de suspect. Ce matin même, il partait à l'heure accoutumée vers une besogne familière. Ce soir, il rentrait, un peu las, après le repas à la cafétéria où les serveuses le connaissent. Il changeait de chemise. Il allait au cinéma voir un film de Veronica Lake dont "elle" aimait la façon de se coiffer. Après le film, peut-être a-t-il proposé de manger un hot-dog pendant qu'elle refaisait son maquillage. Lui, il allumait une cigarette.

Hier, la solitude ne faisait pas de bruit, souriait, a même ri quelquefois. Une solitude banale et infidèle, aux brusques pinçades, aux gifles inattendues en plein restaurant.

Le temps allait son chemin plat dans lequel un homme a longtemps marché sans se douter qu'il était un monstre.

Ce soir, comme tous les soirs, il est allé boire un verre de bière à la taverne, il a bavardé sur des sujets usés : grèves, petites payes, petites révoltes.

Quand il est sorti après un sonore bonsoir, il s'en allait tuer une femme et ne le savait pas.

Vert. Rouge.

Hier. Aujourd'hui.

Lorsqu'il ne reste plus seulement à une créature humaine d'être désignée par son prénom, que cette très étroite et très puissante assurance lui est retirée, sur quelle rive, qui n'est plus de cette terre et pas encore de l'autre, aborde donc le paria ?

Vert. Rouge.

C'est l'heure où toute la rue appartient à la foule. Des pas. Des rires. Des bouts de phrases.

C'est l'été.

En étirant le cou, on découvre des étoiles au fond des ruelles. Toutes les fenêtres sont ouvertes. Les gens s'interpellent dans ce quartier dont l'air n'est jamais pur et où les gamins sont maigres.

[147]

Qu'importe ! L'inquiétude ce soir est inimaginable. Halte bienheureuse entre deux angoisses aux dents longues. Plutôt que de penser avec aigreur, les pauvres prennent congé d'eux-mêmes. Ce qui tournait en rond — une douleur surie — se tapit enfin. Et voici l'émoi du silence avant son infini bien-être.

Des visages fatigués de femmes cherchent, on ne sait quoi, peut-être un arbre au coin de la rue. Mais cet arbre n'existe pas.

Rare instant qu'une égratignure suffirait à faire saigner. Des brutes sentent cela confusément, mais personne ne demande un prolongement abusif. On sait qu'il faudra tout à l'heure revenir aux soucis et se livrer aux vieilles rancunes.

Les heures s'en vont. Les dernières de la nuit se font légères et bruissent joliment dans un jeune feuillage.

L'homme a fini par s'asseoir. Plus tard, il a enlevé son veston, s'est allongé sur le lit. Ses paupières lourdes ont battu avant de s'abaisser.

L'enseigne du pharmacien allume d'un feu bref et fantastique le corps anéanti. On souhaiterait que finisse ce jeu de cache-cache, mais la mécanique reste implacable.

Et puis, après tout, celui qui dort, un crime entre les bras, n'a cure de tout cela.

Car il dort.

Au procès, on se scandalisera. Lui-même s'en voudra d'avoir dormi, ne comprenant point que, pour la nature, il n'y a pas de crimes, seulement des nerfs et des muscles à détendre après un acte épuisant.

Heure noire du sommeil qui suit un crime. Pas une image, pas un souvenir, mais une massive et verticale plongée dans le néant.

Aucun soupir ne passe les lèvres et le corps n'indique en rien qu'il est encore vivant. Simplement, l'homme endormi possède encore une vague confiance que les morts ont perdue.

Et tout à coup, c'est cela le déchirement : que celui-là, demain sans un ami, sans maison, sans même son nom, ressemble, parce qu'il dort, à ceux qui possèdent. Tout est donc à venir encore de douzaines de semaines d'emmurement avec soi pour que cette face d'homme se dépouille enfin, lors du sommeil de la dernière aube, d'une absurde mais irrépressible espérance.

Au milieu de la nuit, sans aide, l'homme se réveillera. Les bruits de la rue n'ont pas nui à son repos. C'est le silence qui l'y arrachera. Peut-être, quelques secondes, pourra-t-il croire que rien n'a changé depuis hier.

Trois heures du matin.

C'est mardi.

Puis le coup de poing en pleine poitrine du souvenir de la veille. L'homme se dresse, le visage blanc.

Ce qui gêne le plus, c'est de savoir affreusement qu'il n'y a pas moyen de compter sur la protection d'une routine. Tout est d'une nouveauté vertigineuse. Les habitudes ont beau protester dans tous les coins de la pièce, entourer la couchette afin que l'homme s'y sente abrité ; la mémoire, en servante dévouée, veut sortir des tiroirs les guenilles de l'enfance ...

Lui écoute, regarde, palpe comme un voleur. Les choses sont à lui pourtant et il sait bien qu'il ne vole que ses propres richesses.

D'où vient, en outre, qu'il se sente étranger, même à sa chambre où il a dormi tant de nuits ?

L'abîme déjà est ouvert. Il reste sur le bord qu'il n'a pas choisi.

À cette heure, sans doute, des milliers de chambres connaissent le même engorgement silencieux de créatures aux prises avec elles-mêmes. Et peu importe, au bout du compte, si celui-ci est saint, celui-là meurtrier. Il suffit que le saint veuille tenir entre ses bras son frère défiguré.

L'enseigne du pharmacien à la pointe du jour s'éteignit. Plus d'hier, mais un aujourd'hui qui ne finira point.

L'homme se lava la figure, remit son veston. Il s'assit dans un fauteuil, face à la fenêtre.

Il y avait longtemps qu'il ne s'était assis dans un fauteuil pour simplement attendre que passât le temps.

Les étrangers

DEUX fois, elle lui avait dit d'avancer. Lui, si docile d'ordinaire, n'obéissait point :

—Eh bien, Michel, qu'est-ce que tu as ? Ta soupe refroidit dans ton assiette. Lave-toi les mains, ôte ton béret.

Il parut se décider brusquement, releva ses manches, saisit le savon, se mit à frotter ses paumes exagérément :

—Ça suffit ! intervint la mère, tu vois bien que tu gaspilles le savon.

Elle lui tendit une serviette :

—Prends. Mais prends donc !

La femme fronça les sourcils : est-ce que Michel ne savait plus comment s'essuyer les mains ?

Elle mit la soupe à réchauffer, répéta au petit garçon de prendre place à table. Car il mangeait avant les autres membres de la famille. Toutes sortes de raisons à cela, les unes légitimes, comme par exemple de ne pas dégoûter tout le monde en mâchant avec bruit, ou encore, énervé par un reproche un peu vif, de laisser tomber son verre de lait sur la nappe.

Était-il sensible à cette manière de l'isoler ? Certains enfants se flétrissent, dirait-on, comme fleur passée du soleil à l'ombre. Quelque chose souffre dans leur silence.

Mais Michel, à longueur d'année, vivait dans un silence dont on ne savait s'il était peuplé. Et de quoi ?

—Ton béret ! Allons, tu sais bien qu'on ne garde pas son béret à table . . .

La mère esquissa un geste qui fit raidir l'enfant, et lui inspira de défendre sa coiffure. Mais la femme ne s'aperçut de rien, toute à la pensée que Michel n'allait pas mieux du tout, qu'il faudrait aviser.

Sa main rude de ménagère rencontra les doigts du garçon sur le béret. À cet instant, elle lut dans les gros yeux bleus une curieuse expression de défi qui déclencha chez elle une colère subite, irrépressible :

—As-tu fini de faire l'imbéci . . .

L'exclamation tourna court dans un cri horrifié :

—Non ! Non !

Michel tenta de s'échapper.

Il se sentit saisi aux épaules par une poigne très dure et on lui tournait la nuque dans un sens, dans un autre, sans ménagement, tandis que le béret gisait par terre.

Un bref sanglot de sa mère ébranla la résistance du gamin. Il osa lever les yeux, découvrit de la douleur sur le visage qui lui faisait face, de la vraie douleur capable de fondre sa peur à lui.

Michel, déconcerté, prit un air stupide qui acheva d'ulcérer la femme.

Elle gronda en le repoussant :

—Qui t'a fait ça ?

Il ne parut pas comprendre. Elle reprit fortement, en articulant bien :

—Qui t'a coupé les cheveux ?

Mais alors Michel serra les lèvres.

—C'est Florent ?

Le garçon fixa sur sa mère des prunelles éperdues.

—Hein ? c'est Florent qui t'a fait cette tête ? . . .

Une fois encore saisi aux épaules, secoué, pirouetté, il recevait à la figure des grands cris de rage.

—C'est Florent ? Ce sans-coeur ! Ce monstre ! Attends que ton père rentre ! Attends qu'il te voie !

Le petit se mordait les lèvres au point de se faire du mal. Puis il ouvrait la bouche grande comme s'il étouffait.

—Florent t'a parlé d'un jeu, pas vrai ? comme les autres fois ! . . . Mais aujourd'hui, le misérable est allé trop loin. Tu le sens bien, Michel, que Florent s'est moqué de toi, tu le savais tantôt puisque tu ne voulais pas te défaire de ton béret . . .

Michel commence à se débattre sous l'étreinte maternelle. Mais c'est en vain.

— Pourquoi t'es-tu laissé faire ? Pourquoi est-ce que tu te tais encore ? Florent s'est ri de toi, entends-tu ? En ce moment, il t'appelle son bouffon. Son bouffon ! . . .

Les lèvres du garçon saignent sous ses dents. Mais ce n'est rien cette douleur à côté de celle qui s'étale sur la face entière, sur le front, les joues, formant quelque grimace hideuse.

Le cou de Michel est mouillé de sueur. Au plus fort d'une pauvre lutte, les touffes de son crâne se sont hérissées entre des plaques blêmes de peau.

Comment la femme peut-elle à la fin pousser l'enfant devant une glace et l'obliger à s'y contempler !

—Te vois-tu ? Regarde-toi. C'est Florent qui t'a mis ainsi !

Tout à coup, elle se prit à crier le nom de Florent par trois fois, comme si elle voulait en déchiqueter chacune des syllabes. C'est un trop doux prénom. Il demeura intact, quoique la femme s'acharnât longtemps contre lui.

Elle hait en ce moment le bourreau de son fils autant sans doute qu'elle aurait pu l'aimer. Elle trouve contre lui des accusations qui n'arrivent secrètement qu'à la blesser elle-même.

Quant à Michel, c'est certain qu'il ne comprend pas le langage raisonnable dont, plus tard, toute la famille usera sans souci de cette petite et affreuse solitude blottie dans un coin de la cuisine.

Tout le temps que va durer la discussion familiale, Michel ne sera pas même interrogé. S'il l'était d'ailleurs, que répondrait-il d'autre qu'une inconcevable chose entendue, il y a un instant, par la mère :

—C'est mon ami ! Il n'a pas voulu me faire de mal puisqu'il est mon ami !

Quelques secondes, la femme est demeurée court. Puis elle a essayé de rire. Elle n'a pas pu. Maintenant, échangeant des injures avec son mari, elle évite tout de même de reconnaître ce qui tremble encore sur les lèvres de l'arriéré, qu'il murmure pour lui, indéfiniment : "C'est mon ami. C'est mon ami. C'est mon ami . . . "

Un chant. Une plainte. Mais personne n'écoute.

Le mari et sa femme se sont d'abord jeté à la figure la honte d'une plaie commune que ni l'un ni l'autre ne veut admettre. Des paroles atroces sifflent d'une bouche à une autre bouche, parfois en même temps, pour renier un passé ineffaçable à cause de son fruit amer.

Michel assiste à la dispute entre ses parents. Il ne comprend pas pourquoi ces cris haineux le fouettent chaque fois qu'ils éclatent. Pourtant, on ne le regarde pas. Son nom n'est point seulement prononcé. Il s'agit ici d'une bataille d'adultes aux motifs indiscernables pour un enfant. Néanmoins, Michel est constamment atteint. Pas un coup ne le rate.

Avec l'arrivée du fils aîné, les parents brusquement cessent leur jeu terrible. Ils parlent aussitôt un langage accordé, s'entendent comme toujours sur tout ce qui ne tient pas à l'amour.

Le fouet des mots a cessé de s'exercer sur Michel, mais il demeure comme environné de l'écho des lanières. Ses gros yeux bleus s'éteignent.

Hier, par à-coups, il semblait découvrir sous le songe une réalité bienfaisante. Ses démarches alors, ses propos, son humble besogne d'enfant contenaient une espérance qui rassurait sa mère.

C'est fini. Il vient d'être dépossédé à jamais, d'une seule fois. S'il respire encore, c'est à cause d'une réserve mystérieuse alors que déjà la nuit le presse de tous bords.

Tout ce temps, la famille se prépare à triompher d'une humiliation qui ne l'atteint pas dans son âme.

Le père a immédiatement pensé au père de Florent :

—Ces cochons de propriétaires ! . . .

De ses deux mains, il fait le geste de les égorger tous :

—Celui-là va payer pour les autres. Je lui fourre une action en diffamation. Je le traîne en Cour. Je ne le lâche plus.

[155]

À la manière des sportifs, le fils aîné préfère une solution franche et courte :

—On tape, Michel, mon gars, on tape. Tu es plus grand et plus fort que Florent. Va le trouver et tape.

La mère triche aussi, mais pas plus que les autres. Mieux. Elle se sert de son enfant bafoué pour venger sa propre honte de l'avoir mis au monde.

Pour elle, il est question de "la mission des mères, des insondables desseins de Dieu".

Tout cela grince affreusement dans sa bouche.

Michel attend.

Ses lèvres ne remuent plus que faiblement. Il a un regard d'insupportable émoi qu'il ne sait où poser pour fuir le carré de cour aperçu par la fenêtre.

C'est là que Florent lui a dit :

—Tu seras notre Empereur.

Michel exultait d'être choisi puisque l'histoire de Napoléon Ier était belle, affirmait Florent, le chef, que les membres de la bande considéraient, bouche bée.

Alors les ciseaux mordirent dans l'épaisse chevelure et se mirent à la ravager grotesquement.

Parfois la lame piquait. Michel cherchait vite la douce figure de son ami afin de ne pas pleurer.

La couronne faite, un trône fut improvisé.

Florent entraîna Michel, le hissa lui-même sur les caisses.

Il s'inclina profondément :

—Salut, mon Empereur !

Bref instant de silence autour du pitre. Puis toute la bande éclata d'un rire bête et triste, comme rit la foule.

Michel se sentit perdu.

Florent même ne pouvait plus l'atteindre d'un de ses rayons. Il était là pourtant, en avant des autres gamins, seul à sourire — démon lumineux.

—Démon ! Démon ! hurle à présent la famille aux oreilles de Michel, arc-bouté sur sa foi comme eux sur leur expérience.

En vérité, le combat s'est engagé dans la seule âme de l'enfant et les adultes ne font que hâter du pied une agonie certaine.

Enfin le plan d'attaque familial est complété :

—On les tient cette fois ! conclut le père, d'un ton d'authentique jovialité.

La mère aussi est satisfaite.

Elle se lève comme après une bonne action. Elle a le regard apaisé, le sourire pacifié. Câline, elle dit à l'intention de son fils :

— Tes parents te vengeront, mon chéri...

Mais Michel n'est plus sur sa chaise.

Il est sorti doucement de la maison, a repris les ciseaux, puis va se poster dans un endroit familier à Florent.

Il attendra tout le temps qu'il faut pour percer un coeur et le déposer près de son propre coeur mort.

Le mauvais oeil

À la petite gare où, seule voyageuse, je descendis, un garçon d'une quinzaine d'années, rougeaud, l'air dégourdi, m'interpella aussitôt :

—Êtes-vous la pensionnaire de monsieur Savard, le boucher ?

Il m'aida à porter ma valise jusqu'à sa camionnette dans laquelle je m'installai plutôt mal que bien, sur la banquette défoncée, pendant que le gars, mettant le moteur en marche, m'expliquait posément :

—Mon boss a dit de vous conduire d'abord chez eux. Après on ira chez monsieur Ducasse, cultivateur.

—Tiens, pourquoi ça ?

—Parce qu'il y a pas de place chez mon boss pour vous. Sa fille, Annette, est revenue de Montréal, ça fait que...

—Vous voulez dire que je ne logerai pas chez monsieur et madame Savard ?

—En plein ça. Vous resterez chez monsieur Ducasse, à trois milles du village.

Je n'étais pas précisément ennuyée par ce changement de pension, Savard aussi bien que Ducasse m'étant inconnus.

Je venais ici me reposer quelque temps, sur la foi de villégiateurs enthousiastes, et loger chez le boucher sur la recommandation d'amis de mes amis.

À bien y réfléchir d'ailleurs, je me disais — notre équipage traversant le village à grand fracas — que mon repos sans doute était mieux garanti en plein champ. J'en fus tout à fait convaincue lorsque nous nous arrêtâmes, rue principale, devant ce qui constituait la boucherie de mon hôte d'un côté, de l'autre son logis.

Un étroit perron, à balustrade décorée de pots de géraniums, reliait la porte de la cuisine à celle de la boutique, fermée à cette heure, bien qu'à travers la vitrine j'aperçusse mon chauffeur de tantôt découpant de la viande pour une clientèle qui filait ensuite "à l'anglaise" par la porte arrière.

Mon hôte, lui, monsieur Ernest Savard, le col émergeant des géraniums, prenait le frais, l'air bonhomme, en compagnie de son épouse, chacun irréprochable dans sa chaise berçante.

Fort aimables tous les deux, ils n'arrêtaient pas de s'excuser, ou alors c'était pour vanter le "domaine" de monsieur Ducasse, cultivateur, à me laisser croire que j'étais l'objet d'une faveur insigne.

Tandis que nous conversions — et que je me gourmandais de ne pas aimer ces gens — mon regard fut attiré par ce que je n'identifiai pas à ce moment-là. Cela grouillait sur les souliers du boucher, masse noire, silencieuse, gluante, qui recouvrait à la lettre les chaussures de l'homme et montait par grappes lentes sur le bord du pantalon.

Des mouches ! Mais si grosses et si pressées les unes contre les autres, envahissant les pieds immobiles avec tant de tranquille assurance, que, médusée, je restais sur le seuil, les yeux attachés au spectacle d'un homme sucé vivant et qui n'en avait cure.

Je compris plus tard que le boucher ne changeait de linge que le dimanche. Toute la semaine, tripotant de la viande, visitant les fermes, roulant dans sa camionnette, à table, à la veillée et jusque dans sa chambre, Savard vivait couvert de mouches, tel un cadavre oublié dans un ravin.

Ce fut lui qui vint, cette fois, me conduire chez monsieur Ducasse dont il m'avoua en route qu'il ne savait rien ou presque :

—Mais rassurez-vous, c'est des gens honnêtes. On est tous du bon monde par icitte. Prenez, moé par exemple...

J'écoutais peu les paroles, mais j'étais attentive aux intonations souvent fausses de la voix. J'observais surtout les mains brunes du boucher, agrippées au volant, sales de poil, qui devaient, pensais-je, écoeurée, sentir la chair sanguinolente. Et je me tassais dans mon coin par peur de frôler le pantalon tout raide de sang séché.

L'homme devina-t-il ma méfiance ? Il fit un effort pour forcer mon respect en me racontant comment il se faisait craindre, sinon admirer, des paysans dont il achetait les bêtes à vil prix :

—J'arrive les poches bourrées d'argent, je leur fais tourner des cinquante et des cent piastres sous le nez. Ils sont tellement impressionnés qu'ils oublient de marchander : je repars toujours le plus regagnant...

Il rit, certain de l'effet produit aussi sur moi, conduisant sa camionnette d'une main de dompteur dans le chemin étroit, pierreux, d'où les poules fuyaient avec des cris aigus.

J'avais renoncé à protester et même à parler, me contentant d'offrir à mon guide ce qui s'efforçait d'être un sourire. Lui, il palabrait, vantard, menteur, avec, de temps en temps, un clin d'oeil finassier déjà observé chez son commis et que je devais retrouver chez Ephrem, le fils cadet des Ducasse.

C'était, à mon gré, la plus belle heure du jour à la campagne, celle du lent crépuscule déposé soie à soie sur les choses, dans l'envahissant silence de la nuit. J'étais consternée cependant de notre équipage burlesque, qui saccageait la route faite pour le sabot du cheval, soulevait de la poussière jusqu'aux perrons de bois des maisons dont les habitants, pipe au bec, nous regardaient passer à toute vitesse.

Mon guide, bien loin de se douter de mes sentiments, saluait de la main, avec une sorte de hauteur condescendante, les paysans graves, sans sourire, qui inclinaient le chef.

Je les trouvais beaux et nobles d'attitude, tout à fait tels qu'ils sont décrits dans les livres bien pensants. Ils me reposaient, dans le décor classique de leurs terres bien labourées, sous un ciel net, des figures à drames sans issue.

Ici, pensais-je, pas de calculs inavouables, pas de haine rentrée qui gruge le coeur, ni de complicité sournoise avec un vice secret. Non. La santé de l'âme et du corps dans un admirable équilibre conditionné par une existence saine, féconde, très longue. Ici la bénédiction de Dieu sur chaque sillon, sur chaque foyer. Ici...

—Tenez, on arrive. Chez monsieur Ducasse, c'est là, à gauche.

Le boucher me désigna de l'index un véritable domaine en effet, comme on en trouve souvent chez nous où les terres libéralement attendent preneur. Mon regard prit du temps à parcourir une immense étendue de beau gazon bien propre, au centre de laquelle la maison de bois des Ducasse semblait perdue. Et semblait inhabitée tant il y avait de silence autour.

J'observai le peu de labour proche et même de jardin. Quant aux arbres, on sait que le cultivateur canadien en tolère à peine quelques-uns, comme si leur présence, pourtant bienfaisante à la canicule, gênait les mesures qu'il ne cesse de prendre de son bien.

—Vous m'emmenez chez des gens riches, monsieur Savard, dis-je au boucher, qui engageait maintenant sa voiture dans le chemin privé des Ducasse, long de deux arpents et soigneusement entretenu.

Mon guide ne parut pas goûter beaucoup ma réflexion, laquelle diminuait sans doute, crut-il, son propre prestige.

Il haussa les épaules :

—Y a pas un habitant riche par icitte, fit-il, c'est les apparences qui sont trompeuses.

—Mais voyons, quand on possède une propriété de ces dimensions-là . . .

—Elle est peut-être hypothéquée, ça, vous le savez pas !

Je haussai les épaules à mon tour. Décidément je n'aimais pas le boucher, sa grosse lèvre boudeuse dès qu'il était question d'autrui. J'eus hâte de le quitter, de sortir de la cage étouffante du camion lequel, depuis vingt minutes, s'efforçait de compromettre la paix de la campagne. Mais dès que la poussière de nos roues retombait, le silence rose et bleu d'un soir de juin s'infiltrait à neuf dans toutes choses et c'était comme s'il n'y eût jamais eu de camionnette pétaradant sur la route.

—Bonsoir la compagnie, salut tout le monde ! s'écria monsieur Savard, immobilisant son véhicule cependant que, de mon côté, je poussais la porte d'un geste décidé et sautais à terre.

À la ville, les présentations précèdent le signe de tête. Chez les paysans, on salue d'abord. Nom et prénom viennent ensuite comme complétifs. Ainsi la famille Ducasse, père, mère, fille, s'était levée.

[163]

—Une belle fin de mois, reprit le boucher, les foins s'annoncent extra.

Monsieur Ducasse opina dans l'affirmative, sa femme également et même la grosse fille un peu en retrait, qui restait debout à l'instar de ses parents, tout ce monde apparemment occupé du boucher, mais ne me perdant pas une seconde de vue.

—Eh ben, oui, je vous emmène votre pensionnaire, dit alors monsieur Savard, ajoutant que "les filles de la ville, ça a besoin de se refaire du sang chez les habitants".

Je me serais bien passée d'intermédiaire comme celui-là, mes hôtes aussi sans doute. Ils me parurent contrariés par les boutades du boucher, blessés par sa voix vulgaire de commerçant habitué à intimider, par les claques dont il se tapait parfois la cuisse . . .

Le chef de famille me souhaita la bienvenue avec un rien de solennité, d'une belle voix forte, en me tendant une main sèche qui contenait toute ma paume.

Scène digne des livres que j'avais lus : une famille de paysans médite dans le soir, assise en demi-cercle sur le perron arrière de la maison, là où le regard possède à la fois le ciel et la terre, cependant que les bêtes aux champs, etc.

Ah ! que tout cela me plut ! Et qu'il me fallut de reconnaissance au boucher pour ne point lui crier de s'en aller au plus tôt dans sa camionnette rouge, lui qui évoquait, quoiqu'il vécût au village, la ville, ses calculs sordides.

Lorsque enfin il remit son moteur en marche, les Ducasse et moi-même, d'un accord singulièrement unanime, attendîmes de ne plus entendre de tapage, même lointain, pour alors nous regarder faire ensemble un pas dans l'amitié.

—Peut-être que la demoiselle mangerait un morceau ?... hasarda timidement une voix d'où toute musicalité était absente — la voix de Blanche Ducasse — et qui tâtonnait, pour ainsi dire, sur les mots avant de les pousser en avant d'un brusque effort de gorge.

Je répondis, en riant, que j'avais soif, que...

Blanche n'attendait qu'un désir enfin formulé pour se précipiter littéralement à l'intérieur de la maison et en ressortir aussitôt, une tasse de fer blanc à la main qu'elle me tendit, non sans éclabousser au passage l'épaule de sa mère, dans sa hâte de m'offrir quelque chose, fût-ce un gobelet d'eau.

Il en fut ainsi les vingt jours que dura mon séjour dans un foyer au mystère plus épais que le sommeil de madame Ducasse. La pauvre Blanche guettait à la vérité chacun de mes soupirs, derechef interprétés par elle comme un besoin à deviner, un goût à satisfaire.

Au début, elle m'impatienta tel un chien trop soumis. Puis je compris ce qu'il y avait de cruel à refuser des miettes d'attention à cette pitoyable créature, sorte de géante, dont les petits yeux infiniment tristes pourtant étaient sans révolte.

Ma première surprise, ce soir-là, ce fut, en traversant la cuisine pour rejoindre ma chambre, de distinguer sous l'une des deux fenêtres une espèce de forme noirâtre, immobile, dont le crépuscule m'empêcha de reconnaître si c'était un animal ou quelque bahut.

Madame Ducasse me précédait dans l'escalier. Perçut-elle ma question informulée ? Elle se tourna vers moi, me dit tout bas, si bas que même Blanche, fermant la marche et un peu dure d'oreille, n'entendit certainement pas :

—C'est Laura, mon autre fille. Elle est malade du cerveau.

Je n'étais pas trop mal logée avec mes deux fenêtres à glissières donnant sur les terres endormies, quoique je dusse lutter pour décoller le châssis. Un lit à catalogne, un petit meuble à tiroirs, une cuvette dont Blanche chaque matin allait monter le pot d'eau indispensable, une carpette, des rideaux. Bien à la vue, un pot de chambre tout neuf, avec sa marque de commerce . . . et le prix !

Cela me fit sourire.

C'est alors que je me rendis compte d'une arrière-pensée tapie comme dans mon dos et que je découvrais à l'instant.

Je m'assis d'abord sur le lit, puis j'allai à l'une des fenêtres. Mon regard évita les alentours pour chercher ailleurs, loin, très loin à rencontrer un point connu. Je tendais du même coup l'oreille dans un subit et pressant besoin de bruits familiers, n'importe quoi, un klaxon d'auto, une vague rumeur, la pluie. Je me sentais oppressée et tressaillante telle une personne surprise par la peur. Mes mains machinalement cherchèrent des objets aimés, de contact ancien, comme si elles avaient, elles aussi, besoin d'être rassurées.

Partout, à jamais, semblait-il, c'était la nuit sans lune d'un pays étranger, une maison de ténèbres où je ne savais par quelle mauvaise chance j'étais venue frapper, une chambre à angles craquants au milieu de laquelle je me pelotonnais, semblable à Laura dans un coin de la cuisine.

Laura, la folle !

Je crus tenir alors la raison de mon désarroi. Madame Ducasse ne m'avait-elle pas avertie d'une manie de sa fille, qui se levait parfois la nuit pour errer d'une pièce à l'autre ? . . .

Pour la troisième fois, je m'assurai que le loquet défendait ma porte et même j'y traînai une chaise. À ce moment, mon arrière-pensée l'emporta d'un coup : je partirais au matin. Malgré la peine possible de madame Ducasse et de Blanche, (leurs bouleversantes figures d'esclaves résignées devaient envahir mon sommeil la nuit même) malgré le ridicule de rentrer chez moi dès le lendemain, nonobstant même ce qui me restait de bon sens pour moquer une frayeur sans autres fondements que la nuit, le silence et mon état de santé, envers et contre tout, ma décision fut prise.

Non seulement je ne partis pas à l'aube, mais je prolongeai mon séjour chez les Ducasse.

Je fus réveillée par la lumière d'un de ces matins d'été dont il semble que la terre entière vient de naître, qu'elle ne sait rien encore de son destin, innocente à l'égal de sa rosée sur les fleurs de lilas.

Je m'éveillais par degrés, encore capable de retenir un bout de rêve, paresseuse à la réalité tels certains convalescents.

Le poing de Blanche à la porte me fit néanmoins me dresser brusquement sur mon lit.

—Ah ! ben, par exemple ! . . .

Blanche Ducasse, cruellement cernée de toutes parts par le grand jour impitoyable, me parut plus massive, si possible, que la veille. Elle me regardait, l'exclamation sur les lèvres, son pot d'eau dans les bras, l'air tellement stupide que je me demandai si elle aussi, comme sa soeur . . .

—Qu'est-ce qui vous prend, Blanche ? Vous ne me reconnaissez plus ? fis-je, assez rudement, en remettant mes souliers.

Soudain, je compris, me radoucis :

—C'est à cause de mes vêtements ? J'ai dormi tout habillée, c'est vrai . . .

Et de quel sommeil ! hanté de figures effrayantes aux lèvres dévorées par des mouches gigantesques !

Je soupirai d'aise au contact de l'eau froide sur mes joues, ce qui fit rire Blanche. Elle était plantée au milieu de la chambre, m'examinant et suivant tous mes gestes comme si elle en prenait mémoire. Mais je n'étais pas d'humeur légère, cette grosse présence plutôt malodorante m'irrita :

—Il faudrait prévenir monsieur Savard qu'il vienne me chercher à l'heure du train, dis-je, sans seulement regarder Blanche, maintenant en arrêt devant mon petit nécessaire de voyage.

Ses doigts déformés par de durs travaux se hasardaient, à ce moment, à toucher le manche nacré de ma brosse à cheveux. Je les vis se rétracter tout à coup et puis se mettre à trembler.

—Je ne peux pas, Blanche . . . murmurai-je, prise de pitié pour les doigts sans ongles qui souffraient, grotesques, au bord de la nacre, je ne peux absolument pas rester, voyezvous !

Peut-être s'habitue-t-on à voir quelqu'un souffrir sans grimace, avec à peine le souffle plus court de temps en temps. Ce qui nous convainc, c'est la torsion du corps, une face dévastée. Je n'avais pas besoin pourtant de regarder Blanche, les doigts seuls me suffisaient. Ils étaient retombés, avec de furtifs tressaillements d'agonie le long de la robe du dimanche.

Toute mon impatience était épuisée. Et même l'angoisse de la veille. Comment, au surplus, ces choses me parurent-elles ridicules pendant que, dos tourné à Blanche, je laissais monter à la fenêtre jusqu'à moi une paix indicible, le désir d'être simple et bonne. Comme l'inoffensif été. Comme une petite statue de Bernadette Soubirous, placée sur la commode.

Déjà, à l'aube, à demi consciente, n'avais-je pas découvert sur les murs quelques chromos pieux, peinturlurés jaune, rose, mauve, qui me faisaient un entourage hors de tout doute. Quelle mouche (laissée en arrière par le boucher comblé !) m'avait piquée pour que je me misse en pareil état hystérique, jusqu'à m'imaginer dans un monde, dans un monde ...

Brusquement tournée vers Blanche toujours immobile, je la saisis aux épaules — dures, carrées, chaudes, des vraies épaules de gars — et lui criai très vite que je restais, oui, oui, je restais afin de délivrer sa face de toute douleur, d'un coup, comme par magie.

La paysanne commença alors à rire comme si elle haletait, rentrant son chagrin puisque je le voulais ainsi. Et je me persuadai, comme on aime à le croire des enfants et des bêtes, que Blanche vivait sans cicatrices.

... Pourquoi la fille cadette des Ducasse me dit-elle, au moment où nous quittions la chambre, de son élocution laborieuse, en baissant inexplicablement le ton :

— Si vous étiez partie à matin de suite, le pére aurait dit que vous aviez eu honte de nous troisses.

— De vous quatre, corrigeai-je, légèrement.

— Non, reprit Blanche, le front tout plissé, en comptant sur ses doigts, la mére, Laura et moé, ça fait ben troisses.

À huit heures du matin, il y a belle lurette que les paysans ont déjeuné. Ceux-ci, levés à l'aube, avaient déjà abattu une besogne considérable lorsque je descendis, flanquée de Blanche qui, en un tournemain venait d'échanger sa robe neuve, (la seule qu'elle possédait et dont elle avait voulu me faire fête le premier matin) contre ses guenilles de travail.

Mon premier bonjour fut naturellement pour madame Ducasse, une femme maigre, aux seins flasques, vêtue d'une espèce d'étoffe verdâtre, sans coupe, sans aucune garniture, que je lui devais voir sur le dos tout le temps de mon séjour, comme à Laura de la vieille serge noire, puante, et des bas de laine en plein été.

À mon entrée dans la cuisine, Laura, encore dans son coin de prédilection, sous la fenêtre, me jeta un coup d'oeil peureux, aussitôt détourné, qui me serra le coeur. D'ailleurs sa mère aussi, avec son pauvre corps exténué qu'elle s'efforçait de redresser, la lamentable Blanche et la surprenante pauvreté de la pièce, tout cela acheva de dissiper mon imbécile frayeur de la veille pour faire place largement à une compassion spontanée.

Ceux qui ont beaucoup pâti sans doute flairent de loin la sympathie, ils s'y accrochent en affamés. Même Laura peu à peu s'accoutuma à mon sourire. Elle ne m'adressa jamais la parole, mais sur la fin de mon séjour au moins ne s'enfuyait-elle plus dès que j'approchais.

—Je vas vous faire du thé ben chaud et des oeufs.

—Du thé suffira avec un peu de pain, répliquai-je, vivement, car je n'avais pas été sans remarquer la graisse à l'état liquide dans une assiette, hélas, visitée par les mouches.

À propos de mouches, j'en ai tant vu en vingt jours, des vertes, des jaunes, des noires, sur les aliments et sur mes hôtes qu'à la fin, à l'exemple des fils Ducasse, je m'exerçais tranquillement à les dresser le dimanche matin ...

Mais le premier jour, m'étant privée de déjeuner et presque de dîner, je résolus de faire partager mon dégoût à Blanche, lui représentant, comme à un bébé, que ces bestioles-là étaient sales, qu'il fallait les chasser à tout le moins de la table.

Blanche riait, ce qui était sa façon de prouver qu'elle avait compris, avec une gaieté extraordinaire. Puis elle réfléchit laborieusement, trouva sans doute une solution, mais refusa de m'en faire part. Tout le jour, à intervalles plus ou moins longs, elle me criait, ravie :

—Une surprise pour la demoiselle demain ! Plus de mouches pantoute, nulle part !

Le lendemain, je fus éveillée par une âcre odeur passant sous la porte. Je pensai à la surprise de Blanche, laquelle n'était pas sans m'inquiéter. Qu'est-ce que cette créature très simple avait trouvé pour me débarrasser des mouches ?

Je consultai ma montre : à peine sept heures. Tant pis ! Il fallait que je descende. J'enfilai une robe de chambre, ouvris ma porte, et me dirigeai vers l'escalier. À mesure que je me rapprochais de la cuisine, une odeur, de plus en plus impérieuse, me tenaillait la gorge. Je perçus le mouvement de navette sur un plancher de ce qui devait être la brosse de crins entrevue hier. Quelqu'un toussait sans arrêt. Je pensai : "La malheureuse ! ..." et me précipitai dans la cuisine pour apercevoir Blanche, à genoux, frottant, à demi-suffoquée, les planches échardeuses enduites d'un terrible désinfectant pour écurie. En me voyant, la paysanne lâcha sa brosse, se souleva avec une grimace de douleur car elle avait les genoux et les mains en sang. Elle essayait encore de rire à travers la toux et malgré de grosses larmes coulant de ses yeux brûlés. Elle me cria, exaltée :

—Plus de mouches pantoute pour la demoiselle ! Plus pantoute de mouches !

Une grande cuisine carrée à trois portes donnant, l'une sur l'arrière de la maison, l'autre en avant. La dernière s'ouvrait sur "la salle" qu'il fallait traverser pour atteindre un escalier de fortune menant à l'étage.

C'est dans la cuisine que nous vivions, à l'exemple de toutes les familles paysannes du monde, y mangeant, y veillant, y travaillant les jours de pluie. Lorsqu'il fallait fermer les portes sous l'orage, l'odeur de sueur, les haleines mêlées à la friture et aux relents nauséabonds de la porcherie collée à la maison, les premiers jours me soulevèrent le coeur. Je levais alors les yeux, pour me distraire, sur une bonne dizaine de calendriers coloriés, les uns datant de quelque dix ans en arrière, dont on avait décoré les murs, pêle-mêle, avec un Sacré-Coeur, un Jésus de Prague, une Sainte Vierge, plusieurs saints illustres et moroses et des rameaux qui tenaient comme par le poids de leur poussière.

Jamais une fleur n'entrait ici, bien que l'été de tout coeur en fît surgir partout.

Sur la table, aux pieds entrecroisés, très lourds, madame Ducasse posait, entre les repas une garniture compliquée en papier gaufré protégeant une assiette en plâtre "peinte à la main" — lointain cadeau de noce ou trophée de bazar.

Le grand luxe de la cuisine, c'étaient les chaises disposées en rang d'oignons le long des murs. Elles semblaient à longueur d'année veiller un mort.

En vérité, la cuisine des Ducasse remâchait de la tristesse dès le crépuscule et devenait lugubre à la lueur des lampes toujours fumantes, dont on économisait la mèche par principe. Nous nous installions autour de la table, madame Ducasse, doigts occupés, regard errant, Blanche "cognant des clous" à se disloquer la nuque. Laura, elle, rôdait encore un peu autour de la maison. Puis elle venait sans bruit s'accroupir sous la fenêtre — mendiante ou juge, qui sait ? Le chef de famille, à sa place accoutumée, se versait un vin sans couleur, doux et traître tel un vieux chat.

Pourtant, c'est malgré tout dans sa cuisine que madame Ducasse respirait avec le moins de contrainte.

Quand elle me fit, s'y croyant tenue, les honneurs de la salle, j'observai, non sans étonnement, que le dos de la femme voûtait davantage et qu'elle baissait le ton. Pour un peu, elle se fût mise à marcher sur la pointe des pieds.

J'avisai bientôt un antique fauteuil dans la bourrure duquel un rat sans doute était roi.

—C'est un souvenir, madame Ducasse ?

Les paupières de la femme battirent :

—Euh, oui . . . souffla-t-elle.

Intriguée par l'attitude nouvelle de madame Ducasse, j'insistai :

—Le fauteuil appartenait à votre père ou à votre mère et vous les aimiez beaucoup ?

Alors je vis le masque mou de la paysanne subitement se tendre, devenir presque dur :

—C'est le fauteuil de mon beau-père, débita une voix méconnaissable, l'homme est mort à 96 ans, il était paralysé depuis dix ans. Il essayait de me mordre la main parce que je le faisais manger.

Plus tard, beaucoup plus tard, lorsque la confiance entre nous osa desceller les lèvres de madame Ducasse, elle me confia :

—. . . Une sorte de géant, craint des hommes et des bêtes. Il me haïssait parce que je résistais à ses avances. Devenu vieux et paralytique, il crachait sur moi et je devais prendre garde qu'il ne déchirât ma robe de ses énormes mains aux ongles noirs . . .

. . . À quel moment précis ai-je vu Laura s'enfoncer davantage dans l'ombre du mur, et puis faire une espèce de boule de tout son corps, comme si l'intuition d'une souffrance possible lui inspirait d'ainsi s'en défendre ?

Et puis, est-ce au matin de mon premier déjeuner manqué chez les Ducasse que je sentis vaguement du malaise dans le rire intermittent de Blanche ?

Quand donc, pourquoi moi-même, tout à coup, et pour la seconde fois depuis mon arrivée, ai-je éprouvé que j'étais entraînée sur la pente d'une inquiétude indiscernable, comme si je sortais de moi pour m'en aller seule dans un chemin maléficié ?

Il est facile de tout comprendre après coup. Mais au moment même, j'en savais moins encore, pour sûr, que les femmes Ducasse dont il me parut qu'un souffle froid venait de m'isoler. Brutalement nous étions rejetées sur nos îles respectives, elles sans lutte, moi me débattant ainsi que je ne devais plus cesser de le faire contre une menace impossible à identifier, laquelle exerçait par ailleurs une singulière force d'attraction sur ma volonté.

Je me souviens parfaitement d'avoir posé, heurtant la soucoupe, ma tasse de thé sur la table. Puis je résistai de toutes mes forces à l'envie de tourner la tête vers le seuil.

La minute d'ensuite, une voix d'homme sûr de lui disait simplement :

—La demoiselle, je l'espère, a bien dormi . . .

C'était monsieur Ducasse, maître des lieux.

On s'étonnera peut-être de la familiarité rapide des relations aussitôt nouées entre les femmes Ducasse et moi. J'étais chez des gens très simples, au surplus privés de toute distraction. Blanche n'avait jamais eu d'amie. Sa mère ne connaissait qu'un compagnon taciturne. Je représentais l'inespéré : un souffle libre.

Rien qu'à l'avidité avec laquelle les deux femmes suivaient tous mes gestes, s'émerveillaient de m'entendre rire, parfois saisissaient ma main, comme pour s'assurer qu'elles ne rêvaient pas ma présence, on ne pouvait s'empêcher d'évoquer le désert de leur coeur.

"Quelle existence, songeais-je, a été, sera encore après mon départ, celle de Blanche qui, à quarante-deux ans, ne connaît pas la douceur d'une sollicitude amie ! "

Quant à l'amour . . .

L'amour lui-même, son don total de joie et de larmes, la floraison, puis l'épanouissement, puis le fruit de l'amour, surtout le fruit que le corps de la femme a un tel besoin d'enfin donner à l'homme, oh ! la pauvre forte Blanche Ducasse, dont pas un gars n'avait voulu éprouver l'infinie générosité, on eût cru parfois la voir tressaillir de froid. Parfois aussi, sur ce masque ingrat, une espèce de honte d'être comme en n'étant pas . . .

J'étais partie sur l'ordre du médecin me reposer à la campagne. J'y comptais vivre un mois à ne presque pas réfléchir, mais en revanche à manger abondamment et à dormir beaucoup.

Ce fut exactement l'inverse qui se produisit, en ajoutant le curieux exercice de faire ma valise une demi-douzaine de fois pour la défaire l'heure d'après. Jamais de ma vie, au reste, je n'ai vécu plus intensément que sur cette ferme isolée, au décor magnifique et monotone, dont il semblait, de la route, qu'une paix inaltérable y dût inspirer êtres et choses.

La paix...

Oui, pourtant, la paix régnait ici. D'abord entre l'homme et son labeur. On travaillait chez les Ducasse de la pointe du jour au crépuscule, sans hâte, d'une science éprouvée, accordée au rythme même de la nature.

Comment n'eussé-je pas admiré une Blanche, pleine d'une tranquille autorité parmi la basse-cour, et aux foins que son bras puissant enfourchait ?

Mais plus beau que Blanche, parce qu'il était l'intelligence même des lieux, monsieur Ducasse, dédaigneux du danger, menant ses chevaux au galop, debout dans sa voiture, le dos droit, tête nue ! ...

—Il sait que vous le regardez, c'est à cause... murmura madame Ducasse, qui hocha la tête et se remit à sa lessive pendant que je m'étonnais du ton à la fois méprisant et affligé de cette épouse aussi diminuée physiquement que son mari, à 70 ans, témoignait d'une virilité victorieuse.

De toute manière qu'on y réfléchît, au reste, ce couple-là s'imaginait mal. Presque autant que le fils du voisin — un solide gaillard à tignasse fauve, batailleur et joyeux — avec Laura, cachée dans les broussailles pour le voir passer...

Pourtant, jamais je n'entendis monsieur Ducasse — même au plus hardi de ses confidences — exprimer, fût-ce dans un soupir, quelque regret de son mariage. Quant à sa femme, le dernier jour elle me tendit un bout de phrase avec lequel je m'en allai pour tenter l'impossible histoire d'un coeur mort : "Il était pas comme maintenant, naguère..."

[176]

La paix toutefois commandait à n'en pas douter les relations de la famille, entre les femmes ouatée d'une affection de bêtes de somme qui se défendaient les unes les autres contre d'outrées exigences des fils. Ephrem, le cadet, dont la femme était souffreteuse, il est vrai, se butait à une surprenante résistance maternelle s'il tentait d'abuser de Blanche.

J'ai vu celle-ci pendant huit jours se lever à trois heures du matin pour aller "faire le train" chez Ephrem. À six heures, elle revenait traire ses propres vaches, écrémer le lait, porter à manger aux cochons. Le midi, elle courait de nouveau chez son frère accomplir une épuisante besogne dont elle recommençait la pareille ici jusqu'à dix heures du soir.

Pendant ce temps, Ephrem, à la ville, faisait un excellent marché et revenait, vêtu de neuf des pieds à la tête, n'ayant pas une minute songé à un petit cadeau pour Blanche.

—Blanche, dis-je, sévèrement, à la malheureuse qui, exténuée, n'avait plus la force de rire, je vous défends de recommencer, entendez-vous ? Le bon Dieu n'aime pas cela, Blanche, et votre frère n'est qu'un épouvantable égoïste.

—Bah ! demoiselle, murmura la pauvre, avec la douceur résignée d'une longue expérience, j'ai fait ben plus que ça dans le passé pour les gars . . .

Ce soir-là, au souper, désignant au père du bout de ma fourchette sa fille somnolente sur son assiette, j'osai lui déclarer qu'on traitait Blanche comme il n'était pas permis.

Devant mon audace, madame Ducasse blêmit. Je la vis me faire des signes désespérés. Laura elle-même, dans son coin, se prit à m'examiner franchement, avec une telle expression intelligente que j'en demeurai interdite.

—Vous n'êtes pas de mon avis, monsieur Ducasse ? fis-je, décidée à acculer cette fois le diable d'homme, qui trop souvent l'emportait par un silence glacé dont son terrible oeil gris soulignait la menace enclose. Blanche est une femme, sa résistance n'est pas sans limites après tout.

Je vis les lèvres minces se desserrer dans un imperceptible sourire. Les yeux gris lentement inspectèrent Blanche, à demi affaissée, qui tenait encore dans sa main un couteau taché de beurre.

Telle quelle, malgré robe et cheveux longs, Blanche n'avait plus de sexe, ressemblait à quelque pantin démonté qui encombre.

—Une femme, ça sert à l'homme, prononça tranquillement monsieur Ducasse, la Blanche, elle, a jamais servi qu'à l'ouvrage. Donc . . .

Il finissait souvent ainsi de surprenantes déclarations, dites sur un ton de légère emphase et volontiers décorées de proverbes ou de maximes d'une justesse déconcertante.

Parlant peu chez lui, par une sorte d'indifférence hautaine dont je fus longue à déceler l'immense dédain secret, le maître communiquait, par signes brefs, souvent cassants, à sa femme et à Blanche, sa volonté.

Il se tenait le moins possible dans sa maison, même les jours de pluie. Ou alors, au craquement d'une chaise berçante, laquelle sans doute rythmait le cours de ses extraordinaires réflexions, monsieur Ducasse buvait lentement de grands verres de vin.

Car l'intelligence de cet homme-là, par ailleurs un vrai paysan de chez nous, je l'ai vue occupée, non, obsédée de problèmes tels le mystère de la vie et de la mort, celui de la miséricorde de Dieu égale à sa justice, jusqu'à tard dans la nuit, alors que la lampe fumeuse rendait effrayant le mas-

que de mon hôte, rongé d'angoisse, de remords, de terreur...

Depuis longtemps, les filles là-haut dans leur réduit dor-
maient. Je prenais pitié de madame Ducasse qui, affalée sur
une chaise, ronflait. Mais comment renoncer à "connaître"
une créature humaine exaltée par la nuit, cependant que les
rasades de vin domestique tout le jour ayant remplacé
l'eau, le soir venu déliaient la langue de monsieur Ducasse
mieux qu'aucun confesseur.

Car si au commencement, je haussai les épaules — un tel
tourment intérieur me semblait invraisemblable chez un
cultivateur de la condition de monsieur Ducasse — peu à
peu, sans doute subissant moi-même l'indubitable pouvoir
magnétique des yeux gris, plus froids que pierre, je me pris
au redoutable jeu de soupeser avec mon hôte, ni plus ni
moins, l'infini. En sorte que nous passions les veillées à
nous effrayer mutuellement.

C'est à la suite des monologues de monsieur Ducasse que
je faisais ma valise.

—Blanche, annonçai-je à la grosse fille, déjà en route vers
le poulailler, je vais avec vous.

—C'est correct, la demoiselle, consentit mon amie, et elle
me promit gentiment la plus grasse parmi les poules.

Car c'était jour de massacre.

Tous les mardis, en prévision de la visite du boucher,
monsieur Ducasse séparait les cochons à vendre tandis que
Blanche faisait le choix parmi la volaille.

Elle poussait le battant, posait le pied n'importe où, sans
égard pour la semelle de son soulier, examinait les poules
longuement, une à une, de son air placide, en les appelant.

—Elles ont peur, Blanche, elles savent ce que vous venez faire . . . ne pus-je m'empêcher de murmurer, assez impressionnée, ma foi, par les appels au secours éperdus de la basse-cour en pagaille.

Mais Blanche, toute à sa méditation meurtrière, n'entendait rien. Elle s'était assise sur les talons, ses grandes mains calmes attendant un ordre . . .

Tout à coup, les mains s'abattaient sur une victime, où qu'elle se trouvât, parfois fort difficile à atteindre. Blanche ramenait sur ses genoux, par les pattes, une volaille subitement muette, qui palpitait. Sans précipitation comme sans atermoiement plus cruel encore, d'une torsion bien mesurée, Blanche cassait un long cou révulsé. Elle lâchait la poule sans s'occuper de quelques réflexes saisissants.

"Je te tuerai sans colère et sans haine comme un boucher".

Oui, rêvais-je, le boucher tuait veaux et moutons sans les haïr peut-être. Mais je répondais davantage de Blanche Ducasse. Le bleu pauvre de son oeil ne luisait pas sur une mauvaise tâche à accomplir. Sa lèvre sans fard, toujours gercée, ne tremblait pas. Ni plaisir ni peine. Elle s'acquittait d'une besogne dont la seule nécessité excluait toute tentation de s'attendrir ou de jouir vilainement. Blanche attrapait les poules pour les tuer du même coeur qu'elle avait en caressant les survivantes. Tout à l'heure, au surplus, ses grandes bonnes mains aideraient la vache d'Ephrem à mettre bas.

Ce n'est pas le sang versé qui fait le meurtrier, songeais-je, c'est sa douloureuse jubilation.

Vers six heures du soir, il commença de pleuvoir à petites larmes rondes depuis l'aube suspendues.

—Ça va être de durée . . . annonça monsieur Ducasse.

Je le trouvais sombre, avec dans les yeux parfois une lueur inquiétante.

Qui haïssait-il aujourd'hui d'une de ces haines impuissantes qui ne rongeaient que lui ?

Madame Ducasse posa tôt sur la table deux méchantes lampes aux "globes" ternes. Elle avait des gestes sans rudesse, un peu lents. Lorsqu'elle touchait l'épaule de Laura, celle-ci ne sursautait point. À sa mère seule, la misérable parfois souriait, ou plutôt les muscles raidis de sa figure sans âge tentaient une espèce de déchirante grimace . . .

Monsieur Ducasse, délibérément, nous tourna le dos pour s'asseoir devant le grillage de la porte, face à ses bâtiments, à ses terres, à ses songes.

Il ne nous voyait pas, ne pensait sûrement pas à nous. D'où venait donc que je n'arrivais pas à fixer ma pensée sur ma lecture dès qu'il était là ? Épiant Blanche, je la surpris à explorer avidement, bien que par traîtrise, la nuque, les épaules, le dos de son père, comme si elle était devant une énigme.

Laura ne bougeait pas plus qu'un meuble.

Bientôt sa mère lui ferait un signe et elle monterait là-haut, sans dire bonsoir, pour une nuit à peine plus noire que ses jours.

Il ne viendrait personne, quoique de la route on pût distinguer de la lumière aux fenêtres.

Lentement, chacun glissait sans heurt dans la tristesse.

La pluie tombait toujours, mais ne faisait pas plus de bruit que la nuit.

On se prenait à douter qu'il y eût, encore tout enveloppé de faux mystère, un jour nouveau à naître ici.

[181]

On doutait davantage de la réalité des villes.

Nous étions cinq personnes à respirer sans sécurité, bien que rien ne pût se produire d'inattendu, que notre maison reposât solidement sur le sol et que la tâche fût faite.

Il aurait suffi de rire, de causer, tout bonnement, ainsi qu'une famille rit et cause le soir pour ne pas penser à la pluie, ne pas l'entendre tomber. On ne l'entendait pas, c'est vrai, on la voyait, au contraire, entourer la maison et celle-ci se laissait noyer tel un bateau trahi.

Aucun de nous, je pense, ce soir-là, n'aurait seulement bougé en voyant l'eau déjà mouiller ses jambes ...

Selon mon humeur, je me querellais ou me moquais. Ou bien je me faisais honte : "C'est indigne ! me tançais-je, allongée sur mon lit à l'heure de la sieste, ou marchant dans le sentier aux haies couvertes de framboises. Comment ! te voici hébergée par de braves gens et tu ne sais pas le reconnaître. Au contraire, tu suspectes tout, et même le silence, d'abriter une histoire horrible dont tu serais en peine d'ailleurs de prouver un iota ... "

Ce qui était exact.

"Écoute, dis-toi que ton imagination est malade — c'est probablement ce que pense au fond le docteur. Tout ce que depuis dix jours tu crois deviner ici de tragédie cuvée est faux et absurde. Trop lu, ma fille, trop écrit de contes invraisemblables, vois-tu ... "

Je me raisonnai.

"En somme, à quoi se résume une présomption que tu n'oserais avouer à personne ? D'où cela est-il parti d'abord ? D'une sensation, le premier soir, de te mouvoir non plus librement, comme si une volonté étrangère ... la volonté d'un gaillard de paysan, doté bien sûr de quelque pouvoir magnétique. Et puis, après ? Tu n'es pas raisonnable, ma fille. Beaucoup de cultivateurs possèdent un don pareil, très utile, monsieur Ducasse te l'a affirmé cent fois, pour arrêter, par exemple, l'hémorragie des bêtes. Il est vrai que le maître a quelquefois pratiqué aussi sur des êtres humains, qu'en l'avouant il a eu une bizarre expression assez sinistre... Bah ! cet homme-là adore impressionner son auditoire, moi en l'occurrence, dont les nerfs fragiles de citadine le convainquent aisément d'un effet qu'il a toujours rêvé de produire. Car c'est un vaniteux, monsieur Ducasse, sa femme sait cela admirablement... Beaucoup moins aveugle qu'elle ne paraît, madame Ducasse. Et aussi Blanche, sinon Laura, qu'on dit folle... "

Mais voilà.

Qui justement insistait là-dessus, devant Laura elle-même, sinon son propre père ?

Pourquoi répétait-il, dardant sur l'arriérée l'éclat dur de son oeil gris, qu'elle se levait la nuit, comme s'il avait voulu en pénétrer de désir le subconscient de la malade ?

—Je l'ai suivie parfois, l'ai trouvée à la clôture du voisin, guettant l'instant où le fils allait sortir de la maison se mettre le torse à nu, se laver à grande eau...

Monsieur Ducasse ne pouvait souffrir Laura à table quand il y était. Si elle passait à proximité, son père, sans bouger, sans respirer plus vite, devenait pourtant crispé à l'égal de certains nerveux devant un crapaud.

Alors Laura fuyait, l'air terrorisé.

Qu'il fût en partie responsable du retard mental de sa fille, avait-il un rapport avec l'espèce de haine dont il poursuivait visiblement la malheureuse ?

Car lorsqu'elle avait deux ans, me raconta madame Ducasse, qui ne fit aucun commentaire, Laura, des bras de son père, soudain était tombée sur le parquet. "Il l'avait échappée..." murmura la femme, en détournant ses yeux des miens.

Malgré l'énigme certaine de monsieur Ducasse, l'admettant même, je tâchais de me représenter que tout le reste fût ordinaire, comme de cloîtrer des femmes qui devaient se contenter du chapelet le dimanche pour remplacer la messe à l'église du village... ("Il nous trouve trop mal habillées pour nous emmener, il a honte de nous autres...")

Normal aussi, ricanais-je, qu'il ne vienne jamais personne ici autrement que pour une corvée, pas même les fils pour veiller en famille.

Si je les ai connus ceux-là, ce fut par extraordinaire et sur la pression insistante de leur mère, qu'Ephrem appelait Madame, aussi sérieusement qu'il disait Monsieur à son père.

J'observai par hasard, non sans m'en amuser, que tout le temps de la visite des fils, monsieur Ducasse bouda. Lui, si volontiers bavard avec moi quand nous étions seuls (la présence de l'épouse et des filles ne comptant pas du tout) maintenant que d'autres hommes partageaient mon attention, se taisait, hautain, retiré, inaccessible...

Madame Ducasse me parut ce matin-là plus brisée de corps et d'âme, Laura plus sale et plus sauvage que jamais, Blanche même...

C'était étouffant dans la cuisine, chauffée à blanc pour y cuire les confitures.

Personne ne levait la tête de dessus sa besogne, comme si cela n'eût eu aucune importance que l'on fût dans les jours les plus proches du coeur de l'été. Pourtant certains matins de juillet, ne dirait-on pas qu'ils viennent embrasser les choses, mais sans les éveiller. Et puis se poser sur elles que l'on voit à travers. Ces matins-là parfois les enfants font le geste de les cueillir, tandis que nous éprouvons une peine doucement déchirante à penser à notre ancien coeur.

À quoi pensaient les femmes de la maison Ducasse, travaillant avec des gestes de jour de pluie ?

Il me vint l'idée incongrue de leur crier que Dieu était dans la cour.

Je ne suis pas certaine aujourd'hui encore qu'elles eussent couru voir ... Non que la foi manquât, mais peut-être l'espérance.

Cette nuit-là, après vingt-quatre heures d'une fine pluie, la lune se leva sur toute la campagne rafraîchie dont l'odeur de foin mûr envahissait ma chambre.

Les bras passés sous la nuque, fumant beaucoup sans arriver à me rassasier, je réfléchissais.

De la chambre d'en face me parvenait le ronflement de Blanche. Laura, elle, devait dormir ainsi qu'une brute, d'un sommeil terrassé.

Je les imaginai toutes deux sur leurs paillasses, fenêtre close, leurs guenilles accrochées au mur, et l'inévitable pot de chambre au milieu du réduit.

Car je m'étais permis de pousser la porte, une fois que j'étais seule à l'étage. Ce que je vis et respirai en une minute dans une pièce minuscule, sans air, sans lumière, et qui prétendait être une chambre féminine, ne se délogera jamais de ma mémoire ...

Monsieur Ducasse logeait mieux ses cochons que ses filles.

Ce que je n'arrivais pas à comprendre pourtant, c'est que Blanche, capable de me donner à moi des rideaux et des draps à peu près propres, ne songeât point, pour sa soeur et pour elle, à nettoyer sinon à orner leur mansarde. Y eut-il jamais une tentative de peinturer les murs cuirassés de suie, quelque seau d'eau sur le plancher et dans la vitre opaque de l'oeil-de-boeuf ?

Deux paillasses, recouvertes de ce qui naguère probablement avait été des couvertures, recevaient chaque soir depuis l'enfance deux corps rompus, deux âmes exténuées. Cependant, avant de sombrer dans une inconscience terrifiante, les soeurs Ducasse parfois, j'en suis persuadée, posaient les yeux sur des images pieuses, peut-être même essayaient de prier . . .

Je tressaillis à un craquement venu d'en bas, qui me parut être un pas sur le parquet.

Qui marchait ?

Laura ?

Son père ?

Ma porte était verrouillée, mais au premier indice que quelqu'un voulût l'éprouver, JE SAVAIS que j'enjamberais la croisée. C'était courir le risque de me blesser, je me tuerais peut-être. Qu'importe ! Mes nerfs avaient atteint un tel degré de tension qu'ils commandaient seuls toute réaction.

J'ai touché cette minute-là à la terreur.

Terreur de la nuit, du silence, d'une chambre étroite où l'on entend cogner son propre coeur dans sa poitrine comme un objet sonore, étranger à soi, qui va trahir votre présence à force de tapage.

Une espèce de roulement étoffé succéda à ce que j'avais pris pour des pas humains. Cela, cette fois, venait de l'extérieur et ressemblait de plus en plus à quelque danse sur la terre gazonnée.

Je bondis de mon lit, courus à la fenêtre où je demeurai saisie, un cri d'admiration échappant à mes lèvres sèches.

Les deux chevaux noirs de mon hôte, crinière à la brise, galopaient sous la lune, ivres d'une liberté qu'ils étaient seuls, de tous les habitants du royaume maudit, à connaître.

Quand je fus assurée que mon séjour chez les Ducasse n'était pas un mauvais rêve, je pris peur, non de ce qui pouvait arriver, mais du sort que, entre mes mains, connaîtrait peut-être une histoire sans commencement ni fin.

Oui, je me suis défendue, tant et aussi longtemps que j'ai pu, fermant les yeux sur des faits pour le moins déconcertants. Comme, par exemple les insomnies d'un homme pourtant harassé, qui n'avait aucune raison de ne pas dormir profondément à trois heures du matin . . .

Moi aussi j'ai voulu traiter Laura en irresponsable, quoique, dès le troisième jour, j'ai su, j'ai été certaine que, délivrée de la présence paternelle, la pauvre pourrait encore guérir.

Enfin, combien de fois ai-je fait mine de ne rien voir quand monsieur Ducasse appelait sa femme pour quelques mots à voix étouffée qu'elle écoutait, tête basse. Ensuite elle tentait maladroitement de renier des bribes de confidences échappées à son cœur trop lourd.

Mais un jour que, outrée, je m'apprêtais à remplacer Laura, malade, sa mère voulut me retenir.

Elle avait l'air suppliant, elle faisait non de la tête malgré mes protestations.

Je finis par lui dire que j'assumais toute la responsabilité de mon intervention et que j'en avertirais monsieur Ducasse aussitôt.

—Il faut lui faire honte, madame Ducasse, je vous assure. Laura est souffrante, elle est incapable d'aller chercher les vaches au pré. Votre mari pourtant croit avoir le droit de l'y obliger. C'est révoltant à la fin !

Je sentais la main de madame Ducasse trembler sur mon bras, son pauvre visage sans attrait, gris et morne comme ses cheveux, était tiraillé de tics. Soudain les yeux s'emplirent de larmes qui débordèrent sur les joues abondamment et madame Ducasse pleura, face offerte, sans un sanglot.

Jamais je n'aurais pensé que tant de larmes pussent encore couler de ces yeux éteints, ni qu'une émotion fût assez violente pour redonner vie à une créature.

Je regardais pleurer madame Ducasse, moi-même bouleversée, ne sachant ni ce qu'il fallait dire, ni ce qu'il fallait faire. Et dans la crainte, cette fois avouée, de voir entrer monsieur Ducasse...

Qu'eût-il pensé devant les larmes de sa femme ? Certainement que j'en savais à présent trop long. Déjà j'avais observé chez lui une réserve méfiante, exprimée sans ambages par ses implacables prunelles.. Car il faisait parfois le tour de nous trois, si j'ose dire, d'un pesant regard sous lequel défaillaient les femmes de sa maison.

Il commençait certainement à regretter ma présence chez lui. Il n'avait pas prévu d'amitié possible entre madame Ducasse et moi. Nous surprendre maintenant, pleurant ensemble, ne l'effrayerait-il point comme la preuve que je savais tout ?

Parfois, il est vrai, j'avais le désir d'en finir pour l'acculer à la vérité. Quelle vérité ? j'avais peur de l'apprendre et qu'elle fût trop accablante à connaître... Pourtant si je songeais à madame Ducasse et à Blanche, si je regardais la triste Laura, je me disais que la plus élémentaire solidarité humaine me commandait d'intervenir.

Mais seule que pouvais-je ?

Je pensais au curé du village, au maire, et même au boucher. Puis, je pensais à Ephrem, si blond et si serein qu'il ne paraissait pas de la famille. À tout ce monde, quoi dire ?

Ce que je pressentais d'insolite ici depuis vingt jours tenait en somme à rien qui pût se démontrer. Or mes soupçons à présent étaient si graves que personne ne m'écouterait sans preuves.

Et telles que je connaissais maintenant Blanche, sa mère et même Laura, jamais, jamais aucune d'elles ne révélerait ce qui se passait, ce qui s'était passé entre quatre murs.

Je les voyais d'avance, lèvres serrées, peut-être me haïssant de les avoir trahies, madame Ducasse surtout, qui bégayait à l'instant même, s'essuyant le visage de ses paumes rudes :

—J'aurais pas dû... Pardon !... Ça m'a fait tant de bien, si vous saviez... Si vous saviez ! reprit-elle, dans une sorte de cri aussitôt rentré, avalé avec les dernières larmes.

Elle s'enfuit. Je n'eus pas le courage de la retenir.

Qu'est-ce que le temps contre certaines images, certaines émotions à racine obscure et profonde comme les premières révélations du mal ?

Sans effort, je revois, à plus de dix ans de distance, un domaine, me semble-t-il, que je reconnaîtrais entre mille, pourtant tous à peu près semblables dans la campagne québécoise.

[189]

De même, nulle transformation de la vieillesse ne peut altérer dans ma mémoire une silhouette d'homme grand, blond, aux traits coupants, d'épaules rondes, planté au milieu des choses tel quelque mauvais dieu des lieux.

Monsieur Ducasse !

Se promène-t-il encore autour de la grange et de la porcherie, de son pas souple, silencieux, ivre d'orgueil, qui défiait Dieu par peur de tomber à genoux.

—Penser à cela, y penser vraiment, comme la Bible en parle. Immensité ! Infini ! Sans commencement, sans fin ! Hein ? y penser de même, ce serait éclater de terreur...

Parfois il se saisissait le crâne à deux mains :

—Est-ce vrai ? bégayait-il, est-ce vrai ?...

Mais il était un néophyte plein des traîtrises de la mer sur laquelle il avait longtemps vogué.

Quand je connus son premier métier, je m'expliquai alors un chaotique mélange de science et de superstition, le goût des rêves à la dérive sur les passions des hommes dont l'ancien marin évoquait les solitudes innombrables.

Son langage même était celui d'un chasseur d'images et de sensations.

Il avait la voix puissante du flot avec parfois des houles de colère ou de désespoir.

Il murmurait, levant sur les femmes de sa maison son oeil glacé que hantait parfois le désir d'expériences diaboliques : "Si elles avaient voulu... Si elles avaient compris..." Mais il n'achevait pas cette phrase, commencée sans doute pour lui seul, et que je n'étais pas vraiment destinée à entendre.

Je regardais madame Ducasse, Blanche, sa soeur, leurs figures créées par Dieu qu'un fou, peut-être génial, probablement rêva de refaire. L'accident survenu à Laura enfant prenait dans ma pensée une signification monstrueuse . . .

Sans doute j'étais venue trop tard. Tout le drame de cette famille était depuis longtemps joué. Il en subsistait dans les âmes, comme sur les murs, un peu de cendre qu'on évitait de remuer.

La veille de mon départ :

—En quelques jours, vous nous aurez oubliés . . . me dit monsieur Ducasse, du ton impératif qu'il prenait pour commander.

Je compris qu'il s'inquiétait de ce que j'allais faire. Hélas ! mes mains étaient liées. Mais je le quittai sur l'ambiguïté volontaire d'une réponse.

Il ne m'adressa plus la parole. Pendant la dernière soirée — laquelle heureusement fut un peu bousculée par l'adieu des fils — je sentis souvent, non sans malaise, les prunelles d'acier fixées sur moi. Une fois, nos regards se croisèrent. Y avait-il du défi dans le mien ? Je vis une haine telle dans celui de monsieur Ducasse que cette nuit-là je la passai assise à la fenêtre pour mieux déjouer toute envie de dormir . . .

Ephrem ne resta pas longtemps comme d'habitude. Sur le seuil, il se frappa le front :

—Ah ! j'oubliais . . . Il faut que la Blanche vienne chez nous demain. Ma vache, Rougette, va mettre bas, j'cré ben. Moé, faut que je rentre mon foin.

Blanche répondit : "C'est correct, Phrem, j'irai . . . " sans marchandage, ainsi que toujours elle avait donné et donnerait encore jusqu'à la mort.

Ephrem s'en alla sans un merci, en sifflotant.

Restait Trefflé, l'aîné, et sa femme.

Ils venaient pour la deuxième fois depuis mon arrivée, lui en salopette, elle ayant tout de même changé de tablier. Assis côte à côte sur un vieux divan qui occupait un coin de la grande cuisine, le couple semblait déjà, après dix phrases, à bout de paroles.

Elle disait oui, non, en consultant chaque fois du regard son épais compagnon, tout en mâchoires, dont les mains à plat sur les genoux m'effrayaient.

Jamais je n'ai retrouvé de semblables "battoirs" au bout de poignets velus sur lesquels il me sembla voir grouiller des poux.

Trefflé ne savait pas sourire. Tout à coup, avec ou sans raison, il riait.

"Le rire de Blanche, pensai-je, l'air stupide de Laura. Mais ni la sainte bonté de sa mère, ni la cruauté raffinée de son père . . . "

Définir Trefflé cependant n'était pas malaisé. Il suffisait d'observer l'échine battue de sa compagne, son ventre énorme qu'une main déformée soutenait . . .

Il n'y avait aussi qu'à examiner les deux petits garçons rachitiques, si étroitement accrochés à la jupe maternelle que Lucie Ducasse ne pouvait pas même avancer le pied.

Je fus triste au delà des larmes, comme on l'est de toute son impuissance devant une détresse humaine.

Hier trois épaves, ici, flottaient sur des eaux pourries. Ce soir ajoutait Lucie, aux vingt ans violés chaque nuit de la plus effroyable façon, celle qui réduit une créature sensible à une condition au-dessous de l'animal.

Lucie ruminait sa douleur telle une herbe écoeurante et familière.

[192]

Ne regarde pas tout de suite,

Clarice Bean

Lauren Child

Traduit de l'anglais (Royaume-Uni) par Stanley Péan

la courte échelle

PREMIÈRE PARTIE

Penser et ruminer

Ça s'arrête où, l'infini ?

Longtemps je me suis couchée tôt
Maintenant je me couche tard.
Je ne dors pas la nuit
Je veille dans le noir
Je pense et mes pensées tournoient
Puis la panique m'envahit
J'allume alors ma lampe de poche Ruby
Que je garde tout près à côté de mon lit
Elle a l'aspect d'un bout de bois
Mais c'est du camouflage
 — *tous les gadgets de Ruby sont ainsi.*
Ces jours-ci, je lis le **GUIDE RUBY REDFORT DE LA SURVIE — QUE FAIRE QUAND VOS PIRES SOUCIS PRENNENT VIE.**
Grand-M'man me l'a envoyé des États-Unis

On ne le trouve pas encore par ici
Ce livre très utile, truffé d'idées brillantes,
Explique que, souvent, mieux vaut ne pas bouger.
Par exemple, que faire, quand un tigre surgit ?
Ne pas bouger.
Le livre tout entier vous explique comment
Vous tirer d'une situation délicate
Et vous auriez du mal à croire à toutes celles
Où Ruby se retrouve empêtrée jusqu'au cou.
Certes, je risque peu de me trouver un jour
Dans un marais en compagnie d'alligators
Mais qui peut me jurer que ça n'adviendra pas ?
Et savoir s'en tirer ne vaut-il pas bien mieux
Que de bêtement l'ignorer ? Qu'en dites-vous ?

J'ai pas mal de soucis. J'en ai fait l'inventaire dans mon
carnet — mon `Carnet des pires soucis` —
parce que les gens disent qu'ils deviennent moins graves
quand on en dresse la liste.
On biffe chaque souci à mesure qu'on le règle.
Jusqu'ici, je n'ai rien biffé du tout.

Quand j'ai entamé mon `Carnet des pires soucis,` *le* **`SOUCI Nº 1`** *était* «`Comment empêcher mon frère Martin de manger tous les biscuits au chocolat avant que je revienne de l'école`».
Mais Maman a alors cessé d'acheter des biscuits au chocolat sous prétexte que nos dents finiraient par tomber. Alors le souci s'est dissipé — bien qu'il ne compte pas parmi les cas réglés.

Ces derniers temps, j'ai commencé à avoir de plus grands soucis — par exemple, le **`SOUCI Nº 4:`** `le sens de la vie.`
Pourquoi sommes-nous ici ?
Pour être gentils les uns avec les autres et passer du bon temps ?
Ou pour réussir quelque chose de futé — un examen ou un truc du genre ?
J'ai entendu dans une émission que l'espace s'étire et s'étire à perte de vue, sans fin.
Et qu'il n'a pas de limites. On appelle ça l'infini.

Mais ce que j'aimerais savoir, c'est : comment une chose peut-elle s'étirer et s'étirer à perte de vue, sans fin ?

Comment une chose peut-elle n'avoir aucune limite ?

Suis-je un simple grain de poussière flottant au milieu de plein d'autres grains de poussière, c'est-à-dire les planètes et les étoiles ?

Ça s'arrête où, l'infini ?

Véritable SOUCI Nº 1 : l'infini.

Maman dit : « Mieux vaut ne pas trop y penser, parce que ça dépasse un peu notre compréhension et que, si tu y penses trop longtemps, ça peut te donner un sentiment d'insignifiance », c'est-à-dire qu'on se sent petite et futile.

C'est un peu comme ça que je me sens quand je téléphone à Grand-M'man pour lui demander si parfois elle se sent petite et futile quand elle pense à l'infini.

Et elle me répond : « Non, pas du tout, j'adore l'infini. C'est plutôt rassurant de se rappeler qu'on n'est rien de plus qu'un grain de poussière et que, en fin de compte, ça n'a aucune importance de porter des chaussures mauves ou des chaussures jaunes avec un manteau rouge. »

Je pose la question à Grand-P'pa et il dit : « La dernière fois que j'y suis allé, j'y ai perdu mes lunettes — mais, tout bien considéré, je suis plutôt pour. »

Mon père dit : «Je suis sûr que l'infini est très paisible et que c'est l'endroit idéal pour lire son journal.»
Pour ma part j'en doute, parce que je crois qu'il y a pas mal de vent dans l'espace.

Une chose dont je suis certaine en tout cas, c'est que plus on s'inquiète, plus il y a de raisons de s'inquiéter et que, dès qu'on s'habitue aux choses, elles changent.
SOUCI N° 3 : le changement.
Les choses ont tendance à ne pas rester comme elles sont.
Le changement peut sembler positif à plusieurs personnes, mais il survient parfois quand on n'en veut pas.
Comme quand Mme Nesbit, mon ancienne institutrice, a été remplacée par Mme Wilberton.
Ou quand ma mère et mon père ont décidé d'arrêter d'être les parents de trois enfants et en ont fait un quatrième, et qu'on s'est retrouvés avec Martin.
Et quand j'ai arrêté d'être la plus jeune pour devenir la deuxième plus jeune — et le statut de deuxième plus jeune représente bien peu de chose, n'est-ce pas ?
La troisième de quatre.

Maman prétend que j'en verrai les bénéfices quand je serai un peu plus vieille.

Je lui demande : « À quel moment as-tu vu les bénéfices qu'a apportés Oncle Ted ? »

Et elle répond : « Quand j'ai quitté la maison. »

Mais ce que j'essaie de dire, c'est que le changement peut facilement compromettre la manière dont on se situe dans l'Univers.

Car on ne sait jamais quand le changement surviendra.

Ce qui veut dire qu'on ne sait jamais quand un désastre peut se produire.

Il y a ce passage du **GUIDE RUBY REDFORT DE LA SURVIE** qui m'inquiète pas mal. Juste à la fin du premier chapitre, Ruby déclare : « SOUVENEZ-VOUS : c'est le souci auquel vous n'avez jamais même pensé qui devrait vous inquiéter le plus. »

Je me demande bien ce que Ruby veut dire par là ; devrais-je m'inquiéter de tout, juste au cas où ce pourrait être mon pire souci ? Si c'est le cas, je vais devoir me procurer un plus gros carnet.

Et je me demande : « Comment empêcher son pire souci de se réaliser quand on ne sait même pas ce que ce pire souci peut bien être ? »

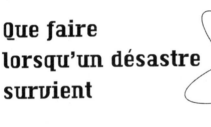

Que faire lorsqu'un désastre survient

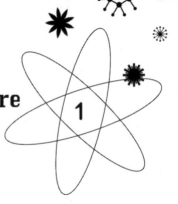

1

Tout a commencé quand Marcie s'est fait couler un bain tout en parlant au téléphone, et qu'elle a laissé le robinet ouvert tandis qu'elle papotait sans arrêt avec son amie Stan — Stan est une fille, comme son nom ne l'indique pas, et d'ailleurs elle porte des vêtements de gars la plupart du temps.

Toujours est-il qu'à force de tant parler Marcie en oublie son bain. De mon côté, tandis que je regarde la télévision, je constate qu'il pleut dans mon bol de Snackle Pops.

Bien entendu, il me faut quelques minutes pour comprendre ce qui arrive et c'est alors que j'entends Martin crier: «La moquette de notre chambre est toute trempée.» J'accours et y trouve mon petit frère en train de sauter dessus, nu-pieds, comme un absolu imbécile.

Quand Marcie s'en rend compte, elle se met à
hurler — elle sait qu'elle va y goûter, car elle s'est
mise les pieds dans les plats. Grand-P'pa dort dans son
fauteuil et ne s'aperçoit même pas qu'il est un peu
mouillé sur les bords, jusqu'à ce qu'il s'éveille enfin.
Il dit : « C'est drôle, mais j'étais en train de rêver que
je me trouvais en Inde à la saison des pluies. »
Le conseil de Ruby en pareil cas : « **Quand un
désastre survient, restez calme et travaillez en
équipe. Quelqu'un doit prendre la responsabilité
des opérations.** »
Marcie se met à crier après Martin. Elle dit :
« Pourquoi n'as-tu pas fermé le robinet, idiot ? »
J'interviens : « Ce n'est pas sa faute, c'est toi qui n'as
pas fait attention. » Bien entendu, Martin s'étonne que
je prenne sa défense — jamais je ne ferais ça,
normalement. Marcie répond : « Tu peux bien parler,
toi qui passes tout ton temps devant la télé. » Je
riposte : « Au moins, ce n'est pas à cause de moi que
Grand-P'pa est complètement trempé et qu'il risque
de prendre froid. » Kurt intervient : « Marcie, pourquoi
accuses-tu tout le monde alors que c'est toi qui es à
blâmer ? »

Marcie réplique : «Pourquoi ne vas-tu pas téléphoner à l'une de tes stupides copines?»

Et lui de répondre : «Je le ferais volontiers si je pouvais t'enlever le téléphone. Il est soudé à ton oreille, ou quoi?» Alors Marcie lui lance quelque chose de bien méchant et ils commencent à se bagarrer.

Quand Papa revient du travail, il grimace en écoutant Marcie lui raconter très, très vite les événements qui ont mené à ce désastre.

Papa la soulage de son embarras en disant : «D'accord, j'en conclus de tout ce babillage que c'est à toi que l'on doit l'état marécageux de la maison, mais ce sont des choses qui arrivent. Qui donc ici pourrait ne pas lever la main droite et affirmer : *"Je n'ai jamais fait déborder un bain"*?»

Je voudrais lever la main droite et dire : «*Je n'ai jamais fait déborder un bain*», mais je suis un peu confuse, je ne sais plus si en levant la main droite je reconnais que je l'ai déjà fait ou que je ne l'ai jamais fait. Alors je me tais.

Papa dit : «Marcie, si tu voulais simplement demander pardon, ce serait une affaire classée.»

Marcie répond : «Je suis désolée.»

Papa enchaîne : «Très bien. Maintenant, va chercher une serpillière.»

Nous voilà donc tous à serpillier, y compris Grand-P'pa.

Il prétend que ça lui rappelle ses années dans la marine, quand il lui fallait récurer les ponts.

«Tu n'as *jamais* été dans la marine», objecte Papa.

«Non, tu as raison, approuve Grand-P'pa. Je dois confondre avec ce film que j'ai regardé la semaine dernière.»

Quoi qu'il en soit, avant que Maman ne soit rentrée, toute la maison est nette et propre, et aucune trace du dégât ne subsiste.

Néanmoins elle ne met pas longtemps à remarquer qu'il s'est passé quelque chose — elle est toujours comme ça, ma mère.

Maman a un sixième sens pour détecter les problèmes. Elle dit : «Alors, qui donc va me raconter le petit désastre survenu pendant mon absence ?»

Personne ne dit rien mais, bizarrement, on entend comme un petit craquement tandis qu'une poussière blanchâtre s'échappe du plafond.

Puis il y a un grand fracas et, avant qu'on ait pu crier

ouf, le plafond se retrouve sur le tapis, à nos pieds. Heureusement qu'il ne s'agit pas de la section qui se trouve directement au-dessus de nos têtes, car nous serions tous assommés, peut-être même aplatis et morts. Maman cligne des yeux en se tournant vers Papa qui grimace en regardant Marcie se mordre la lèvre.

Bien entendu, l'oncle Ted est l'homme à appeler.

Oncle Ted apparaît dans le temps de le dire parce qu'il a l'habitude de recevoir des appels et d'arriver dans la minute qui suit.

Voyez-vous, Oncle Ted est pompier. Les urgences, ça le connaît.

Papa et Kurt nettoient les dégâts. Hélas, nous constatons que notre télé a rendu l'âme.

Tout cela me semblait excitant et hors de l'ordinaire jusqu'à maintenant, mais là c'est une vraie tragédie. Comme dirait Ruby Redfort : «Parfois, vous prenez conscience qu'un objet que vous possédez est si vital que vous ne seriez rien sans lui — en d'autres termes, qu'il est essentiel à votre survie.»

Si votre objet le plus vital est détruit, Ruby a pour
vous ce conseil : « **Vous devez soit improviser, soit
trouver une solution de rechange.** »

Alors, bien entendu, je suis le conseil de Ruby et
je téléphone sur-le-champ à ma meilleure amie,
Betty Belhumeur.

Elle me dit : « Passe à la maison quand tu voudras. »

Et je réponds : « Je serai là à la première heure demain
matin. »

À chaque espion son complice

2

Le lendemain matin, je trouve Marcie assise à la table de la cuisine en compagnie de son amie Stan — elles sont toutes deux en train de se vernir les ongles en bleu — et ce n'est pas très joli.

Je demande : «Où sont passés les autres?»

Marcie répond : «Maman est au boulot, Papa est sorti, Kurt est à la boutique, Grand-P'pa dort et Martin s'amuse avec ta lampe de poche Ruby.»

Je dis : «*Quoi?* Et tu ne l'en as pas empêché?»

Marcie hausse les épaules : «Je n'ai pas pensé que ça t'ennuierait.»

Ce qui n'est rien qu'un gros mensonge, parce qu'elle *sait très bien* que ça m'ennuie.

Je grimpe l'escalier en courant et trouve mon frère en train d'essayer de recoller les morceaux de la lampe à l'aide de cette colle blanche dont les gamins se servent pour bricoler avec du carton — c'est à peine si ça recolle un papier mouchoir, alors allez savoir comment il s'imagine que ça recollera une vraie lampe de poche.

En me voyant, il affiche un visage de chien battu. Il ose même me dire : « Pardon. » Mais je ne suis pas d'humeur à accepter ses excuses, alors je lui décoche mon regard le plus venimeux et file chez Betty Belhumeur.

Heureusement, elle revient tout juste des États-Unis où elle passait ses vacances avec son père et sa mère, Appelle-moi-Cedric et Appelle-moi-Maud. Ce qui est étrange, c'est qu'ils sont rentrés sans Maud. Je demande à Betty pourquoi, mais elle me répond simplement : « Comme ça, sans raison. » Voilà qui est bizarre : comment peut-on laisser derrière soi un membre de sa propre famille comme ça, sans raison ?

Betty a une télé dans sa chambre à coucher, alors nous nous affalons toutes les deux dans des fauteuils devant l'émission de Ruby Redfort, tout en papotant sur ce qui s'est passé à l'école — et sur ce que nous ferions s'il n'y avait pas l'école.

À peine suis-je arrivée que Betty me demande :
« Eh, où as-tu eu ça ? »
Elle parle de mon écusson secret de Ruby Redfort à l'effigie d'une mouche. Il est très difficile à obtenir
— vous avez beau le commander, seules quelques personnes auront la chance de le recevoir. Il faut ensuite le coudre sur votre foulard, votre chapeau ou votre poche — enfin à un endroit pas trop visible parce que, comme le dit Ruby : « Seul un véritable espion remarquera un détail aussi peu remarquable. » Le mien, je l'ai cousu sur la doublure de mon manteau alors il est presque impossible à remarquer, mais ça ne m'étonne pas que Betty l'ait vu — Betty Belhumeur remarque toujours des détails peu remarquables.

Je suis ravie du retour de Betty, parce que j'ai besoin de son aide pour poursuivre la série de romans d'espionnage que j'ai écrits pendant une bonne partie des vacances d'été. Le personnage principal s'appelle Macey Gruber. Macey a une acolyte nommée

20

Florence Fourmideau, dont l'expression fétiche est : « Ne regarde pas tout de suite… » — comme dans « Ne regarde pas tout de suite, mais je crois que nous ne sommes pas seules », ou encore « Ne regarde pas tout de suite, mais je crois qu'un petit futé nous a volé notre voiture. »

Le plus difficile, c'est d'imaginer un revirement de situation — il faut toujours des revirements de situation dans un roman d'espionnage — et ce n'est pas toujours évident d'en inventer. Betty croit que nous devrions en parler à Czarina, notre professeur d'art dramatique. Et que Czarina nous conseillerait sûrement d'improviser un peu, ce qui sert toujours l'inspiration.

En attendant de décider de ce qu'on va improviser, nous nous plongeons dans la lecture de romans de la série Ruby.

Betty les a tous — et nous les avons tous lus au moins trois fois chacun. Il y a une nouvelle collection intitulée **LES MANUELS RUBY REDFORT**. Betty s'est acheté le plus récent aux États-Unis :

LE GUIDE RUBY REDFORT
DU PARFAIT ESPION
COMMENT SAVOIR CE QU'ON SAIT
SANS LE SAVOIR

On y apprend que les gens vous transmettent des tas d'indices sans s'en rendre compte, et l'auteure explique comment en tirer des renseignements que ces gens n'iraient jamais vous confier. Par exemple, quand les gens vous mentent, souvent ils lèvent les yeux au ciel.

Selon Ruby, la Règle d'or à toujours garder à l'esprit, c'est : « Il faut lire entre les lignes. »

Betty s'exclame : « Elle a raison. Par exemple, quand les gens clignent fréquemment des yeux, ça peut vouloir dire qu'ils veulent alerter quelqu'un. Ou qu'ils sont nerveux. Ou qu'ils ont peut-être un tic. »

J'ajoute : « Ou alors qu'ils ont vraiment une poussière dans l'œil. »

Betty répond : « Exact. »

Une chose qui m'ennuie, c'est quand quelqu'un déclare : « Clarice Bean, tu rougis. Serais-tu gênée ? »

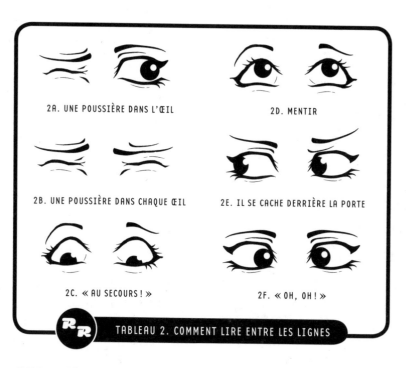

2A. UNE POUSSIÈRE DANS L'ŒIL

2D. MENTIR

2B. UNE POUSSIÈRE DANS CHAQUE ŒIL

2E. IL SE CACHE DERRIÈRE LA PORTE

2C. « AU SECOURS ! »

2F. « OH, OH ! »

TABLEAU 2. COMMENT LIRE ENTRE LES LIGNES

OU : « Clarice Bean, tu rougis. Quel mauvais coup as-tu encore commis ? »

Alors que le fait de rougir ne signifie pas forcément qu'on soit gênée ou qu'on ait commis un mauvais coup. Parfois c'est simplement que par accident on a avalé tout rond une pastille pour la toux et qu'on n'arrive plus à respirer.

Et parfois c'est qu'on se dit : « Oh ! non, pas encore cette personne qui demande toujours "Pourquoi

23

rougis-tu?"» et qu'on en est irritée à tel point qu'on en rougit des pieds à la tête.

Je dis: «Betty, je trouve ce livre vraiment fascinant et extraordinexceptionnellement intéressant et probablement fort utile.»

Betty répond: «Aimerais-tu que je te le prête? Je n'en ai pas besoin pour l'instant.»

Je dis: «Tu en es sûre?»

Et Betty de renchérir: «Bien sûr que j'en suis sûre.»

Et je dis: «Merci infiniment, ce serait formidable.»

Betty est quelqu'un de vraiment généreux; elle possède un tas de belles choses que j'aimerais bien avoir et elle est toujours prête à les partager avec moi. Après avoir regardé cinq épisodes de Ruby, y compris notre préféré intitulé

Tu ferais mieux de le croire, petite,

je décide de rentrer à la maison.

Nous sommes sur le pas de la porte, sur le point de nous dire au revoir, et soudain Betty me donne un petit coup de coude en me glissant: «Ne regarde pas tout de suite, mais il y a Robert Granger qui passe.»

Il habite au bout de notre jardin, dans une maison qui tourne le dos à la nôtre, et il essaie sans arrêt de me parler puis il va raconter aux gens du quartier ce à quoi je m'occupe. Je suis soulagée que Betty m'ait prévenue parce que, si Robert m'avait vue, il m'aurait talonné tout le long du chemin du retour. Voilà qui me rappelle une parole de Ruby : « À chaque espion son complice. »

En route vers chez moi, je me rends compte qu'après tout ce n'est pas si grave que la télé soit brisée, puisque je peux toujours aller la regarder chez Betty.

Même si vous mourez de faim, ne mangez jamais le foie d'un ours blanc

En route vers chez moi, je feuillette le **GUIDE DU PARFAIT ESPION** et lis ce chapitre intitulé « LE VISAGE HUMAIN NE CESSE JAMAIS DE PARLER ».

Ruby dit : « Les yeux sont comme des clés qui vous permettent d'accéder aux secrets enfouis dans l'esprit d'un autre. Votre pire ennemi peut rester muet, mais vous pouvez parier jusqu'à votre dernier sou que son visage vous dira tout ce que vous voulez savoir. »

Une fois à la maison, j'expérimente cette technique sur Martin-le-Criquet.

Ça marche comme un charme. Quand je lui demande : « Où as-tu caché les minibeignets, espèce de truand ? », il répond : « Te le dirai pas. » Mais, en parlant, il regarde vers la machine à laver — et du coup je sais exactement où ils se trouvent.

En une milliseconde, je mets la main dessus.

Il s'étonne : « Comment as-tu fait pour savoir ? »

Et je lui balance : « Tu es pour moi un livre ouvert, mon cher. » En plein le genre de réplique que Ruby balancerait à son archiennemi Hogtrotter.

Un peu plus tard, en entrant dans ma chambre, je remarque qu'on a chiffonné mes draps et qu'il y a un ver de terre sur mon oreiller.

Pour me venger, je jette le pyjama de Martin dans la cuvette et j'appuie sur la chasse d'eau.

Ce qui cause un autre débordement et rend ma mère *absolument* livide.

À ce moment mon père téléphone pour annoncer qu'il ne pourra pas rentrer du travail avant un bon bout de temps à cause de son patron, M. Thorncliff, qui le fait travailler très fort. Maman dit qu'elle est à bout de nerfs, qu'elle en a assez de cette maison et qu'elle n'est par ailleurs plus très éprise de certaines personnes qui y habitent.

Marcie va lui faire couler un bain parce que souvent ça calme Maman. Hélas ! la porte de la salle de bains sort de ses gonds — sans doute parce qu'on y frappe trop fréquemment à grands coups de poings —, ce qui n'arrange en rien les choses.

Maman déclare: «Je vais faire un tour chez mon amie Suki, je serai partie un moment.»

Et du coup, à nous de préparer notre propre souper, qui se résumera essentiellement à un bout de fromage.

À son retour, Maman fait une annonce. Je m'attends à ce qu'elle dise: «En raison de comportements douteux et de querelles trop fréquentes, les minibeignets sont désormais bannis de ces murs.» Mais ce n'est pas ça.

Elle dit plutôt: «Puisque la cuisinière a été saccagée par les bouts de plafond qui lui sont tombés dessus et que je surnage à grand-peine dans mon surplus de travail au centre pour personnes âgées — notamment à cause de notre nouveau pensionnaire, M. Larsson, qui exige du hareng toutes les cinq minutes —, j'ai bien peur qu'il vous faille désormais préparer vous-même votre souper. Je vous suggère des rôties.»

Marcie nous jette un regard, à Martin et à moi, en disant: «C'est votre faute, petites pestes.»

Ce qui n'est, comme toujours, ni vrai ni juste.

Plus tard, au lit — et quelque peu affamée —, je me rends compte que LE PIRE SOUCI DONT JE N'AVAIS JAMAIS SONGÉ À ME SOUCIER, c'est de devoir manger des rôties pour le reste de ma vie. Je note cette inquiétude dans mon Carnet des pires soucis.

SOUCI Nº 11: Peut-on survivre en ne mangeant que des rôties?

Le lendemain, les choses ne s'arrangent pas.

Non seulement il n'est plus question d'intimité quand on va à la salle de bains, mais l'humeur de ma mère ne s'est guère améliorée.

Maman dit à Papa: «J'en ai soupé que tu restes au bureau si tard tous les jours.»

Papa répond: «Moi aussi.»

Maman le relance: «J'en ai soupé de cette maudite maison.»

Papa répond: «Moi aussi.»

Maman renchérit: «J'en ai soupé de ce que tout le monde soit toujours en train de se disputer.»

Papa répond: «Moi aussi.»

Maman surenchérit: «J'en ai soupé que tu répètes toujours "Moi aussi."

Et Papa répond : «Moi aussi, mais je ne peux m'empêcher de te donner raison.»

Et Maman de conclure : «Eh bien! si tu crois vraiment que j'ai raison, peux-tu s'il te plaît faire quelque chose!»

Papa l'enlace et lui dit : «Compte sur moi, ma belle.» En plein le genre de truc que dirait Hitch, le majordome de Ruby Redfort!

D'ailleurs, j'aimerais bien qu'il soit ici, parce qu'il est très bon pour réparer les choses et qu'il ne nous laisserait pas manger des rôties pendant des jours. L'heure du dîner approche et je n'aurai rien d'autre à me mettre sous la dent qu'un bout de céleri et un peu de fromage à tartiner. Je prends la décision de constituer une réserve d'urgence de nourriture — j'utiliserai pour ce faire mes ressources et mon manuel de Ruby.

«COMMENT SURVIVRE QUAND LA NOURRITURE SE FAIT RARE.»

Selon Ruby, «Quand la nourriture se fait rare, profitez de toutes les occasions qui se présentent — si vous êtes affamé, vous ne pourrez pas réfléchir aussi prestement. Or, en situation de survie, votre vitesse de réflexion peut vous sauver la peau.

N.B. : Même si vous mourez de faim, ne mangez jamais le foie d'un ours blanc. »

Remarquez qu'il est assez peu probable que vous en ayez jamais l'occasion ; en fait, il est plus probable que ce soit l'ours qui s'affaire à dévorer votre foie.

Je téléphone à Betty Belhumeur pour lui demander si je peux aller chez elle pour le dîner.

Betty répond : « Oui, bien sûr. Nous allons manger à La Folie du Bio, un resto rapide qui sert des aliments biologiques. »

Je crie à Maman — elle est quelque part dans la maison, mais on ne sait trop où —, pour lui demander si je peux sortir pour le dîner plutôt que de manger des rôties.

Et elle me répond : « Si j'en avais l'occasion, je le ferais, alors pourquoi je t'en empêcherais ? »

Un secret n'est un secret que s'il est secret

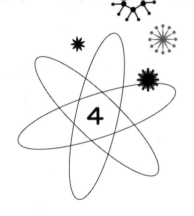

En sortant de la maison, je repère une enveloppe rouge — on l'a glissée sous la porte, ce qui explique que j'ai failli ne pas la voir. En la ramassant j'aperçois quelque chose qui réfléchit la lumière. En y regardant de plus près, je vois que cette petite chose est une mouche incrustée dans le vernis — elle est presque invisible. Ça ne peut vouloir dire qu'une seule chose : ceci concerne Ruby Redfort. À l'intérieur, je trouve quatre billets pour le film de Ruby Redfort intitulé

Cours, Ruby, cours.

Il y a un billet pour moi, deux pour adultes et un autre pour enfant. Mais il ne s'agit pas de billets ordinaires pour gens ordinaires. Ce sont des billets pour la première qui sera présentée à Noël. Au cas où vous ne le sauriez pas, j'ai reçu cette invitation parce qu'on a déjà remarqué mon talent et qu'on m'a offert un tout petit rôle dans le film de Ruby Redfort. Je n'ai aucune réplique, on appelle ça un rôle muet. C'est Czarina, mon professeur d'art dramatique, qui m'a appris à réagir à l'action devant une caméra. C'est pas mal plus difficile que vous pourriez l'imaginer. Le secret, c'est de savoir doser ses effets. En tout cas, je trouve très excitante l'idée de me voir jouer dans un vrai film et de revoir Céleste Estivault — la comédienne qui joue le rôle de Ruby Redfort. Évidemment, je n'ai pas à y penser à deux fois pour savoir qui m'accompagnera, parce que ce sera absolument Betty Belhumeur.

RR

LA PREMIÈRE DE

Cours, Ruby, cours

UNE PRODUCTION RUBY REDFORT

ENTRÉE POUR 1 PERSONNE

L'ENDROIT, L'HEURE ET LE CODE VESTIMENTAIRE SONT INDIQUÉS QUELQUE PART DANS CE DOCUMENT

Sois-y, l'ami

Ce sera la première fois que j'inviterai Betty
Belhumeur à un événement excitant — d'ordinaire,
c'est elle qui m'emmène voir des trucs géniaux, alors
j'ai décidé de garder le secret pour lui faire une
surprise le jour venu. À ce que j'en sais, les secrets
sont toujours difficiles à garder secrets. Ruby est de
bon conseil sur le sujet, dans son **GUIDE DU
PARFAIT ESPION** — son principal conseil :
confiez-les au moins de gens possible. Elle dit :
«N'OUBLIEZ JAMAIS que les gens adorent révéler
des secrets. Alors, RÈGLE n° 1, tenez votre langue.
Et, RÈGLE n° 2, ne vous confiez jamais à un
panier percé.»
Cette règle, je la connais bien parce que mon jeune
frère Martin-le-Criquet répète tout, y compris ce qu'il
ne devrait pas. En tout cas, juste avant de partir
rejoindre Betty, je cours à droite et à gauche à la
recherche de Maman. Elle est assise dans un placard,
occupée à trier les chaussures pour déterminer
lesquelles elle devrait jeter — en l'occurrence, cinq
paires appartenant à Papa et une à elle. Je lui parle des
billets de cinéma et elle est très enthousiaste.
D'ailleurs, elle décide que les chaussures qu'elle allait

jeter seraient peut-être idéales pour un soir de première et qu'elle devrait donc les garder, après tout. Je téléphone à Papa au bureau, mais il est en réunion. Alors je laisse un message à Mme Egglington, son assistante. Elle me dit : « *Ça a l'air important. Je lui fais le message immédiatement.* »

En marchant vers La Folie du Bio, je me dis que ce sera vraiment dur de ne rien dire à Betty Belhumeur pour qui je n'ai d'habitude aucun secret, ou presque. Betty, Appelle-moi-Cedric et moi prenons un bon repas à La Folie du Bio, bien que le service ne soit ni fou ni même rapide et que les gens derrière le comptoir passent leur temps à crier des choses comme :

« Un couscous,
   deux salades de luzerne et
      un jus de céleri ! » Nous attendons
quarante-sept bonnes minutes avant de recevoir tout ce que nous avions commandé. Et la faim me rend un peu délirante. À Appelle-moi-Cedric, je demande où est donc allée Appelle-moi-Maud, ce qui rend Betty bien agitée. C'est un peu bizarre, et puis je me dis que c'est vraiment bizarre que Maud soit demeurée aux

États-Unis sans lui — ils voyagent toujours en couple. Et puis je crois que s'ils ne veulent pas en parler, c'est peut-être parce que Cedric et Maud sont en instance de divorce.

Cedric ne ressemble pas à quelqu'un qui va divorcer, quoique je ne sais pas vraiment à quoi ressemblent les gens qui s'apprêtent à divorcer, alors comment en être sûre? Ce doit être LE PIRE SOUCI de Betty Belhumeur, LE SOUCI DONT ELLE N'AVAIT JAMAIS SONGÉ À SE SOUCIER.

Après le repas, nous nous amusons chez Betty jusqu'à l'heure de l'atelier d'art dramatique. Tandis que nous marchons sur le boulevard Sésame, je dis soudain: «Ne regarde pas tout de suite, mais voici Justin Barrette.»

Justin Barrette, c'est un garçon de l'école. Il n'est pas dans la même classe que moi, parce qu'il est plus âgé. Il est assez grand, même pour son âge, et il se croit extrêmement séduisant — et Grace Grapello est d'accord avec lui, comme la plupart des gens. D'ailleurs, mieux vaut être d'accord avec Justin Barrette — sinon, il pourrait bien vous faire une clé de bras. Il ne se fait jamais réprimander parce que c'est le genre de garçon à qui les adultes donneraient le bon Dieu sans confession, même s'il passe le plus clair de son temps à arracher les ailes aux mouches. Il se promène toujours avec cet autre garçon à la coupe de cheveux bizarre. Celui-là est toujours à regarder Justin Barrette — avec un regard plein d'attentes — un peu comme un chien regarde son maître dans l'espoir qu'il lui lance un bâton.

Betty Belhumeur et moi nous efforçons toujours de les éviter parce que, comme dit Ruby Redfort :
« QUAND VOUS CROISEZ DES ENNUIS DANS LA RUE, CHANGEZ DE TROTTOIR. »
Alors, même s'ils ne sont encore que des grains de sable au loin, nous guettons quelle direction ils empruntent.

À l'atelier, Czarina semble un peu fatiguée après ses vacances d'été et, contrairement à son habitude, elle ne se promène pas nu-pieds.

Nous lui présentons certaines de nos improvisations et elle dit : « Mes trrrès chèrrres, fous prrrocédez de manièrrre trrrop lochique, trrrop littérrrale. Fous étouffez fos pulsions crrréatrrrices, fos esprrrits librrres suffoquent. L'arrrt drrramatique n'est pas une chose que l'on peut mettrrre en cache comme un animal, nous dit-elle. Soyez plus *afant-gaurdistes* !» Je le serais volontiers, si je savais ce que cela signifie. C'est sûrement un concept étranger. Je chercherai dans le dictionnaire dès mon retour à la maison.

Czarina nous livre une improvisation de son cru, histoire de nous montrer ce qu'elle entendait par là, et du coup je comprends ce qu'elle essayait de nous dire — et je crois qu'elle est vraiment extraordinexceptionnellement douée en matière d'art dramatique. Je meurs d'envie de lui parler de la première du film de Ruby Redfort, de lui annoncer qu'elle pourra aller me voir au cinéma et que, si j'avais un autre billet pour adulte, je l'inviterais sûrement à m'accompagner. Mais Betty Belhumeur pourrait entendre, parce que je suis absolument certaine que Czarina dirait : «Ma trrrès chèrrre ! Tu es trrrop forrrmidable !» en projetant la voix.

Une fois revenue à la maison après l'atelier d'art dramatique, je trouve Papa assis à la cuisine dans son costume le plus élégant. Il me dit : «Alors, petite, il paraît que tu fais du cinéma ?»

Souvent les gens disent qu'ils blaguent alors qu'en réalité ils ne blaguent absolument pas

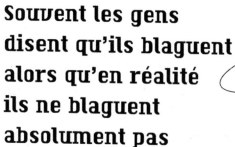

Le lendemain matin, je vais à la cuisine à la recherche de quelque chose de nourrissant à me mettre sous la dent, un œuf peut-être. Et je repense au **GUIDE DE LA SURVIE** de Ruby, dans lequel elle explique comment trouver de quoi manger même en plein cœur d'un désert aride. C'est possible, il paraît, mais il faut savoir où chercher — certaines plantes renferment tout plein d'éléments nutritifs, tandis que d'autres peuvent vous empoisonner mortellement en quelques secondes. Je regarde dans le frigo et j'y vois une tomate qui n'est plus une tomate mais plutôt une boulette de fourrure blanchâtre, et à vrai dire je suis certaine qu'elle est désormais dangereuse.

Au téléphone, Papa fait: «Vraiment? (…) Et tu es pris jusqu'à quand? (…) *Vraiment?* (…) Alors il n'y a aucun moyen pour toi de commencer avant janvier?

(…) *Vraiment?* Mais pourquoi ne pas simplement
venir ici nous faire un devis? (…) Tu ne peux pas
venir avant quand? (…) *Novembre?* »
Maman incline la tête et semble un peu souffrante.
Papa raccroche le téléphone et lui lance un regard qui,
d'après le **GUIDE DU PARFAIT ESPION**,
signifie : « J'ai essayé, j'ai vraiment essayé — tu
m'as entendu essayer, pas vrai ? »
Maman soupire : « Je ne crois pas que je pourrai
endurer ça pendant trois autres mois. »
Et Papa de répondre : « Et si nous abandonnions tout
simplement la maison pour aller vivre à l'hôtel? »
Maman dit : « Si tu blagues, fais attention parce que je
suis tentée de te prendre au mot. »
Papa répond : « Oh, je ne blague pas. Quel hôtel
préfères-tu? »
Maman dit : « N'importe lequel, pourvu que la salle de
bains ait une porte. »
Voilà en plein le genre de conversation qui me donne
des frissons. Parce que ça se voit bien que leur histoire
de déménager, d'abandonner la maison n'est rien
qu'une blague. Je n'aime pas qu'on blague sur ce
genre de choses.

Déménager, ce n'est pas amusant; c'est mon

SOUCI Nº 3 : le changement.

Et Ruby Redfort dit: «Souvent les gens disent
qu'ils blaguent alors qu'en réalité ils ne blaguent
pas du tout.»

Ruby affirme aussi que «quand les gens vous tapent
sur les nerfs, c'est une bonne idée de sortir
prendre l'air».

J'estime que c'est un très bon conseil; je prends mon
coupe-vent et sors marcher vers la colline. En chemin,
je tombe sur Betty Belhumeur, qui court avec son
chien Ralph — c'est un pékinois. Elle murmure: «Ne
regarde pas tout de suite, mais Justin Barrette
s'en vient par ici.» Vite, nous nous planquons à
L'Aubergine, une boutique bio pour végétariens où
mon frère Kurt travaille avec une fille prénommée Kira.
J'aime bien cet endroit, c'est très apaisant et on peut y
boire des infusions au comptoir.

Dans la boutique, c'est le calme plat, il n'y a pas le
moindre client.

Kurt et Kira sont assis sur le comptoir et s'amusent
à lancer des haricots rouges dans une vieille boîte
de conserve.

Il y a tout plein de haricots par terre parce qu'ils rebondissent hors de la boîte.

Kira n'arrête pas de dire à Kurt qu'il est «franchement trop nul-euh». (Kira est parisienne.)

Alors Kurt attrape Kira par le poignet et lui fait une clé de bras jusqu'à ce qu'elle dise: «Je ravale mes mots, *je ravale mes mots.*»

C'est très difficile de leur parler parce qu'ils sont trop intéressés l'un par l'autre pour s'intéresser à qui que ce soit d'autre. Même Betty semble être entrée dans une sorte de TRANSE juste à les regarder. Je suis soulagée de voir Waldo Park, le propriétaire, revenir dans la boutique — comme ça je pourrai au moins parler à quelqu'un de normal qui n'est pas hébété devant un autre hébété.

Waldo Park regarde les haricots, puis se tourne vers Kurt et Kira et dit: «On dirait bien que c'est la fin des haricots!»

Waldo Park nous demande si nous voudrions réarranger les étagères — il dit que nous pouvons le faire à notre guise. Alors nous le faisons selon les couleurs des contenants.

Les flacons de vitamines ont fière allure près des

artichauts en conserve. Et les artichauts ont vraiment du style près des fèves de Lima. Et les fèves de Lima ont l'air bien près du détergent écologique. Et le détergent écologique a l'air parfaitement à sa place près des croustilles de maïs bleu.

Waldo Park trouve que c'est une disposition inspirée de la marchandise et que les gens vont réfléchir en faisant leurs achats.

Et ça pourrait aussi les encourager à manger des croustilles en faisant leur lessive.

Il dit qu'il nous fera savoir si son chiffre d'affaires augmente la semaine prochaine. Une fois la tâche terminée, Waldo Park nous offre un burger au tofu ; nous nous asseyons sur les tabourets réservés aux employés. Je vois passer Karl Wrenbury en compagnie de son frère Alf, qui porte des lunettes, et de cinq chiens. La mère de Karl a une entreprise de dressage de chiens et il arrive que Karl lui donne un coup de main.

Je sors la tête par la porte de la boutique et dis : « Eh, Karl, si tu vas vers la colline avec ces chiens, nous venons avec toi. »

Il répond : « D'ac, mais apporte-moi une crêpe ! »

Je remets mon coupe-vent et cherche mes gants du regard. Ils sont tombés par terre : Ralph est affairé à les mâchouiller.

En relevant les yeux, je m'étonne de voir Betty toujours assise sur son tabouret.

Je lui demande : « Tu ne viens pas ? »

Et elle répond : « Non, Ralph est fatigué. Je crois que nous allons rentrer. »

Je dis : « Il n'a pas l'air fatigué. » Ce qui est absolument vrai — Ralph n'a jamais l'air fatigué.

Et elle dit : « Eh bien ! moi, je ne suis pas d'humeur. »

Que veut-elle dire par « pas d'humeur » ? Betty Belhumeur n'est pas d'humeur changeante, d'habitude. Je me demande ce qu'elle a. Alors je me souviens de son PIRE SOUCI — CE SOUCI DONT ELLE N'AVAIT MÊME PAS SONGÉ À SE SOUCIER.

Si elle n'est pas d'humeur, c'est probablement parce que Cedric et Maud sont en instance de divorce. Du coup, j'ai presque envie de lui parler des billets pour **Cours, Ruby, cours** — histoire de lui remonter un brin le moral même si Cedric et Maud vont divorcer. Mais au lieu de ça, je lui dis seulement :

44

«Je te verrai lundi.» Et elle hoche la tête.

C'est une journée radieuse, le soleil brille à travers les feuilles et même si c'est le début de l'automne il ne fait pas si froid.

Je passe un bon moment avec Karl et Alf. Alf est pas mal plus jeune que moi, mais il n'est pas du tout comme mon petit frère. Il est très drôle et il connaît un tas de trucs.

Lorsque je lui dis qu'il ne faut jamais manger le foie d'un ours blanc, il me répond: «C'est parce qu'il est toxique pour les humains.» Et il ajoute: «Il ne faut pas non plus manger trop souvent du lapin, parce que digérer du lapin exige plus d'énergie que n'en contient la viande du lapin.»

Alf dit encore: «Pas que j'aie envie de manger du lapin, de toute manière. Non, je les aime bien, les lapins — nous en gardons même un dans notre jardin, je l'ai baptisé Grignoteux.»

À mon retour à la maison, Marcie feuillette un magazine de décoration. Maman regarde par-dessus son épaule et dit: «Oh! quelle jolie maison!»

Et Marcie de dire: «*Mmm*, j'aimerais bien qu'on ait une salle de bains avec un plancher chauffant.» Et

Maman de dire : «J'aimerais bien qu'on ait une salle de bains avec un plancher, point.»

Et Marcie de la relancer : «J'aimerais bien avoir une salle de bains pour moi toute seule.»

Et Maman de répliquer : «Pour l'instant, je ne dirais pas non à une maison pour moi toute seule, n'importe quelle maison, pourvu que ce ne soit pas celle-ci.»

Qu'elle dise ça de notre maison me choque un peu. Je regarde autour de moi et remarque que rien n'a changé — la salle de bains n'a toujours pas de porte, il y a toujours un gros trou au plafond et puisque nous n'avons toujours pas de cuisinière, la collation se résumera à du fromage sur des rôties.

Je ne peux m'empêcher de penser que j'accepterais probablement de manger du lapin si on m'en offrait.

Je vais au lit et réussis à m'endormir relativement vite, mais je m'éveille en pleine nuit avec un inquiétant sentiment qui ne se dissipe pas au lever du jour.

On dirait cette sensation étrange qui vous étreint quand une chose désagréable vous trotte dans la tête sans que vous n'arriviez à mettre le doigt dessus.

Même après avoir vérifié qu'il n'y avait pas de trace de feutre sur mon visage — il arrive que Martin me dessine une moustache pendant mon sommeil —, ce sentiment continue de me tourmenter. Et je me demande s'il ne s'agit pas du

PIRE SOUCI DONT JE N'AVAIS MÊME PAS SONGÉ À ME SOUCIER.

Comment affronter la personne la moins commode que vous connaissez

6

Le lendemain, c'est le dernier jour des vacances d'été — il s'est rué sur nous à toute vitesse. Aujourd'hui, je dois accompagner Maman au centre pour personnes âgées pour l'aider à faire des affiches et un tas de trucs. Imaginez-vous qu'elle et mon directeur, M. Pickering, se sont mis en tête que des gens de mon école devaient venir visiter les personnes âgées du centre et leur servir une collation. Voilà une initiative qui me rappelle le temps des fêtes : il faut être gentil avec des gens qu'on ne connaît même pas. Comme on procède par tirage au sort, pas moyen de savoir sur qui vous allez tomber. C'est du bénévolat — c'est-à-dire que personne n'y est obligé. Sauf que je suis la fille de Maman et ç'aurait l'air bizarre si je n'y allais pas, donc je n'ai pas vraiment le choix. Mais j'aurais participé de toute manière parce que j'aime rendre visite aux gens. Et puis nous y allons deux par deux, alors j'ai prévu de m'y rendre avec Betty. On peut rencontrer un tas de gens intéressants qu'on n'aurait peut-être jamais connus dans la vie de tous les jours.

Je cours à la boutique en face de L'Aubergine, appelée Renards et Cie. Maman flâne à l'extérieur parce qu'elle ne veut pas que Waldo Park la voie entrer là — il est contre Renards et Cie parce que c'est une boutique concurrente et qu'elle est ouverte jusqu'à vingt-deux heures. Or il s'inquiète de ce que les gens aillent y acheter leur lait sans se soucier de savoir s'il est bio ou pas. Parce qu'en somme les clients préfèrent les longues heures d'ouverture aux aliments biologiques.

Malheureusement, nous n'avons pas le choix, nous devons aller chez Renards et Cie pour acheter des biscuits à la confiture pour M. Flanders et on n'en vend pas à L'Aubergine — Waldo Park estime qu'ils sont trop sucrés. Quand je ressors, je trouve Maman le nez collé à la vitrine d'un agent immobilier. Elle est vraiment très absorbée et je dois lui taper sur le bras

pour attirer son attention. À ce moment je note que
cette angoisse surgie au milieu de la nuit dernière est
revenue.

Sitôt arrivées au centre, nous nous mettons au
boulot. Une fois mes affiches terminées, je vais voir
M. Enkledorf. C'est l'une des personnes à qui j'aime
le plus rendre visite parce qu'il a plusieurs perruches.
Nous parlons d'elles et de son chien mort, Dudley.
Après quatre tasses de tilleul — que je ne bois que par
politesse —, je dois vraiment aller au petit coin, mais
juste au moment où je traverse le couloir j'entends la
porte de M. Larsson s'ouvrir à l'autre bout du
corridor. Je passe près de me heurter à lui — voilà
pourquoi il vous faut toujours un complice comme
Betty pour vous dire: «Ne regarde pas tout de
suite, tu ne devineras jamais qui c'est.»
Maman m'a tout raconté à son sujet. Elle m'a avertie
de toujours me tenir loin de M. Larsson, parce qu'il
est difficile et pas très commode. Dans un passage de
son **GUIDE DE LA SURVIE**, Ruby traite de la
manière de se comporter avec les gens hostiles.
Elle écrit: «Lorsque vous faites face à des gens
hostiles, mieux vaut les assommer à force de

gentillesse. Comme ça, il leur sera plus difficile de se chicaner avec vous. »

Selon elle, la règle est la suivante : « Souriez jusqu'à en avoir mal aux mâchoires. »

Hélas ! je ne maîtrise pas encore cette technique de Ruby, alors j'attends qu'il ait traversé le corridor, ce qui prend un temps fou parce que M. Larsson se déplace avec une marchette — j'en entends le cliquetis.

Quand le bruit s'est enfin estompé, je n'en peux plus, mais je parviens tout de même à temps aux toilettes. Nous rentrons à la maison assez tard et je me brosse les dents dans la cuisine parce qu'il y a quelqu'un dans la salle de bains. Je me dis que je vais peut-être recommencer à aimer l'école — comme du temps de M. Washington. M. Washington, c'est le suppléant qui nous a enseigné l'an dernier — et il m'a dit qu'un jour je deviendrais peut-être une bonne écrivaine. Peut-être même pourrais-je en vivre. Alors je me dis que des gens seraient peut-être intéressés par mon livre sur les pires soucis, et qu'une fois terminé il pourrait se retrouver dans des boutiques, comme celui de Ruby Redfort. Qui sait, peut-être vais-je aimer

notre nouveau professeur autant que j'ai aimé
M. Washington, et peut-être cesserai-je d'avoir tant
de soucis, parce que le

SOUCI Nº 5 : Mme Wilberton

sera rayée de la liste.

Je marche à l'étage, en rêvassant à ce que sera ma
nouvelle vie à l'école. Peut-être le nouveau professeur
sera-t-il le premier à découvrir qu'en fait je suis un
génie des mathématiques ?

Je remarque que, pour une fois, je n'éprouve plus
le même effroi à l'idée de retourner à l'école. Et
en regardant mon **Carnet des pires soucis**,
je me demande si je ne devrais pas biffer le

**SOUCI Nº 7 : la rentrée des
classes après les vacances,**

parce que nous n'aurons plus jamais à souffrir les
grognements de Mme Wilberton et que le nouveau
professeur ne saurait jamais être aussi détestable, même
s'il s'agissait de la personne la moins commode que
connaisse Maman, M. Larsson, ou même de l'ennemi
juré de Ruby Redfort, le comte von Vicomte.
Même là, je pourrais dire :

« Quelle amélioration ! »

Il n'est point de surprise plus grande que la surprise familière

7

C'est chouette d'être de retour à l'école, de revoir des gens que j'aime bien : mon cousin Noah, Suzie Woo et Lucy Mackay, par exemple, mais surtout Karl et Betty — parce que, si j'ai vu ces deux-là assez souvent pendant les vacances, j'ai néanmoins, en les retrouvant maintenant, l'impression de ne pas les avoir vus depuis des siècles.

Il me faut faire un assez grand détour pour aller jusqu'à ma case, parce que Justin Barrette traîne dans le corridor et que je n'ai pas envie d'une clé de bras le jour de la rentrée scolaire.

Le simple fait d'être de retour à l'école me procure une très agréable sensation de changement — il faut dire que nous avons une nouvelle salle de classe, pas mal plus plaisante que l'ancienne parce qu'il y entre davantage de soleil et que le soleil m'est indispensable. Je suis assise près de Betty, comme d'habitude, et nous bavardons au sujet de la rumeur qu'elle a entendue, comme quoi nous aurions comme professeur Mademoiselle Meyer — que nous appellerons désormais Madame puisqu'elle s'est mariée pendant les vacances. À ce que j'en sais, elle n'est pas du genre à crier et on m'a dit qu'elle était également un bon professeur, alors je ne suis pas du tout inquiète.

Et puis Betty Belhumeur murmure : « Ne regarde pas tout de suite, mais tu ne devineras jamais qui est là. » En levant les yeux je suis surprise par une vision familière : debout devant le tableau noir se tient...

Mme Wilberton. Ruby Redfort dit souvent : « Il n'est point de surprise plus grande que la surprise familière. » Un peu comme quand elle est allée camper au Pérou une fois et a eu le choc terrible de tomber sur sa pire ennemie à l'école, Vapona Begwell. Betty et moi échangeons un regard absolument effaré et désorienté : que vient-elle faire ici, celle-là ? Elle était censée prendre une année sabbatique — c'est-à-dire un congé de l'enseignement après y avoir sévi très longtemps.

Pas besoin de se casser la tête pour deviner ce
qui s'est passé : dès qu'elle a retrouvé son souffle,
Mme Wilberton se met à nous pomper l'air en
nous détaillant tout ce qui est arrivé et comment
Mlle Meyer, devenue Mme Meyer, a accepté de suivre
son mari, M. Kelp, qui s'est fait offrir une situation
intéressante à Hong Kong — qui l'en blâmerait ?
Eh bien ! moi, j'ose l'en blâmer, parce que j'en ai
absolument marre. Comment peut-elle être aussi
cruelle ? Voici un exemple typique de l'égoïsme des
adultes qui n'en font jamais qu'à leur tête sans songer
le moins du monde aux conséquences de leurs choix
dans la vie des autres.
Je suis complètement obnubilée par mon propre
désespoir et j'écoute à peine Mme Wilberton se
vanter de sa grandeur d'âme, elle qui a annulé son
expédition pédestre dans les Alpes suisses pour éviter
que nous soyons privés de professeur. Tout ce que
j'entends, c'est :
«Bla bla bla — *sacrifié mes vacances* — bla bla bla —
me porter à la rescousse — bla bla bla — *quelle
chance pour vous* — bla bla bla — *dans un avenir
rapproché* — bla...»

Je n'oserais dire que c'est LE PIRE SOUCI DONT JE N'AVAIS JAMAIS SONGÉ À ME SOUCIER parce que, à vrai dire, je fais régulièrement ce cauchemar : Mme Wilberton emménage avec nous et je me retrouve à partager ma chambre avec elle plutôt qu'avec Martin. Et quand je m'éveille, je suis chaque fois soulagée de voir Martin.

Betty et moi sommes passablement déprimées, mais, au moment de rentrer à la maison, nous apercevons Appelle-moi-Maud, de retour et debout près d'Appelle-moi-Cedric. Ils sourient joliment tous les deux et ne sont manifestement pas en instance de divorce — je le déduis parce qu'ils se tiennent par la taille et qu'ils sont même plus heureux que de coutume d'être ensemble.

« Tout est une affaire de langage corporel », comme dirait Ruby Redfort. C'est étrange parce que le fait que Cedric et Maud ne soient pas sur le point de divorcer ne semble pas spécialement réjouir Betty. Peut-être le retour de Mme Wilberton la déprime-t-elle trop ? Ou peut-être elle craint que Cedric et Maud aient un autre enfant avec lequel il lui faudra partager sa chambre ? Si c'est ce qui l'inquiète, alors je peux *absolument* sympathiser avec elle.

La seule chose qui puisse me remonter le moral après une première journée en classe aussi désastreuse, c'est notre atelier d'art dramatique. Betty ne peut m'y accompagner, parce qu'elle doit aller célébrer le retour de Maud de cet endroit indéterminé où elle était restée.

L'atelier d'art dramatique est extraordinexception-nellement intéressant et je crois que je commence absolument à m'épanouir davantage et à exprimer mon moi intérieur.

Je parle à Czarina de la première de **Cours, Ruby, Cours**. Elle est très impressionnée et voudrait l'annoncer à toute la classe, mais je lui explique que c'est ultrasecret et que Betty Belhumeur ne doit pas en avoir vent. Czarina me promet de garder le secret : « Trrrès chèrrre, pas un mot ne frrranchirrra mes lèfrrres. » Ce dernier terme attire mon attention sur sa bouche, qui est d'une étrange couleur rosée, du fait qu'elle grignote constamment des betteraves.

En chemin vers la maison, il me vient une très bonne idée pour un possible revirement de situation. Czarina en déduirait que mon subconscient a laissé libre cours à ma créativité. Peut-être suis-je en voie de devenir plus *avant-gardiste*?

Dès mon entrée, je fouille mon sac à la recherche d'un bout de papier et je m'installe dans les marches pour écrire.

Maman est assise dans la cuisine ; elle parle au téléphone avec je ne sais trop qui — probablement Suki. J'essaie d'écrire, mais mes oreilles captent un mot sur deux et me voilà distraite.

J'ai une ouïe très développée, sans doute en partie grâce à mon entraînement inspiré du **GUIDE RUBY REDFORT DU PARFAIT ESPION**, mais aussi parce que le fait de n'être ni l'aînée ni la cadette de la famille me porte à rester à l'affût.

Toujours au téléphone, Maman rigole : « Tu as raison, si on ne bouge pas *maintenant*, on ne le fera jamais. Oui, nous avons pris notre décision *finale*… Ce sera un *sacré remue-ménage*, après toutes ces années. *Je sais*, ce sera tellement mieux d'avoir plus d'*espace*… et *deux* salles de bains… Je ne l'ai pas encore annoncé aux enfants, nous le leur dirons demain… »

À ce moment, je comprends exactement la nature de cette sensation étrange qui me trottait dans la tête

— celle sur laquelle je n'arrivais pas à mettre le doigt.
Ce doit être mon PIRE SOUCI — LE PIRE
SOUCI DONT JE N'AVAIS JAMAIS SONGÉ
À ME SOUCIER.
Le déménagement.

À l'heure du coucher, mon souci a pris des
proportions considérables et le fait de le consigner
dans mon Carnet des pires soucis ne m'est
en définitive d'aucun secours.
Il me semble encore plus grave — mais c'est peut-être
parce que je l'ai noté à l'encre rouge et que tout a l'air
plus sérieux, en rouge.

Combien de temps peut-on se priver de dormir sans s'écrouler de sommeil ?

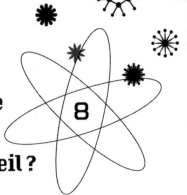

Cette nuit-là, je reste étendue dans mon lit à m'inquiéter follement.

Si seulement j'étais Ruby Redfort, je pourrais concevoir un plan pour empêcher l'inévitable.

Comme ce plan que Ruby imagine quand sa mère et son père essaient de déménager alors que, bien évidemment, Ruby ne peut déménager puisque son QG — c'est-à-dire son quartier général d'agent secret se trouve juste au coin de sa rue. Or Ruby doit en tout temps être à proximité de son travail, et ne peut donc pas quitter Twinford.

Son plan va comme suit : chaque fois qu'un acheteur potentiel se présente à la maison, Ruby fait quelque chose pour le dissuader de présenter une offre — par exemple, elle met des insectes ou d'autres bestioles

rampantes dans les tiroirs de la cuisine, emprunte
quelques serpents non venimeux à son ami Flannery
Barklet et les laisse en liberté dans le jardin — et, bien
sûr, quand les visiteurs les aperçoivent avec horreur,
elle s'écrie :

«BON SANG ! Ils ont dû s'échapper
de chez M. Parker,
encore une fois... »

M. et Mme Redfort ne comprennent pas trop
pourquoi les gens quittent toujours leur maison
dans une hâte absolue.

Et personne, absolument personne ne veut acheter
cette demeure, pourtant ultramoderne et équipée de
commodités telles qu'une machine à glaçons et une
porte de garage télécommandée, des commodités qui
plaisent à tous.

J'aimerais bien mettre ce plan en application, mais je ne
sais pas trop où dénicher un serpent suffisamment gros.
Cette nuit-là, je passe des heures à chercher le
sommeil. J'essaie même le truc de Papa contre les
insomnies : j'enfile une robe de chambre et des
chaussures — à cause de la poussière — puis je vais
m'asseoir dans un fauteuil avec un journal. Cette

technique ne m'est pas très utile puisque, de toute manière, je ne trouve pas le journal très intéressant. Essentiellement, on y décrit des choses qui sont arrivées dans le domaine du sport ou encore à des gens empêtrés dans des situations qu'ils auraient sans doute souhaité éviter. Je finis par tomber sur un article sur les ours blancs, menacés d'extinction à cause du réchauffement de la planète. Il paraît que l'atmosphère se réchauffe sans cesse à cause de la pollution, ce qui provoque la fonte des icebergs de l'Arctique où vivent les ours blancs. Les ours blancs ont beau être d'excellents nageurs, ils ont parfois besoin d'un plancher sous leurs pieds — un plancher de glace —, histoire de marcher un peu, de se creuser un trou pour dormir, et tout le tralala.

Après trente-trois minutes, je retourne au lit encore plus fatiguée et infiniment plus inquiète qu'auparavant. Martin ronfle dans son lit tout près. Je me surprends à penser que, s'il est vrai que je ne voudrais pas rencontrer un ours blanc de peur qu'il soit tenté de dévorer mon foie, il serait néanmoins triste que leur espèce disparaisse complètement. Du coup, je me mets à m'inquiéter du

SOUCI N° 2 : ces phénomènes étranges qui affectent l'environnement.

En fin de compte, je m'endors en me demandant combien de temps on peut se priver de dormir sans s'écrouler de sommeil.

Au matin, je me sens un peu étourdie et j'ai l'impression que mes yeux ont été pressés dans mon crâne comme des raisins dans un pressoir.

Je déambule vers l'école en songeant à la manière d'annoncer notre déménagement à Betty Belhumeur — devrais-je lui parler en même temps de la première de **Cours, Ruby, cours** ? Comme ça, je pourrais utiliser une des phrases fétiches de Ruby Redfort : «On commence par la bonne nouvelle ou par la mauvaise ? »

Et je me demande aussi à quoi ressemblera notre nouvelle maison, s'il y aura des escaliers (j'adore les escaliers !) et je m'interroge sur des sujets divers — par exemple : qui donc a inventé les escaliers ? Était-ce l'œuvre d'un seul homme ou cette idée était-elle dans l'air du temps ? Il y avait des escaliers à des époques très, très lointaines, c'est dire à quel point c'est une invention très, très ancienne.

Que se serait-il passé si personne n'avait inventé les escaliers? Les gens auraient-ils patiemment attendu l'avènement de l'ascenseur?

Rendue au coin du boulevard Sésame, je constate que j'ai oublié mon manuel de maths. Je dois rebrousser chemin en courant et crier par la fente de la boîte aux lettres parce que personne ne semble m'entendre cogner et que notre sonnette est toujours brisée
— ça fait cinq ans que c'est comme ça.

Lorsque j'entre enfin, je n'arrive pas à le trouver, alors je crie à Maman:

«Où est mon manuel? Je suis prête à parier que tu l'as rangé quelque part.»

Et elle me répond sur le même ton:

«Eh bien! si tu veux mon avis, il est probablement là où tu l'as laissé, c'est-à-dire dans ton sac d'école.»

Et elle a raison, ce qui m'ennuie parce qu'elle a presque toujours raison.

Je lui en voulais déjà un peu à cause du déménagement et je lui en veux davantage parce qu'elle a
presque toujours raison. Et puis je dois filer comme
une balle hors de la maison, plus question de flâner,
puisque je ne suis pas en avance.
Il est même assez probable que je serai encore
en retard.

On commence par la bonne nouvelle ou par la mauvaise?

À l'école, la journée ressemble encore plus que prévu aux autres journées.

Mme Wilberton me lance : « Clarice Bean, tu es en RETARD. »

Et moi de répondre : « Je sais. »

Elle ajoute : « Je devrai t'inscrire au registre dans la colonne des RETARDATAIRES. »

Et moi de répondre : « Je sais. »

Elle renchérit : « Au prochain RETARD, je te garderai en retenue. »

Et moi de répondre : « Je sais. »

Et elle dit : « Puisque tu sais que tes RETARDS t'attirent des ennuis, pourquoi t'entêtes-tu à arriver en RETARD ? »

Et moi de répondre : « Je ne sais pas. »

Et elle de soupirer : «Oh ! pour l'amour du ciel, va t'asseoir au lieu de RETARDER toute la classe !»

Ce qui est absolument injuste puisque c'est elle qui s'éternise au sujet de mes RETARDS.

Si elle se contentait de m'inscrire dans la colonne des RETARDATAIRES, on pourrait passer à autre chose.

Elle est le type parfait de la personne qui perd du temps à reprocher aux autres de perdre du temps.

L'école, vous vous en doutez, n'est pas mon activité préférée et je pourrais aisément m'en passer.

Maintenant que je ne dors à peu près plus, je trouve l'école plus embêtante que jamais. Betty Belhumeur aussi semble assez déprimée, alors je choisis de ne pas partager avec elle mon PIRE SOUCI DONT JE N'AVAIS JAMAIS SONGÉ À ME SOUCIER parce que je ne veux pas la déprimer davantage.

M. Pickering nous convoque au gymnase pour nous annoncer que la visite du centre pour personnes âgées aura lieu juste avant Noël — et même ça, ça n'a pas l'air d'enthousiasmer Betty. Quand je l'informe que j'ai déjà inscrit nos noms, elle hoche la tête sans sourire — ce qui ne lui ressemble pas du tout.

D'ordinaire, une chose comme celle-là l'exciterait.

Peut-être a-t-elle attrapé un virus?

Il y en a beaucoup dans l'air, ces jours-ci, à cause de ces choses qui arrivent avec la pollution. Ce qui me ramène encore au

SOUCI N₀ 2 : ces phénomènes étranges qui affectent l'environnement.

Sur le chemin du retour, alors que nous sommes au sommet de la colline, j'ai littéralement au bord des lèvres mon secret sur la première du film de Ruby Redfort, mais par chance à ce moment précis Betty murmure :

«Ne regarde pas tout de suite, mais regarde qui vient.»

C'est Justin Barrette, comme de raison, et du haut de la colline on peut le voir tourner le coin du boulevard Sésame à la rencontre de cette autre personne — on dirait ce garçon qui s'assied toujours à l'arrière de notre classe, Benji Morel. Benji mange un sac de croustilles.

Nous nous regardons, Betty et moi, parce que nous pouvons prévoir le malheur imminent de Benji Morel. Personne ne veut croiser, ni par hasard ni délibérément, la route de Justin Barrette — surtout pas avec en main un sac de croustilles.

Ça me rappelle cette affirmation de Ruby Redfort dans son **GUIDE DE LA SURVIE**, à la rubrique «COMMENT ÉVITER LES GRANDS PRÉDATEURS — NE VOUS PLACEZ JAMAIS ENTRE UN LION ET SON REPAS».

Après avoir dit au revoir à Betty, je ne vais pas directement à la maison — je traîne un peu, parce que je n'ai pas envie d'entendre parler du déménagement et de l'endroit où nous irons vivre.

Je me demande : et si nous emménagions à côté de chez Justin Barrette ? Ou encore dans un endroit très loin, au beau milieu de nulle part ?

À mon arrivée, Maman et Papa sont tous deux dans la cuisine ; ils ont l'air d'attendre quelque chose.

Je cherche ma salive.

Maman m'annonce : « Nous avons de très bonnes nouvelles. »

J'ai la chair de poule sur les bras ; j'aurais peut-être dû garder mon manteau.

Papa se tourne vers Maman et demande : « Où est Kurt ? »

Marcie répond : « Il est avec sa nouvelle petite amie, Saffron. »

Maman s'étonne : «Je croyais qu'il sortait avec
Jasmine.»

Et Papa de renchérir : «Je croyais qu'elle s'appelait
Chloé.»

Et moi, je voudrais juste qu'il annonce sa mauvaise
nouvelle, qu'on en finisse.

Marcie dit : «*Saffron, Jasmine, Chloé...* Quelle
importance ?»

Papa réplique : «Que veux-tu dire ?»

Marcie répond : «Ce sont toutes des *idiotes.*»

De mon côté, je me dis que ce sera encore plus grave
que je l'imagine. Ils vont sans doute nous annoncer
que nous déménageons dans un endroit où nous ne
connaissons personne, quelque part à la campagne sans
doute, où il n'y a que des vaches… Je lève les yeux
vers le plafond, priant pour que cela n'arrive pas, et
je prends soudain conscience de ce que Papa raconte :
«… et la chambre de Clarice sera désormais dans le
grenier.»

Il me faut quelques minutes pour comprendre ce dont
il parle et, alors, j'en ai le souffle coupé tellement je
suis soulagée.

Je n'en crois pas mes oreilles : il n'y a plus de raison de

m'inquiéter de mon PIRE SOUCI — LE SOUCI DONT JE N'AVAIS JAMAIS SONGÉ À ME SOUCIER. Tout s'arrange,

nous ne déménageons pas.

Au lieu de ça, la maison va être rénovée et il y aura une nouvelle salle de bains et plus d'espace, et ma chambre sera désormais dans le grenier, ma chambre à moi.

Je veux déménager dans le grenier.

Je le veux vraiment.

Mais il y a un hic.

SOUCI Nº 9 : les araignées géantes.

Autant la perspective de vivre dans le grenier me plaît, autant je crains les hordes d'araignées géantes que j'y ai déjà vues.

Je n'ose rien dire à Maman et à Papa de peur qu'ils ne changent d'idée, mais je note ce souci dans mon carnet et je garde espoir, avec en tête cette phrase de Ruby : «La solution se présentera à moi d'elle-même.»

Comment savoir
sans savoir

Évidemment, je m'éveille dans une humeur
extraordinexceptionnellement radieuse. Tous mes
pires soucis semblent s'être évanouis dans la nature
— même l'infini n'est plus que le cadet de mes soucis.
Je pars pour l'école avec beaucoup d'avance, afin de
pouvoir annoncer à Betty la nouvelle concernant ma
chambre avant le début des classes. Pour tout dire, j'y
vais en courant et je crie même *Allô !* à Robert
Granger en le croisant sur le chemin.
Malheureusement, en courant sur le boulevard Sésame,
j'aperçois Justin Barrette, qui verse le contenu d'une
poubelle sur le pavé — au grand amusement du
garçon à l'étrange coupe de cheveux. Je n'ai vraiment
pas envie de passer près d'eux, ce qui signifie que je
devrai faire un détour par la rue Sydney. Ce qui
signifie que je serai en retard.

À mon arrivée en classe, je ne vois nulle trace de
Betty — du coup, je me rappelle qu'elle était un peu
pâlotte hier. Elle a dû prendre un congé de maladie.
Mme Wilberton me reproche mon retard et
m'annonce qu'elle me gardera en retenue à la fin de la
journée. Ça ne m'ennuie pas trop — je suis obnubilée
par ma bonne fortune.

Mais quand la sonnerie se fait entendre, je croise
Betty Belhumeur.

Je lui dis : « Betty, je croyais que tu étais en congé
de maladie. »

Elle répond : « Non, je suis juste en retard parce que
je devais parler à M. Pickering. »

Et ça me semble plutôt étrange, parce que Betty
Belhumeur ne se met jamais les pieds dans les plats
— jamais elle n'est envoyée chez M. Pickering. Je
dis cependant : « Oh. »

Elle ne sourit pas, elle a l'air déprimé et n'en finit plus
de rajuster ses chaussettes.

Alors qu'elle n'a pas à les rajuster.

Ce sont là les signes avant-coureurs d'une mauvaise
nouvelle. C'est Ruby Redfort qui m'a appris à les
reconnaître. Il est très difficile de mentir ou de

dissimuler une mauvaise ou une bonne nouvelle sans se trahir. Et certaines personnes, comme les policiers ou les agents secrets, ont reçu une formation spéciale qui leur permet de détecter ces signes manifestes et il est très difficile de les berner, à moins d'être un expert du mensonge et peut-être un criminel.

Betty Belhumeur se révèle n'être ni experte du mensonge ni même capable de dissimuler une mauvaise nouvelle, parce qu'après s'être tenue sur une patte pendant un moment, à faire et défaire les boucles de ses lacets, elle dit :

« Clarice Bean, j'ai bien peur de devoir t'annoncer une très mauvaise nouvelle. »

Et je réponds : « Je sais. »

Et elle s'étonne : « Comment ça ? »

Et je lui dis : « Je suis en train de lire le **GUIDE RUBY REDFORT DU PARFAIT ESPION — COMMENT SAVOIR CE QU'ON SAIT SANS LE SAVOIR**. »

Et elle dit : « Oh. »

Puis elle ajoute : « Veux-tu dire que tu sais que j'ai une mauvaise nouvelle ou que tu sais *exactement* ce dont il s'agit ? »

Et je réponds : «Non, j'ignore ce dont il s'agit. Tout ce que je sais, c'est que tu as une mauvaise nouvelle.»

Et elle réplique : «Oh.»

Puis elle ne dit plus rien.

Et je ne dis plus rien parce que je n'ai pas vraiment envie d'entendre sa mauvaise nouvelle.

J'aurais juste envie de lui dire «Ne regarde pas tout de suite, tu ne devineras jamais qui c'est», juste pour la distraire. Mais je n'ose pas.

Et puis, peut-être qu'elle n'est pas si mauvaise, la nouvelle.

Mais la voilà qui rajuste ses chaussettes encore — alors ce doit être grave.

Elle dit : «Eh bien, tu te rappelles quand Maud est restée aux États-Unis ?»

Je dis : «Oui, en vacances.»

Et Betty d'enchaîner : «En fait, elle n'était pas en vacances, elle passait une entrevue pour un emploi dans une université.»

Je fais : «Oh», parce qu'il est clair que je n'ai toujours rien compris.

Betty renchérit : «Eh bien ! on lui a offert l'emploi...»

Je reste muette.

Alors Betty ajoute : « Et Maud a dit oui. »

Je reste toujours muette.

Betty poursuit : « Alors nous déménageons… à San Francisco… aux États-Unis. »

Tout à coup, j'entends comme un bourdonnement. Et je baisse les yeux vers ses chaussettes.

Ces chaussettes à rayures lui arrivent aux genoux et je crois qu'elles sont neuves.

Je me tiens droite comme un piquet et je pense, je pense que c'est bien plus grave que ce à quoi je m'attendais, que ça ne pourrait être pire.

Et elle ajoute : « Nous partons la semaine prochaine. »

Et je me mords la lèvre si fort qu'elle en saigne.

Mais je m'en fiche.

Je me fiche du monde entier.

Elle dit : « Je suis vraiment désolée, Clarice Bean. »

Et je n'arrive plus à parler.

J'ai un tas de pensées qui me tournoient dans le crâne, mais elles ne sont pas très claires, elles ne s'arrêtent pas, elles font juste tournoyer.

Et Betty me touche le bras et dit : « Ça ira, CB, on va s'écrire. »

Et je réponds : « Oui. »

Je ne peux rien dire de plus que *oui* parce que ma voix ne m'autorisera rien d'autre que *oui* et que tout ce que je désire au fond, c'est rentrer chez moi.

Dans un cas pareil, Ruby dirait : « Il faut savoir encaisser les coups durs. »

C'est ce qu'elle dit à propos d'à peu près tout, mais c'est parce que ça ne lui est jamais arrivé de voir *sa meilleure amie dans l'absolu* déménager à San Francisco. Et, même si ça lui arrivait, elle pourrait toujours sauter dans son hélicoptère mauve pour aller lui rendre visite.

Je rentre seule à la maison parce que Mme Wilberton me garde en retenue pour me punir de mon retard. Je m'en fiche parce que je n'ai le goût de voir personne, pas même Betty.

Parfois, il n'y a pas de revirement de situation

Demain, c'est le jour du départ de Betty et je n'arrive à penser à rien d'autre. Tous les matins, c'est la première chose qui me vient à l'esprit et, quand je me couche le soir, la même pensée me hante. Mon esprit ne peut s'en empêcher; il ne carbure plus qu'à cette idée.

Je passe pas mal de temps à regarder par la fenêtre, à observer la pluie qui ruisselle sur la vitre. C'est tellement ennuyant que ça me fascine. Et ça me rappelle l'ennui qui me prenait pendant les voyages en auto, ou encore à l'école, ou encore les week-ends quand il n'y a rien à faire.

J'ai passé pas mal de temps à observer la pluie ruisseler sur les fenêtres, alors je sais comment ça marche: le trajet des gouttes n'est jamais une ligne droite. La pluie serpente, mais je ne m'en étonne pas, parce que la pluie serpente toujours.

Je vais chez les Belhumeur pour leur dire adieu.

Maud, Cedric, Betty et moi prenons des photos les uns des autres et nous sommes très gentils, nous rions, mais ça me fait tout drôle. Cedric, Maud et Betty n'ont pas changé ; ils ressemblent à ce qu'ils ont toujours été et pourtant ils sont différents. C'est comme s'ils n'étaient pas vraiment là.

Betty me donne son sac à bandoulière. Ça m'en fera deux, dit-elle. Et elle m'offre de garder son **GUIDE RUBY REDFORT DU PARFAIT ESPION — COMMENT SAVOIR CE QU'ON SAIT SANS LE SAVOIR**.

Je lui donne l'histoire de Macey Gruber à laquelle je travaillais — elle serait terminée, si ce n'était de la fin. Je ne sais jamais comment terminer mes histoires.

Et vous voyez, il n'y a pas de revirement de situation. Je dis simplement adieu.

Et comme ça, tout bêtement, Betty Belhumeur disparaît de ma vie.

Maintenant, vous devrez convenir avec Ruby Redfort que le PIRE SOUCI, C'EST LE SOUCI DONT VOUS N'AVEZ JAMAIS SONGÉ À VOUS SOUCIER.

Et il est difficile de le voir venir. Vous pouvez le sentir grimper sournoisement le long de votre colonne vertébrale, mais savoir en quoi il consiste est impossible — personne n'a jamais imaginé l'inimaginable, d'où son nom.

Je suis là, assise, à penser à **Cours, Ruby, cours** et je m'aperçois que je n'ai même jamais eu l'occasion de dire à Betty que je voulais lui faire la plus belle invitation qu'on lui ait jamais faite.

Je n'aurai jamais l'occasion de lui dire :

«Ne regarde pas tout de suite,
mais c'est Céleste Estivault,
debout à deux pas de nous.»

Au lieu de ça, j'irai toute seule.

Il pleut et il n'arrête plus de pleuvoir. Et quand Grand-P'pa et Ciment reviennent de leur petite promenade, ils semblent un peu effacés.

Comme si la pluie les avait délavés.

Assise à la table de cuisine, j'essaie de penser à ce que
je pourrais écrire dans ma rédaction sur moi-même.
Je n'en ai pas la moindre idée.
Je ne pense à rien.
Je n'ai même plus l'impression d'être moi.

Alors je n'ai rien à dire.

DEUXIÈME PARTIE

Pareille, mais différente

Que faire quand on est perdu en mer

Je m'éveille d'un mauvais rêve. Dans mon rêve, tous les élèves de l'école faisaient front commun contre moi. Même Betty Belhumeur me faisait la gueule, et je n'avais plus d'amis.

À cause du cauchemar, j'éprouve une drôle de sensation, comme s'il m'était vraiment arrivé quelque chose, et il me faut un petit moment pour me dire que rien de tout cela n'est vrai, que Betty ne m'a pas fait la gueule à l'école, parce que je n'étais pas à l'école mais dans mon lit, en train de dormir.

Et en réalité tout va bien.

Mais alors je me souviens de ce que je voulais oublier.

Je me souviens que rien ne va plus.

Parce que, voyez-vous, il m'est arrivé quelque chose de

bien plus triste et de bien plus grave que mon cauchemar.
Betty Belhumeur est partie.

Qu'une personne vous ignore, ce n'est pas si terrible,
parce que ça peut toujours s'arranger.

Mais si une personne n'est plus là… Peu importe que
ce soit heureux ou triste : elle n'est tout simplement
plus là.

Le **GUIDE RUBY REDFORT DE LA SURVIE**
traîne par terre près de mon lit ; je le ramasse et
entreprends la lecture du chapitre intitulé « QUE
FAIRE QUAND ON EST PERDU EN MER ».

Ruby s'aperçut que son modeste yacht prenait rapidement
l'eau. En un tournemain, elle gonfla son canot
pneumatique, s'empara de ses dernières rations d'eau
potable et sauta dans l'embarcation. Mission accomplie !
Juste à temps pour voir son fidèle bateau couler dans les
sombres profondeurs de l'océan couleur de charbon.

Que faire en pareille situation ?
D'abord, garder son sang-froid et ne pas se mettre
à ramer frénétiquement. Conserver son énergie. En
d'autres termes, rester immobile, le temps de

retrouver son sens de l'orientation, puis chercher la TERRE FERME. On ne peut survivre tout seul indéfiniment : il FAUT retrouver le rivage et la civilisation.

Je commence à me demander en quoi ces conseils de Ruby Redfort peuvent être d'un grand secours à Clarice Bean, l'écolière. Je n'ai jamais été perdue en mer et il est assez improbable que ça m'arrive un jour, à moi qui évite de naviguer à cause du mal de mer. Je replace le livre sur l'étagère près de mon lit et j'aperçois l'enveloppe rouge contenant les billets spéciaux pour le film **Cours, Ruby, cours**. Je monte vers ma nouvelle chambre au grenier — qui n'est pour l'instant qu'un espace vacant. Quand j'y marche, le plancher craque et l'une des planches a du jeu — elle n'a pas été clouée convenablement. Je m'agenouille et constate que je peux la soulever — elle n'est pas clouée du tout. Il y a en dessous un espace où je pourrai cacher des trucs. Je décide d'y glisser mes billets pour **Cours, Ruby, cours**. Je suppose que c'est d'abord parce qu'ils sont précieux, mais c'est aussi parce qu'une part de moi ne veut plus les voir. C'est aussi un bon endroit pour cacher mes deux guides Ruby quand je ne les lis pas — je pourrai les y reprendre à volonté. Ruby Redfort cache toujours des trucs importants, pour plus de sûreté.

Je songe au départ de Betty Belhumeur, que je n'avais jamais cru possible, et je me dis que c'est vraiment la pire chose qui me soit jamais arrivée. Et puisque la pire chose qui pouvait m'arriver est arrivée, je n'ai plus à m'inquiéter de rien.

Mais tandis que je me fais ces réflexions, l'idée me vient qu'il peut toujours arriver quelque chose de pire. Parce que maintenant que la pire chose m'est arrivée, le deuxième souci à mon palmarès peut se produire puisqu'il est désormais la pire chose. Et puis, il y a toujours un souci dont vous n'aviez

pas songé à vous soucier.

Il y a toujours *quelque chose*

de pire que le *pire*,

pire, pire

souci.

Que faire lorsque vous rencontrez des formes de vie extraterrestres

À huit heures pile, les ouvriers arrivent et, en entrant, retirent leurs chaussures — ce qui ravit Maman même si le plancher est plus sale que leurs chaussures.

Les ouvriers sont polonais et annoncent que le travail prendra deux mois — ce qui, selon Papa, signifie au moins trois ou quatre mois. Il dit : « En fait, nous devrions acheter une très grosse dinde pour Noël parce que, d'ici là, les gars feront presque partie de la famille. »

Je ne suis pas matinale et je trouve assez désagréable le bruit que font ces hommes qui vont et viennent dans la maison. Et puis, Maman a déplacé un tas de trucs pour faciliter les travaux de rénovation et je n'arrive pas à trouver la moindre paire de chaussettes — ni même deux chaussettes dépareillées. Je finis par aller en emprunter une paire dans la chambre de Marcie, mais elle me surprend.

Elle lance : « Que fais-tu dans ma chambre, petite peste ? Si tu n'es pas sortie d'ici dix secondes, je te jure que tu vas le regretter. »

Maman entend les cris de Marcie et l'appelle :

« Marcie, je peux te parler un moment ? »

Et je sais ce qu'elle veut lui dire : « Crois-tu que tu pourrais être un peu plus gentille avec ta petite sœur, qui vient de perdre sa meilleure amie dans l'absolu qu'elle ne reverra probablement jamais, et qui à cause de cela n'est vraiment pas dans son assiette ? » Ou quelque chose du genre.

En fin de compte, j'emprunte une paire de chaussettes à Kurt pour aller à l'école — des chaussettes qui ne me vont pas tout à fait, puisque ses pieds sont beaucoup plus grands que les miens et que j'ai l'impression que le talon m'arrive quasiment au genou.

Ça me rend la marche plus pénible, surtout que c'est un jour de grand vent, ce qui aggrave mes problèmes. Quand j'arrive à l'école, je rencontre une nouvelle élève.

Elle est belle, plus belle que moi.

Elle a les cheveux blonds, d'une blondeur presque blanche.

Et très lustrés.

Mes cheveux sont lustrés sur le front, mais un peu en bataille à l'arrière, là où ma brosse ne se rend pas.

Elle a des yeux verts perçants, un teint hâlé et de longues jambes.

Elle porte des vêtements distincts de ceux du reste de l'école — légèrement différents, en tout cas.

Elle porte une jupe rouge avec des bretelles et un chandail rayé. Je n'ai jamais vu une fille semblable, à part peut-être Stina, la petite amie d'oncle Ted, qui vient d'un endroit appelé la Scandinavie.

Tout le monde tourne autour d'elle en bourdonnant comme un essaim de guêpes.

Même Karl n'est pas comme d'habitude.

Pendu aux patères, il se balance en l'écoutant parler et hoche de la tête en souriant comme un chimpanzé.

Je me demande ce qu'il a.

M. Pickering nous fait mettre en rangs et nous présente la nouvelle venue.

Elle s'appelle Clem Hansson et vient d'une ville

appelée Stockholm, en Suède. Elle se tient juste à côté de Mme Larch.

M. Pickering cède la parole à Mme Larch qui nous donne des précisions sur le spectacle d'animaux de l'école. Ça m'a l'air vraiment intéressant parce que j'aime beaucoup les animaux ; je me dis que je pourrais y participer en inscrivant Crépu, notre chat. Puisqu'il est originaire de Burma, et qu'il est un spécimen rare, Crépu est un peu comme un chien — il vient à vous quand vous l'appelez et il est bien plus affectueux que les autres chats, parce qu'en fait il n'est pas très félin. Les gens se lient facilement à Crépu et tout ce que j'aurais à faire, c'est m'assurer qu'il soit bien mis. Si Betty Belhumeur était encore ici, elle aurait inscrit son chien Ralph au concours, mais elle est partie. Je rêvasse un brin, tellement que je n'entends pas bien Mme Wilberton : « *Clarice Bean*, pourrais-tu venir ici une minute ? »

Je n'en crois pas mes oreilles, parce que je ne suis pas en retard, ni rien du genre, aujourd'hui.

Mme Wilberton se tient là, avec la nouvelle élève à ses côtés, et dit : « Clarice, j'ai pensé que, maintenant que Betty Belhumeur est partie, tu pourrais t'occuper de Clem Hansson et t'assurer qu'elle se familiarise avec notre école et nos usages. Tu peux commencer par lui montrer où se trouvent les toilettes. » Du coup surgit le

SOUCI Nº 10 : devoir parler à des gens qu'on ne connaît pas et qu'on ne veut pas connaître.

La nouvelle élève me regarde sans sourire — elle ne dit rien, elle attend que je parle la première.
Alors je dis : « Suis-moi. » Je m'en vais et elle trottine dans mon sillage pour me rattraper. Je peux marcher drôlement vite quand l'envie m'en prend. Devant les toilettes, je lui dis : « Voici les toilettes. » Mais il faudrait être vraiment stupide pour ne pas savoir qu'elles sont là puisque c'est écrit « Toilettes » sur la porte et qu'il y a un pictogramme d'une personne portant une robe, qui signifie « Toilettes des filles » comme tout le monde le sait.

En classe, Mme Wilberton a placé la nouvelle élève à côté de moi, *à la place de Betty.*
Je remarque qu'elle a sorti tous ses stylos de leur étui — qui n'est en fait pas un étui, mais un petit

coffret en bois — et qu'elle les a disposés comme un arc-en-ciel.

Elle a beaucoup de stylos.

Mais quelque chose chez elle me déplaît.

Lorsque Mme Wilberton lui demande de se présenter à la classe, elle se lève à contrecœur, comme si on la dérangeait, et nous raconte que son père s'est déniché un emploi ici, et qu'un jour, avec un peu de chance, sa famille retournera en Suède, et qu'elle a un lapin qui est *lui aussi suédois*.

Après, à la récréation, elle me suit au terrain de jeu mais ne m'adresse pas un mot. Dès qu'il la voit, Karl s'approche et déclare : « Mon frère a un lapin. » Mais qu'est-ce qui se passe tout d'un coup ? Pourquoi est-ce que tout le monde parle de lapins ? Qu'est-ce qu'ils font d'autre que grignoter et sautiller de gauche à droite ? Du coin de l'œil, j'aperçois Justin Barrette qui rôde autour de la petite nouvelle en la reluquant lui aussi.

Et puis, tous ces autres élèves de ma classe s'attroupent autour d'elle pour lui poser un tas de questions.

Elle explique : « Mon père est suédois et ma mère est suédoise, mais la meilleure amie de ma mère est britannique et c'est pourquoi on m'a appelée Clem, en son honneur. » Grace Grapello demande : « C'est comment, la Suède ? » Et Clem répond : « C'est le meilleur endroit au monde parce qu'il y a beaucoup de choses à faire et que l'on peut skier, et puis nous avons une résidence d'été là-bas. »

Je me sens comme si des créatures extraterrestres qui veulent conquérir la planète — comme toutes les créatures extraterrestres dignes du nom — avaient vaporisé tout le monde avec une solution mystérieuse qui altérait sensiblement le comportement et qu'il ne restait plus que moi de normale. Seulement, je me sens comme la seule bizarre puisque je suis la seule immunisée contre l'effet du gaz. Ça me rappelle ce chapitre dans le **GUIDE RUBY REDFORT DE LA SURVIE** intitulé « QUE FAIRE LORSQUE VOUS RENCONTREZ DES FORMES DE VIE EXTRATERRESTRES ».

Ruby n'en était pas certaine au début, mais quelque chose clochait dans la manière qu'avait Mme Hasselberg de boire son café. Quand elle levait sa tasse pour en prendre une gorgée, elle remuait son doigt dans le liquide, ce qui provoquait un gargouillement insolite. Ruby ne pouvait en être certaine à cent pour cent, mais elle soupçonnait Mme Hasselberg de boire son cappuccino par l'index.

C'est très déconcertant de vous retrouver en face d'un individu qui n'appartient pas à la même espèce que vous. Que faire ? D'abord vous assurer de ses intentions amicales ou hostiles. Ce n'est pas évident. Rappelez-vous qu'il pourrait ne pas comprendre vos coutumes ou même votre manière de saluer. Un sourire et une poignée de main pourraient être interprétés comme des gestes d'agression, comme montrer les dents, ou de serrer trop fort un membre — ou, dans certains cas, un tentacule. Essayez de maintenir une distance raisonnable et de ne pas fixer du regard. Si l'extraterrestre en question s'avère être un ennemi, agissez comme si vous ignoriez tout de ses intentions hostiles — c'est-à-dire, faites semblant — puis, dès que l'occasion se présentera, prenez vos jambes à votre cou sans crier gare.

ATTENTION : LES EXTRATERRESTRES CACHENT SOUVENT DANS LEUR TENUE DES PISTOLETS À RAYONS.

Tout le monde à l'école semble très intéressé par Clem Hansson, à croire qu'elle débarque de Mars, alors qu'elle vient seulement de Suède.

Je pars un peu au hasard, seule, parce que je n'ai pas envie de parler à qui que ce soit

pas même

à quelqu'un

qui vient de

Mars.

S'empêtrer dans son propre lasso

À mon retour à la maison, je voudrais bien passer inaperçue, mais c'est très difficile en ce moment parce que nous sommes sept dans la famille et qu'il n'y a plus une seule pièce qui ne soit encombrée par des décombres, et même pas un seul meuble de libre — alors on s'entasse tous dans un espace restreint. Il m'arrive de souhaiter pouvoir devenir invisible à volonté — comme ça, personne ne m'adresserait la parole quand je n'en aurais pas envie. Il y a ce passage brillant dans le **GUIDE RUBY REDFORT DU PARFAIT ESPION** où on donne à Ruby cette combinaison d'invisibilité qui lui permet d'aller dans des endroits très intéressants auxquels elle n'aurait pas normalement accès, ce qui lui donne l'impression d'être une mouche posée au mur.

Les mouches posées aux murs peuvent espionner toutes les conversations.

À condition d'avoir des oreilles, bien sûr…

Les mouches ont-elles des oreilles ?

Avant le souper, je grimpe dans la chambre au grenier — ma presque chambre — même si elle n'est pas terminée et qu'il y flotte une odeur de souris morte. J'aime bien m'y réfugier parce qu'il y fait bon et que c'est calme, si on oublie le gargouillis des tuyaux d'eau chaude. Je lis un chapitre du **GUIDE RUBY REDFORT DU PARFAIT ESPION** intitulé «COMMENT FAIRE SEMBLANT». Ruby nous y apprend comment simuler un tas de choses, d'une maladie grave à la connaissance d'une langue étrangère.

Je crois que je vais simuler une petite maladie qui me vaudra un congé.

En redescendant au rez-de-chaussée pour le souper, je constate que c'est encore un repas à base de rôties.

Je décide d'aller au lit de bonne heure, sans souper, parce que :

A) je n'ai envie de parler à personne

B) j'en ai marre des rôties.

Plus tard en soirée, Maman monte à ma chambre ; elle veut savoir ce qui ne va pas. Je m'invente un petit mensonge, quelque chose comme un mal de tête et d'estomac qui me donne l'impression qu'on a détaché mes membres de mon corps. Je pense qu'il vaut mieux avoir plus d'un symptôme parce que je ne sais pas ce qui est le plus convaincant. Mais j'ai de la chance, car Maman dit : « Hmm, peut-être es-tu grippée. » Comme vous le savez peut-être, je suis assez bonne comédienne, alors je laisse échapper dans un petit soupir :

« Oh ! non, tu crois ? Vraiment ? »

Elle plaque sa main sur ma tête, que j'ai pris la peine d'humecter avec une débarbouillette mouillée et froide avant l'arrivée de ma mère — un truc emprunté à Ruby.

Le truc de la débarbouillette mouillée sur le front a pour effet de vous faire paraître fiévreuse.

Maman dit : « Clarice chérie, je crois que tu devras rester à la maison demain. »

J'émets un léger gémissement — un petit ajout qui suggère la déception et l'envie de ne pas manquer un jour de classe. Les parents adorent et ont plutôt tendance à vous garder à la maison quand ils constatent que vous préféreriez aller à l'école.

Avant d'éteindre, elle demande : « Qui as-tu l'intention d'inviter à la première de **Cours, Ruby, cours** ? »

Je lui dis : « Personne. Je n'ai pensé à personne. »

Elle me dit : « Oh, mais il faut que tu invites *quelqu'un*. Pourquoi pas Karl ? »

Et je réponds : « Il sera parti visiter ses cousins en Irlande à Noël. »

Et elle dit : « Oh... Eh bien ! je suis certaine que nous trouverons quelqu'un. »

Et moi, je me dis : à quoi bon inviter quelqu'un ? Personne ne comprend Ruby Redfort aussi bien que Betty Belhumeur.

Cette nuit-là, je n'arrive pas à dormir, ce qui est tant mieux : quand je m'endors, je fais des rêves atroces. L'un d'eux concerne la première de **Cours, Ruby, Cours** ; comme je n'avais trouvé personne d'autre pour m'accompagner, ma mère décide d'inviter Justin Barrette — et Justin finit par faire une clé de bras à Céleste Estivault.

Au matin, Maman vient m'examiner — je devine que
je n'ai pas bonne mine, parce qu'elle incline la tête de
biais et fait claquer sa langue dans sa bouche. Même
pas besoin de jouer la comédie — le manque de
sommeil doit m'avoir donné une sale tête.

Maman dit : « Tu ferais mieux de rester à la maison. »

Je gémis.

Maman dit aussi : « Je vais passer quelques coups de fil,
pour voir si je peux prendre congé. »

Je gémis.

Maman va faire ses appels et je lève les yeux vers la
fissure au plafond, qui me semble s'être allongée.
Couchée sur le dos, je me rappelle ce que Ruby
Redfort dit toujours à propos de l'art de simuler
des maladies : « Évitez d'avoir l'air trop sûr de
vous — si vous faites semblant d'être malade,
comportez-vous en malade. »

Maman revient quelques minutes plus tard et dit :
« J'ai bien peur de ne pouvoir m'absenter du travail
parce que plusieurs personnes ont pris congé pour
cause de maladie. Heureusement, Mme Hébert a

gentiment accepté de venir veiller sur toi. »

Je gémis pour de vrai. C'est une très mauvaise nouvelle car, bien que Mme Hébert soit une dame tout à fait charmante, elle parle sans arrêt. Ce qui signifie que je devrai soit faire semblant de dormir toute la journée, soit l'écouter parler de son fils et de sa fille qui sont tous deux partis vivre en Nouvelle-Zélande pour je ne sais plus quelle raison.

Du coup, je n'ai plus très envie de passer la journée à la maison. Je dis : « Tu sais quoi ? Je vais mieux, vraiment, et je crois que j'irai à l'école. »

Et Maman de protester : « Non, tu ne vas pas à l'école, non, non, tu as vraiment une mine horrible. »

Et je dis : « Et les ouvriers, alors ? Ils peuvent veiller sur moi, ils sont au rez-de-chaussée. »

Maman me regarde comme si la fièvre me faisait délirer et m'annonce que Mme Hébert sera là dans une vingtaine de minutes.

Voilà ce que Ruby Redfort appellerait « s'empêtrer dans son propre lasso ». Malheureusement, j'ai trop bien simulé la maladie et je suis maintenant coincée avec Mme Hébert pour la journée.

Ah ! si seulement Betty Belhumeur était encore dans

les parages. Elle saurait quoi faire. Elle me dirait probablement: «Ne regarde pas tout de suite, mais je crois que j'ai une idée.» Si seulement je pouvais lui envoyer un courriel, ce serait déjà un début; mais elle m'a dit qu'il faudrait quelques semaines avant que sa connexion Internet soit établie.

Les heures s'écoulent avec une lenteur incroyable. Je commence à me demander comment il se fait que Ruby Redfort n'ait même pas une page sur le moyen d'échapper aux conversations ennuyantes et aux journées mornes. Par exemple, quand il faut rendre visite à des gens que vous ne connaissez pas et qu'on vous impose de rester assis à discuter avec leurs enfants simplement *parce qu'ils sont des enfants comme vous* — et on s'attend à ce que vous vous entendiez avec eux, mais pourquoi donc?

Songer à tout ça me rappelle le

SOUCI Nº 8 : s'ennuyer presque absolument à mort.

Je l'ai noté dans mon Carnet des pires soucis. J'y avais pensé l'été dernier, quand nous avons dû rendre visite à la famille Stevens.

Avant même qu'il soit dix-sept heures douze, j'ai dû

regarder soixante-seize photos des enfants de
Mme Hébert, Michael et Suzanne, et j'ai appris que :

Suzanne réfléchit à l'éventualité d'avoir un autre bébé, mais
s'inquiète de devoir quitter son emploi à la banque, qu'elle adore
parce que les autres employés sont si gentils et agréables — ce ne
sont pas que de simples collègues de travail, mais vraiment le genre
de personnes que vous auriez envie d'inviter aussi à souper —,
tandis que Michael est tombé de son bateau lors d'un voyage de
pêche, et franchement il a eu pas mal de chance, parce qu'avec
tous les dangereux courants marins on ne sait jamais, mais il était
de retour en mer le week-end suivant, affirmant qu'il ne faut pas
laisser le fait de frôler la mort gâcher votre vie.

Après avoir écouté Mme Hébert pendant neuf
heures, je jongle avec l'idée de faire grimper dans
mon palmarès le `SOUCI Nº 8 : s'ennuyer`
`presque absolument à mort` au rang de
`SOUCI Nº 6`, parce que c'est un problème très
sérieux qui représente un grave danger, parce que ça
vous sape toute votre énergie et que plus vous vous
ennuyez, moins vous avez la force de faire quoi que
ce soit pour y remédier.

Ruby dirait : « Lorsqu'une pareille chose vous arrive, accrochez-vous. »

À dix-huit heures, je suis soulagée de voir Maman revenir et je lui annonce que je vais beaucoup mieux, merci, et que je serai *absolument* en forme pour l'école demain, même si on me coupait une jambe.

Maman aussi semble soulagée par la nouvelle. Elle n'aurait pas pu prendre congé demain non plus, parce que M. Larsson incite tous les préposés du centre pour personnes âgées à s'absenter pour cause de maladie — du moins, c'est ce que Maman croit.

Elle dit : « Sinon, comment expliquer *trois cas distincts* d'empoisonnement alimentaire ? Une *coïncidence* ? J'en doute. Il est plus probable qu'ils en ont marre de jouer les arbitres dans les querelles entre pensionnaires. »

À ce qu'il paraît, M. Larsson s'est assis dans la bergère de Mme Flemming et, comme a déjà dit Maman, « Mme Flemming n'est pas du genre à se laisser manger la laine sur le dos ».

Après le souper, Maman m'informe qu'elle a un cadeau pour moi. Il s'agit d'une nouvelle paire de chaussures ; elles sont en suède brun, ont des lacets rouges et ressemblent plus à des bottes qu'à des souliers. Elles sont jolies et me rappellent celles que Cedric et Maud ont offertes à Betty Belhumeur.

Tandis que je les essaie, Maman me considère avec un excès d'enthousiasme, dans l'attente de ma réaction.

À voir mes pieds, je suis prise d'une vague tristesse en pensant à Betty, mais j'essaie de n'en rien laisser paraître. Je ne veux pas que Maman s'en aperçoive, alors je m'efforce d'avoir l'air absolument ravie, mais je ne crois pas qu'elle soit dupe.

D'après Ruby, «simuler l'enchantement quand on vous donne un cadeau est sans doute l'une des choses les plus difficiles qui soient».

Maman se mord la lèvre et ses sourcils se rapprochent en une expression désolée. Je me sens mal parce que ça se voit qu'elle voulait me remonter le moral, me redonner de la bonne humeur.

Mais je ne la laisserai pas faire.

Comment survivre dans des eaux infestées de requins

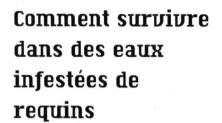

15

Mes insomnies ne s'arrangent pas — je n'ai presque pas fermé l'œil de la nuit. Je ne peux pas écrire parce que je n'ai plus ma lampe de poche Ruby, alors plus moyen de me désencombrer l'esprit de toutes ces pensées qui y bourdonnent.

Je ressemble à un zombie, parce que quatre ou même cinq heures de sommeil ne suffisent pas à la plupart des êtres humains normalement constitués. J'ai fait une recherche à ce sujet à l'ordinateur et il paraît que la plupart des gens ont besoin de huit heures de sommeil par nuit et que le manque de sommeil peut vous rendre moins brillant, parce que votre cerveau n'est pas suffisamment reposé et qu'il ne peut donc pas emmagasiner l'information convenablement. Cela peut aussi rendre pénible toute prise de décision.

C'est sans doute vrai, parce que la bonne décision, au matin, serait de ne pas me lever du tout, peut-être même ne pas ouvrir les paupières.

Car quand je les ouvre, la première chose que j'aperçois, c'est mon frère Martin.

Il est par terre et joue avec sa collection d'insectes en plastique.

Étonnant comme il peut trouver ça intéressant!

Martin dort pendant des heures et des heures sans jamais qu'une inquiétude vienne l'éveiller — alors c'est vraiment surprenant qu'il ne soit pas une forme de vie dotée d'une intelligence supérieure.

Sans faire exprès, je mets le pied sur un mille-pattes en plastique, ce qui est assez douloureux, alors je dois descendre l'escalier en sautillant à cloche-pied.

Dans le vestibule, les ouvriers polonais font des trous dans les murs. Ils sont très bruyants, ce qui n'est pas agréable aux oreilles de quelqu'un à qui l'insomnie a donné une migraine.

Debout au pied de l'escalier, Maman lève les yeux vers Papa, les mains sur les hanches. Cette posture signifie qu'elle vient de lui poser une question sans vraiment la formuler. Et Papa répond: «Oui, je serai de retour avant dix-neuf heures. » Il a appris le langage corporel de Maman et sait que cette posture signifie : « *Peu importe ce que tu comptes faire, assure-toi d'être accommodant.* » Et Ruby Redfort appuierait sûrement Papa dans sa décision d'appuyer Maman parce que, selon elle, « il est essentiel pour la survie d'un espion qu'il ou elle sache lire les signes ».

Et, bien sûr, pas besoin d'être un espion pour avoir envie de survivre.

Maman dit : « Très bien. Je dois faire face à M. Larsson aujourd'hui, alors je serai absolument à bout de nerfs d'ici ce soir et j'apprécierais que tu puisses m'aider un peu. »

Papa répond : « À vos ordres, sans problème. » Puis il lui donne un baiser d'au revoir.

Maman se retourne vers moi : « Est-ce que tu vas mieux ? Tu es encore un peu blême. »

Et je dis : « Je crois que c'est juste le manque de soleil. Je retrouverai mes couleurs une fois dehors. »

Et Maman de répliquer : « Hmm, en tout cas, assure-toi de prendre un bon petit déjeuner. »

Il ne reste plus de Sugar Puffs — en fait, ce n'étaient pas vraiment des Sugar Puffs, parce que Maman n'en achète jamais, de peur que nous ne prenions l'habitude des aliments trop sucrés.

J'avale un bol de Rice Krispies un peu rassis et pas du tout croustillants.

Et puis je file comme l'éclair vers l'école parce que je n'ai aucune envie qu'on me garde en retenue pour un autre retard.

J'arrive en avance, ce qui me paraît d'autant plus miraculeux que mes nouveaux lacets n'arrêtent pas de se défaire et qu'il m'a fallu m'arrêter toutes les cinq minutes pour les rattacher. Mais puisque Betty n'est plus là, à quoi bon arriver si tôt? J'ai beau avoir d'autres amis, ils ont l'habitude de bavarder toujours avec les mêmes personnes et c'est difficile de se joindre à leurs petits cercles.

Je vois Clem dans la cour, elle lève les yeux vers moi à mon passage, mais elle est dans le giron de Grace Grapello.

J'ignore pourquoi elle tient tant à être son amie et celle de Cindy Fisher, mais si c'est le cas, grand bien lui fasse. Je l'entends reprendre sa rengaine sur la Suède.

Du coin de l'œil, j'aperçois Justin Barrette et le garçon

à la drôle de coupe de cheveux qui s'approchent de Clem.

Si elle avait une once de bon sens, elle déguerpirait tandis qu'elle en a encore la chance, mais j'imagine qu'elle s'apprête à se lier d'amitié avec eux aussi.

Je m'assieds sur un banc, sous un arbre tout près de l'abri à vélos — personne n'est jamais assis là.

Je lis un chapitre de Ruby Redfort intitulé «COMMENT SURVIVRE DANS DES EAUX INFESTÉES DE REQUINS». Ruby explique ce qu'il faut faire si on a le malheur de tomber d'un bateau qui navigue sur une mer infestée de requins.

La première chose à faire, c'est de ne pas avoir de blessure sanguinolente. Et de ne pas uriner dans l'eau. Les requins *adorent* l'urine et le sang.

Cela dit, si c'est vraiment le cas, ils devraient venir nager dans notre piscine locale : Robert Granger fait toujours pipi dans l'eau et ses pansements se décollent systématiquement et flottent à la surface de l'eau. Une fois, mon frère Martin a failli en avaler un.

En tout cas, si vous respectez ces deux consignes, la deuxième chose à faire est de ne pas essayer de fuir à la nage un requin qui fonce vers vous.

Ça peut sembler une absolue folie aux yeux du profane, mais il faut «nager *vers* lui».

Ça le déconcerte parce que, du coup, il cesse de vous voir comme une collation; de plus, il n'est pas aussi confiant qu'il aime le croire et redoute en réalité ce qui nage vers lui.

Il serait très utile d'avoir également un gros bâton. Ruby ajoute: «Peu importe ce que vous ferez, ne laissez pas leurs dents vous toucher.» Les requins aiment bien prendre une petite bouchée de leur proie. Pour eux, c'est une sorte d'amuse-gueule, et leurs dents peuvent faire pas mal de dommages. Une «petite bouchée», dans le cas d'un requin, peut signifier pour vous la perte d'un bras.

Clem Hansson a apporté une boîte en fer-blanc pleine de biscuits maison — des biscuits décorés, parfumés au gingembre.

Je m'étonne de la voir aller vers Justin Barrette et le garçon à la drôle de coupe de cheveux pour leur en offrir. En fait, elle en offre à tout le monde — à tout le monde, sauf à *moi*. Mais peut-être qu'elle ne m'a pas vue — je commence à devenir invisible.

Au dîner, je m'en veux de ne pas avoir pris mon imperméable parce que, bien qu'il tombe de la bruine, on nous oblige à retourner dans la cour après le repas. Je remarque cependant que Justin Barrette et le garçon à la drôle de coupe de cheveux se faufilent vers les vestiaires à l'insu de tous.

Je remarque toutes sortes de choses depuis que je passe de plus en plus de temps seule. Noah et Suzie Woo et quelques autres ne cessent de me demander de me joindre à leur cercle d'amis, mais je ne suis pas d'humeur. Et je n'ai pas envie non plus de me joindre à Karl, parce qu'il se tient avec Toby Hawkling et que Toby Hawkling m'agace profondément.

C'est difficile de lire dans un parc sous la bruine sans que le livre se mouille, et c'est difficile aussi de se concentrer.

Je viens de terminer un passage sur ce qu'il faut faire lorsqu'un serpent vraiment venimeux apparaît, et soudain quelque chose me fait lever la tête. Je vois Clem Hansson qui me jauge de l'autre bout de la cour. Elle me regarde d'une drôle de manière, comme si elle se demandait ce que je lisais — parce que je lis tout le temps — et je doute qu'elle apprécie l'idée que je m'intéresse plus à Ruby Redfort, un personnage fictif, qu'à elle qui existe dans la vraie vie. En après-midi, Mme Wilberton demande à Clem Hansson comment elle a pu oublier son équipement d'éducation physique. Clem affirme qu'elle ne l'a pas oublié. Elle jure qu'il était accroché à sa patère avant le dîner, et Mme Wilberton se borne à répondre : «Bon, en temps normal, je serais plus sévère, mais puisque tu es nouvelle, je ferai une exception.» C'est absolument injuste et je ne vois pas pourquoi elle ne se ferait pas réprimander alors que ça nous arrive à tous, tout le temps.

Je tourne en rond autour des patères, à la recherche de mes gants, et j'entends Karl dire à Clem Hansson : «Il paraît que nous aurons bientôt un nouveau professeur permanent. Avec un peu de chance, un professeur qui n'a pas des jambes de chèvre.

Clem Hansson le regarde avec une expression béate, sans doute parce qu'il n'y a pas de chèvres en Scandinavie, alors Karl se met à lui faire sa fameuse imitation des jambes de chèvre qui l'amuse beaucoup — et je constate que c'est la première fois que je la vois rire.

Je retourne à la maison en me rappelant la première fois que Karl m'a fait cette blague — pour me remonter le moral —, en me disant que c'est notre blague à nous deux et en me demandant pourquoi il l'a partagée avec quelqu'un d'autre.

Quand on arrive au bout de la corde, il faut lâcher prise

16

Le lendemain se révèle une de ces journées où il ne se passe pas grand-chose et où même la météo est assez quelconque — juste de la grisaille.

Clem est venue à l'école avec sur la tête une tuque rayée ornée d'un pompon. Elle est presque toute rouge et sa pointe est si longue que le pompon lui pend au milieu du dos. Ça ressemble un brin à ce qu'un elfe pourrait porter. Quand Clem court, le pompon rebondit. Et elle est facile à repérer dans la cour.

À la récréation, en me dirigeant vers le banc, je surprends sa conversation à propos de sa tuque, un cadeau de sa grand-mère qui l'aurait tricotée elle-même.

Et j'entends Cindy Fisher se pâmer : «Elle est vraiment très jolie. Est-ce qu'elle tricote autre chose, comme des salopettes et des écharpes, ou juste des tuques?»

Et Clem répond : «En fait, elle est maintenant décédée et c'est la seule chose qu'elle ait tricotée pour moi.» Et Suzie Woo de faire : «Oh.» Et Karl d'ajouter : «J'ai encore une grand-mère, elle vit en Irlande.» Justin Barrette se tient pas très loin, silencieux. Il se contente d'écouter.

À la fin de la journée, je vais récupérer mon manteau sur ma patère et je remarque que Clem Hansson est tout près. Je me demande bien ce qu'elle fabrique là parce que ma patère et la sienne ne sont pas près l'une de l'autre — la sienne est à l'autre bout du vestiaire. En sortant de l'école, je jette un coup d'œil au tableau d'affichage. M. Pickering y a inscrit les noms de tous ceux et celles qui se sont portés volontaires pour la visite au centre pour personnes âgées. Le nom de Betty Belhumeur a été effacé et le mien est désormais le seul qui ne soit pas jumelé à un autre.
Je me demande ce que Betty Belhumeur est en train de faire.
J'attends toujours qu'elle m'écrive un courriel. Je vais vérifier à la bibliothèque scolaire régulièrement. Karl me rejoint et me demande si je veux aller nager avec

Alf et lui. Ils vont au centre de loisirs, là où il y a une piscine à vagues. De fausses vagues, bien sûr, générées par une machine. J'aimerais vraiment les accompagner, mais je leur dis : «J'ai mon atelier d'art dramatique, ce soir», ce qui me réjouit en fait, sauf que j'aurais préféré ne pas y aller seule.

Je demande à Karl : «Est-ce que tu crois que tu pourrais t'inscrire à la visite au centre pour personnes âgées pour servir la collation à une personne âgée et lui faire la conversation ?»

Karl dit qu'il n'a rien contre les personnes âgées et que l'idée de se lier d'amitié avec des inconnus ne l'intimide pas, mais qu'il n'aime pas qu'on le *force* à parler à quelqu'un. Il prétend que s'il fait la rencontre d'une personne juste comme ça, ça lui va, mais il n'aime pas l'idée d'être contraint à prendre une collation avec quelqu'un.

Je comprends ce qu'il veut dire, mais de son côté il doit comprendre que certains pensionnaires du centre pour personnes âgées n'ont pas l'occasion de sortir, de rencontrer des gens juste comme ça. Et, histoire de gâcher ma journée pour de bon, à mon arrivée à l'atelier d'art dramatique, je vois un avis sur la porte :

Désolée de vous décevoir, mes chéris, mais j'ai bien peur d'être obligée de mettre un terme aux ateliers d'art dramatique parce que je suis enceinte et que mon médecin m'a conseillé d'en faire un peu moins. Accrochez-vous à votre rêve, et ne laissez jamais personne vous le saboter.

Czarina

Tout le monde semble s'amuser à saboter mes rêves. Y compris *elle*.

Quelle idée de tomber enceinte maintenant, alors que toute ma vie fout le camp ? Et dire qu'il est maintenant trop tard pour aller nager avec Karl et Alf…

Je me retourne et devinez quoi ? Robert Granger est debout derrière moi. Voilà le genre de truc qui m'arrive quand il n'y a personne pour me dire : « Ne regarde pas tout de suite, mais Robert Granger est debout derrière toi. »

Il dit : « L'atelier d'art dramatique a été annulé. »

Je réponds : « Je sais lire, idiot. »

Et il dit : « C'est dommage. »

Je ne dis plus rien, parce que je ne veux pas l'encourager à continuer de parler.

Je m'engage sur le chemin du retour et, comme de raison, il me talonne. Il marche d'un pas un peu précipité, en courant presque, et n'arrête pas de babiller même si je ne réponds pas un traître mot. « Clarice Bean, ton lacet s'est défait. » Ce qui est un peu agaçant parce que plus moyen d'accélérer le pas. Je commence à détester ces chaussures. Et j'entends Robert qui poursuit : « *Clarice Bean*, je prends des leçons de piano, moi. *Clarice Bean*, qu'est-ce que vous faites à votre maison ? *Clarice Bean*, Arnie Singh a un sac semblable au tien, l'aurais-tu copié par hasard ? »

J'ai bien peur que tout ce babillage finisse par me rendre folle et je me dis qu'il me faudra lire le chapitre du *GUIDE RUBY REDFORT DU PARFAIT ESPION* qui a pour titre « COMMENT SEMER UN POURSUIVANT » — elle veut dire faire perdre notre trace à quelqu'un qui nous suit, pas semer dans le sens de mettre des semences en terre.

Robert Granger est un PIRE SOUCI qui me talonne.
Je vais l'inscrire dans mon Carnet des pires
soucis au SOUCI Nº 19: «Est-ce que
Robert Granger me fichera un jour la
paix?» Étonnant que je n'y aie pas pensé avant.
En rentrant à la maison, je claque la porte parce que
Czarina nous a appris qu'il est absolument important
de s'exprimer parfois — même si ça peut incommoder
les autres. Pour tout dire, personne n'a rien remarqué
puisque la maison grouille encore d'ouvriers qui
défont les murs.
Je salue Grand-P'pa de la main — il a retiré ses
appareils auditifs parce qu'il n'a guère envie
d'entendre tout ce brouhaha. Il est entouré de la
machine à laver et d'un tas d'articles de cuisine
temporairement entassés dans sa chambre.
On dirait que ça ne le dérange pas.
Je décide de prendre avec moi le paquet de biscuits
aux brisures de chocolat dans ma chambre au grenier,
dont je ne sais pas si elle a changé. Lorsque j'y arrive,
j'y trouve des ouvriers polonais en train de réparer les
murs. Je leur offre des biscuits, ce qui semble les ravir,
et je me dis qu'ils sont affamés. Ils me semblent très

gentils et je demande au prénommé Jacek comment on dit «biscuit» en polonais. «**Ciastko**», répond-il. Et je décide que je vais apprendre le polonais. Il a installé une nouvelle fenêtre dans ma chambre au grenier, parce que la vieille était trop petite, et pourrie par-dessus le marché. Jacek dit que c'est une belle chambre, parce qu'elle fait face au sud-ouest et qu'elle est exposée au soleil d'après-midi. Et que, par les nuits très claires, je pourrai contempler les étoiles.

En vérité, je me suis un peu lassée des étoiles parce qu'elles me rappellent l'infini et la grandeur absolument démesurée du monde, et ma propre incapacité à faire quoi que ce soit pour arrêter la pollution et la fonte des icebergs, parce que je ne suis rien de plus qu'un grain de poussière sur la planète. Peu importe que les étoiles me paraissent petites de ma fenêtre, je serai toujours plus petite à leurs yeux. Si vous étiez en train de me regarder depuis une étoile lointaine ou un vaisseau spatial, je vous paraîtrais absolument minuscule.

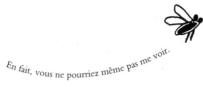

En fait, vous ne pourriez même pas me voir.

Est-il possible d'être à la fois heureuse et triste?

Le lendemain, je suis réveillée par un silence inhabituel. Je vais dans la salle de bains et constate le retour du trou dans le plancher. Les ouvriers l'avaient recouvert pendant un moment pour empêcher les gens d'y tomber constamment, mais ils ont dû le découvrir à nouveau ce matin. Mais où sont-ils donc? En descendant pour aller déjeuner, j'aperçois ma mère qui parle au téléphone. Elle a coincé le combiné sous son menton et remue son bras gauche en tous sens, tandis qu'elle désigne de sa main droite un bout de papier. Elle crie beaucoup et dit des choses comme: «Soit *vous* êtes un abruti, soit c'est *moi* l'abrutie, parce que je n'ai pas la moindre idée de ce que vous racontez.»

Ma mère remue toujours les bras quand elle est en

colère, même si les gens à l'autre bout du fil ne peuvent pas la voir, parce que ça la rend plus convaincante. Czarina approuverait ces gesticulations parce que, selon elle, nous devrions toujours utiliser notre corps entier pour nous exprimer et illustrer notre point de vue. Maman rage beaucoup trop et c'est pourquoi Papa se charge le plus souvent de ces appels de plainte, parce qu'il sait garder son sang-froid et avoir l'air raisonnable en tout temps. Il dit toujours : «Ils n'écouteront tout simplement pas si l'on a l'air d'un fou furieux. » Il a raison. Moi, quand je trouve que Maman a l'air d'une folle furieuse, j'essaie d'éviter de me trouver dans la même pièce qu'elle.

Il s'avère qu'elle est en train d'engueuler les gens du conseil municipal qui ont fait remorquer la camionnette des ouvriers polonais parce que, selon le conseil, les ouvriers polonais n'avaient pas de permis pour stationner à cet endroit; Maman prétend qu'ils avaient ce permis, mais le conseil avance que ce n'était pas le bon permis. Et Maman de lancer : «Un permis, c'est un permis. Si je ne suis pas déjà folle, je le serai certainement avant la fin de cette conversation. »

Elle raccroche brutalement et dit : « Où est ton père quand j'ai besoin de lui ? C'est lui qui est censé s'occuper de ce genre d'appel ! »

Alors le téléphone se remet à sonner et Maman décroche au premier coup et dit : « *Quoi ?* Oh ! désolée, Frank... *Non*, non, c'est juste que j'ai eu une matinée affreuse... Tout va *bien*... Bien sûr que tu peux... Vas-y, demande... Oui, je suis libre. Pourquoi ?... *M. Larsson !* Tu es certain que personne d'autre ne peut l'accompagner chez le dentiste ? Vraiment ? D'accord, d'accord. Au revoir, Frank. »

Maman raccroche brutalement. « Pourquoi moi ? L'Univers essaie-t-il de me dire quelque chose ? L'Univers me déteste-t-il ? »

Je devine que ce n'est pas le moment de lui demander si elle a pu racheter des Snackle Pops, alors je grignote une demi-rôtie et je file vers l'école.

Maintenant que j'ai pris l'habitude de lire mon **GUIDE RUBY REDFORT DE LA SURVIE** et mon **GUIDE RUBY REDFORT DU PARFAIT ESPION** pendant l'heure du dîner, ça me dispense d'avoir à écouter les autres élèves se pâmer sur Clem Hansson tout le temps — puisque c'est tout ce qu'ils savent faire ces jours-ci. Aujourd'hui, elle porte un manteau avec tout plein de poches sur chacune desquelles on a cousu un écusson, et tous les élèves lui demandent s'ils peuvent l'essayer.

Je la surveille en faisant semblant de lire et je vois Robert Granger s'approcher d'elle. Pour une fois, il n'est pas en train de pérorer, mais il sourit et hoche la tête tout en tentant de partager ses croustilles avec Clem. Elle semble avoir hypnotisé tous nos compagnons, qui affluent vers elle comme sous l'effet d'une attraction magnétique dans l'espoir de devenir son ami. Robert Granger, je m'en fiche un peu, mais je préférerais qu'elle laisse Karl Wrenbury tranquille. Elle s'est même inscrite au club de gymnastique — sans doute parce que Karl en fait partie. C'est ce soir après l'école, et je la vois parler avec tous les membres du club. Tandis qu'elle bavarde avec Justin Barrette, Karl Wrenbury fait de l'esbroufe avec Toby Hawkling. Il fait des grimaces dans le dos de Justin Barrette, ce qui pourrait lui valoir une clé de bras s'il n'est pas prudent. Beaucoup de mes amis suivent des cours de gymnastique, mais pas moi, parce que ces jours-là Betty et moi avions l'habitude de regarder

Ruby Redfort à la télé et de nous inspirer de ses idées.
Et puis, je ne suis pas tellement souple.

Quand je passe près d'elle, Clem laisse tomber son chapeau
à mes pieds et n'esquisse aucun geste pour le ramasser. Je ne
peux m'empêcher de penser qu'elle s'attend à ce que je me
penche pour le ramasser, et je me demande bien pourquoi.
Elle est debout, juste à côté. Elle me regarde sans
sourire, elle attend, et c'est alors que Karl Wrenbury
se penche pour le cueillir et le lui tendre. Pourquoi ne
peut-elle pas ramasser elle-même son chapeau ?

À mon retour à la maison, je trouve Kurt en train de
lire un magazine sur la musique. Il n'a pas l'air dans
son assiette, c'est-à-dire qu'il a repris son air sinistre
d'avant. Je me sens nerveuse juste à l'idée de lui poser
la question, mais je dois savoir si Betty Belhumeur ne
m'aurait pas envoyé un courriel — elle avait promis
de le faire au plus tard aujourd'hui —, Maman nous
ayant désormais interdit, à Martin et à moi, d'utiliser
son ordinateur portatif à cause du jus d'orange dont
nous avions éclaboussé son clavier.

J'emploie une technique apprise dans le **GUIDE RUBY REDFORT DU PARFAIT ESPION**, au chapitre intitulé «OBTENIR CE QUE VOUS DÉSIREZ — L'ART DE LA NÉGOCIATION». Je lui demande s'il veut une tasse de thé et, comme il me répond oui, je lui demande ensuite d'une manière *absolument désinvolte*: «Est-ce que je peux utiliser ton ordinateur, s'il te plaît?» Il reste silencieux pendant un assez long moment tandis que je trépigne sur une jambe, et il finit par répondre: «D'accord, mais ne piétine pas mes affaires.»

Ce n'est vraiment pas évident, si vous voulez mon avis, parce que les affaires de Kurt traînent partout. Il faut croire qu'il aime ça quand ça traîne partout. Je dois pousser la porte assez fort parce qu'il y a de la résistance de l'autre côté.

Il s'agit d'un tas de chandails. Heureusement, ce n'est pas trop difficile de trouver l'ordinateur parce que je sais à peu près où il se trouve.

Je vérifie mes courriels et je suis extraordinexception-nellement ravie de voir que j'en ai reçu un envoyé par Bettyp.Belhumeur@trepignant.us

Le message se lit comme suit:

Allô CB,

As-tu entendu parler du nouveau film de Ruby Redfort, **Cours, Ruby, cours**??? Il sort à Noël. Je suis tellement excitée de savoir que tu y tiens un rôle!

Dommage qu'on ne puisse y aller ensemble — ç'aurait été vraiment super.

Désolée de ne pas t'avoir écrit plus tôt, mais notre connexion Internet vient juste d'être établie. Je suis dans ma nouvelle maison, à l'étage, dans ma chambre.

Je suis extraordinexceptionnellement blasée et, dans une minute, Cedric, Maud et moi allons à un barbecue où mes parents espèrent que je me ferai de nouveaux amis.

Qu'est-ce que tu fais, de ton côté?

Comme j'aimerais être avec toi, à faire la même chose.

Bisous. Ton amie, Betty P. Belhumeur.

P.S.: Plus blasée que je l'aurais cru possible!!!

Je relis ce qu'elle a écrit à propos de **Cours, Ruby, Cours**, et j'aimerais tout lui dire sur les billets pour la première et tous les plans que j'avais faits pour la surprendre, mais je n'ose pas, ça me semble trop triste. À la place, j'écris :

Chère Betty,
L'école n'a pas changé, mais ce n'est plus pareil. Il y a une nouvelle élève ; elle s'appelle Clem Hansson. Mme Wilberton lui a donné ta place à côté de moi.
Tous les élèves parlent constamment d'elle, mais c'est juste parce qu'elle vient de l'étranger.
Je la trouve antipathique et ennuyante.
J'aimerais que tu reviennes.
Je t'aime. CB
P.S. : Je n'ai pas encore pris possession de ma nouvelle chambre.
P.P.S. : Oui, je sais pour le film de Ruby.

Je monte dans ma chambre au grenier et je soulève la planche déclouée par terre pour replacer mes livres dans l'interstice. Je regarde les billets pour **Cours, Ruby, cours** et l'enveloppe avec la mouche invisible, et je me sens à la fois heureuse et triste. Triste parce que Betty n'est plus ici, et heureuse parce que je sais que, même si Betty n'est plus ici, elle aimerait bien y être.

Certaines personnes se laissent aveugler par un joli visage

C'est un peu frisquet dans l'école parce que
M. Skippard, le concierge, a décidé de repeindre
le vestiaire et qu'il a ouvert toutes les portes pour
chasser les vapeurs de peinture. Il prétend qu'il n'avait
pas le choix, parce que quelqu'un avait écrit des gros
mots au feutre vert sur les murs. Personne ne savait
qui c'était mais, comme toujours, Karl Wrenbury
avait été envoyé au bureau de M. Pickering parce
qu'«il est toujours un suspect».

Enfin, c'est Mme Marse, la secrétaire de l'école, qui le
dit. Je sais que ce n'est pas Karl qui a fait ça parce que
les gros mots visaient Benji Morel et que Karl n'écrit
jamais de gros mots sur Benji Morel.

M. Skippard dit: «Ça s'est sûrement produit hier soir,
pendant le cours de gymnastique.»

À notre sortie du gymnase, je me retrouve par hasard aux côtés de Clem quand un feutre vert tombe de sa poche de manteau.

Ni elle ni moi ne disons un seul mot.

Elle baisse le regard vers le feutre comme si elle ne l'avait jamais vu puis relève la tête vers moi et cligne des yeux.

Je ne vois ni pourquoi elle aurait un feutre vert ni pourquoi elle écrirait sur les murs de gros mots à propos des gens — d'autant plus qu'elle ne connaît pas encore assez les gens pour écrire de gros mots à leur sujet. Mais elle a dû tomber sous le charme de Justin Barrette et elle tente maintenant *désespérément* d'impressionner.

Avant les classes, le personnel de l'école organise une grande chasse au marqueur vert, sans résultat, mais je ne dis rien.

Après l'école, je vais voir Karl pour lui conseiller d'être prudent et lui demander s'il se souvient de ce que M. Pickering a dit à propos du sursis qu'on lui accordait. Karl m'assure qu'il n'a aucune intention de se mettre les pieds dans les plats. Je lui réponds qu'il devrait se méfier de Clem Hansson, parce qu'elle me semble louche.

Alors Karl se fâche et dit : « Tu ne sais pas de quoi tu parles. Clem est vraiment très gentille. » Mais j'insiste : « Tout ce que je te dis, c'est : méfie-toi. » Et Karl de répliquer : « Tu lis trop de livres de Ruby Redfort. » Alors il se met à m'imiter en train de lire mes livres de Ruby Redfort en marchant, et l'imitation est assez réussie. À mon tour, je l'imite en train de caboter avec Toby Hawkling et il fait de grands efforts pour ne pas éclater de rire, mais c'est peine perdue parce que mon imitation est *absolument* hilarante.

Sur le chemin du retour, j'aperçois Clem Hansson qui marche en compagnie de Justin Barrette et du garçon à la drôle de coupe de cheveux. Je les observe un moment et vois que Justin Barrette essaie de lui prendre sa tuque, mais elle s'y accroche et alors ils se mettent à se courir l'un après l'autre. Je choisis de remonter par la colline parce que je ne veux pas avoir à choisir entre les saluer et les ignorer.

M. Enkledorf est sur la colline — il aime bien y aller pour voir les chiens. Il y en a toujours plusieurs qui

courent, jappent et s'occupent à des activités de
chiens. M. Enkledorf s'ennuie du temps où il avait un
chien — ça ne lui est pas permis au centre pour
personnes âgées —, alors il compense en venant
observer les chiens des autres.

Au loin, je vois Karl et son frère Alf. Ils s'échangent
un ballon de soccer en courant.

Il vente de plus en plus, ce qui n'est pas pour me
déplaire — le froid ne s'est pas encore complètement
installé, mais les feuilles commencent à friser
légèrement et à se faner aux extrémités et j'aime
bien ça, même si c'est un peu triste.

Je ne suis pas certaine de savoir pourquoi c'est un
peu triste, mais ça l'est, et j'aime étrangement cette
impression.

Au coin de la rue, je tombe sur Kira. Elle bavarde
avec Stan, l'amie de Marcie.

En m'apercevant, Kira se met à crier :

«Eh, petite,
        comment ça se passe?»

Je réponds : «Comment se passe *quoi*?»

Kira s'esclaffe et se tourne vers Stan. «Cette petite est
tellement comique, je me plie en deux à tout coup!

J'adore cette enfant, vraiment !»

Et Stan s'esclaffe à son tour — c'est bien la première fois que je la vois rire de bon cœur.

Elle demande : «Ton frère sort-il encore avec cette idiote de Saffron ?»

Je réponds : «Je croyais qu'elle s'appelait Amber.»

Et je remarque que le visage de Kira se renfrogne pendant une seconde, puis elle rigole de plus belle.

«Ouaip, chose certaine, il sait les cueillir, pas vrai ?»

Du coin de l'œil, je vois Justin Barrette sortir du parc, traverser la rue puis, en apercevant Stan, se raviser et repartir dans une autre direction.

Et je suis surprise d'entendre Stan dire : «Tiens, mon bon à rien de cousin !»

Kira m'offre de la gomme à mâcher et je reprends le chemin de la maison. Alors Stan me lance :

«Eh, Clarice Bean,
dis à Marcie que je passerai la voir
un peu plus tard. D'accord ?»

À la maison, je transmets à Marcie le message de Stan puis j'ajoute : «Eh, j'ignorais que Justin Barrette était le cousin de Stan.»

Et Marcie de répondre : «En quel honneur est-ce que

tu parlais à Stan ? » En temps normal, je ne bavarde pas avec les amies de ma sœur.

J'explique : « Je suis tombée sur Kira et Stan qui sortaient de la boutique et nous nous sommes mises à causer de choses et d'autres. »

À ces mots, Kurt lève les yeux de son magazine, l'air d'attendre que je poursuive.

Marcie se tourne vers lui et s'informe : « Est-ce que cette idiote de Jasmine compte passer un peu plus tard ? »

Kurt répond : « Elle s'appelle Amber et, oui, elle passera plus tard. »

Et Marcie de conclure : « Ah bon ? Eh bien ! je sors d'ici, dans ce cas. » Puis elle me jette un regard et fait rouler ses yeux, comme pour me dire : « *Tu devrais sortir, toi aussi.* »

En entrant dans la cuisine, j'aperçois un billet sur la table, près d'une assiette de biscuits fort différents de ceux dont j'ai l'habitude. Sur le billet, il n'y a qu'un seul mot d'écrit : ciastka. J'en déduis que Jacek m'a apporté des biscuits polonais et que Papa a obtenu gain de cause avec le conseil municipal. Je crois que ciastka est un mot bien utile, à retenir si jamais je

vais en Pologne. Les biscuits me semblent très
appétissants et je crois bien que je vais en grignoter
un en buvant quelque chose. Je prends une bouchée
et, puisqu'il n'y a pas d'assiette, je glisse le biscuit
dans la poche de mon manteau pour éviter qu'il ne
s'empoussière pendant que je cherche le lait. Lorsque
je le trouve, hors du frigo et à la température de la
pièce, il dégage une odeur que je ne peux humer sans
un haut-le-cœur.

Puisque Kurt s'est replongé dans son magazine, je
retourne voir si Betty m'a écrit de nouveau.

Et c'est le cas.

Salut CB,

La journée d'hier n'était pas si désagréable,
moins que je l'aurais imaginé en tout cas.
Tout le monde au barbecue était très sympa
— enfin presque — sauf cette fille dénommée
Quincy, qui a l'air de se trouver bien géniale.
Elle a une voix qui porte et ne cesse pas de
parler d'elle tout le temps.

Qu'est-ce qu'elle a de si déplaisant, cette
Clem Hansson ? Te fait-elle penser à cette

Sadie Blanche, dans **Cours, Ruby, cours**, celle
qui essaie de se lier d'amitié avec Clancy
Crew?
À part ça, quoi de neuf chez nous?
Est-ce qu'il s'est passé des choses
excitantes depuis mon départ?
Bisous. Betty P. Belhumeur xxx

Au cas où vous l'ignoreriez, Sadie Blanche est la
nouvelle élève à l'école de Ruby Redfort, une fille
grande, jolie, parfaite qui plonge Clancy Crew dans
une sorte de T R A N S E. Il n'arrête pas de l'inviter au
cinéma. En réalité, Sadie Blanche est de mèche avec
Vapona Begwell et Ruby Redfort ne tarde pas à
découvrir qu'elle est *absolument superficielle* et
méchante.

Le courriel de Betty Belhumeur a pour effet de
décupler mes inquiétudes au sujet de Karl. Vous le
voyez bien: Clem Hansson ressemble beaucoup à
Sadie Blanche, qui a valu bien des problèmes à Clancy
Crew, et si ce n'avait été de Ruby Redfort, qui sait ce
qui aurait pu arriver à Clancy…

Ruby lui avait dit: «Tu sais, Clancy, même si une

personne est jolie comme un cœur, ça ne signifie pas qu'elle est douce comme du miel. »

J'écris :

Salut Betty,

Oui, tu as raison : Clem Hansson est pareille à Sadie Blanche et elle essaie de s'acoquiner avec tout le monde, surtout avec Karl Wrenbury, et il se pourrait bien qu'elle l'incite à mettre les pieds dans les plats parce qu'elle est déjà l'amie de Justin Barrette et que Justin Barrette, comme tu le sais, est l'ennemi juré de Karl. Justin Barrette et Clem Hansson ont écrit des gros mots sur les murs à propos de Benji Morel et le blâme a failli retomber sur Karl. Bref, j'ai peur que cela mène à l'expulsion définitive de Karl.

Czarina a dû mettre fin aux ateliers d'art dramatique à cause d'une grossesse inattendue. Et notre maison n'en finit plus de tomber en morceaux.

Cette Quincy a l'air extraordinexception- nellement agaçante, mais mieux vaut une

m'as-tu-vu qu'une méchante.
On se reparle demain ou très bientôt.
Bisous. CB

Je prends mon Carnet des pires soucis et je
note le **SOUCI Nº 13 :** Que Karl Wrenbury
se mette les pieds dans les plats. Il
s'agit d'un de mes PIRES SOUCIS, même s'il ne se
classe pas au rayon des PIRES SOUCIS DONT JE
N'AVAIS JAMAIS SONGÉ À ME SOUCIER parce
que je m'en souciais déjà au printemps dernier et que
j'étais la seule capable de le sauver, mais je ne crois pas
pouvoir le faire cette fois-ci.

On n'est jamais trop bien renseigné, pas vrai ?

Quelques jours plus tard, je passe une très mauvaise journée en classe. Mes insomnies m'ont *absolument* épuisée et Mme Wilberton nous impose cet examen surprise d'orthographe. Même si certains des mots me sont familiers, mon cerveau est trop fatigué pour s'en souvenir et je m'en tire très mal. Mme Wilberton n'en finit plus de déblatérer sur Clem Hansson qui, bien qu'elle soit *une étrangère venue de Suède*, se révèle étonnamment meilleure que moi. Elle dit : « Tu devrais aller au lit plus tôt, jeune dame, au lieu de rester assise en face de la télévision jusqu'aux petites heures. »

Je réponds : « Mais nous n'avons même plus la télévision… »

Et elle réplique : « À d'autres ! »

Je constate que Grace Grapello a l'air de trouver ça bien drôle.

Après l'école, je descends le boulevard Sésame. C'est un peu venteux et je devine qu'un sac de papier brun me talonne — il refuse de me laisser en paix.

Je traverse même la rue, mais le sac me suit toujours pas à pas.

C'est comme si Robert Granger s'était métamorphosé en un déchet.

À la fin, excédée, je saute carrément dessus pour l'écraser.

À ce moment précis, Kira sort de L'Aubergine.

Elle est accompagnée d'un garçon.

Il a les cheveux foncés — un peu ébouriffés — et porte un blouson ample.

Je remarque qu'il est très séduisant. Kira rit à gorge déployée ; mais il faut dire qu'elle rit toujours à gorge déployée.

Pas moyen de savoir s'il est vraiment drôle, alors.

Elle dit : « Hé, Josh, je te présente la petite sœur de Kurt. »

Josh dit : « Salut, toi. »

Et comme je ne sais pas trop quoi répondre, je répète

simplement : « Salut, toi. »

Kira demande : « Alors, qu'est-ce que tu mijotes ? »

Et je dis : « J'essaie d'écraser ce sac en papier. »

Et elle relance : « Tu vois ce que je veux dire ? Elle me fait me plier en deux à tout coup ! » Le dénommé Josh hoche la tête.

Comme je ne sais pas trop ce qu'elle veut dire, je ne hoche pas la tête.

Kira ajoute : « Hé, on se verra à la boutique un de ces quatre, hein ? »

Je réponds : « Oui. »

Sur ce, ils s'éloignent. Lorsqu'ils arrivent au coin de la rue, le garçon dit quelque chose et Kira retire la gomme à mâcher de sa bouche et ils échangent un baiser très long, sans pause pour respirer.

Et quand ils cessent de s'embrasser, Kira remet la gomme dans sa bouche.

Ce n'est pas comme si je m'étais interrompue en chemin pour les espionner — je ne les ai vus faire que par accident. En fait, je regardais la vitrine de L'Aubergine mais impossible de les manquer. À cause du reflet. De toute façon, c'est un truc qu'utilise Ruby quand elle traque quelqu'un, et il est important de maîtriser cette technique — enfin, c'est ce que dirait Ruby.

«Un bon espion ne manque jamais une occasion de perfectionner ses talents. N'oubliez jamais qu'un espion préparé est un vrai espion, tandis qu'un espion qui ne s'est pas préparé n'est qu'un quidam parmi tant d'autres.»

En tout cas, c'est certainement une mauvaise nouvelle; j'aurais souhaité que mon frère reprenne ses esprits et se mette à sortir avec Kira parce que j'aurais aimé qu'elle fréquente notre maison, mais il est désormais trop tard.

En entrant dans la boutique, je vois Kurt en train d'étiqueter des boîtes de tomates en conserve.

Il procède vraiment vite et donne l'impression de taper sur les boîtes de conserve avec son étiqueteuse. Plusieurs d'entre elles sont bosselées. Mon frère arbore une expression sévère.

Je regarde Waldo Park, qui me lance une sorte de signal avec ses yeux dont je comprends qu'il signifie : « *Si j'étais à ta place, j'éviterais de croiser sa route. Moi-même, je n'ai pas l'intention de lui dire d'arrêter de bosseler les conserves, de peur qu'il le prenne mal…* »

Étonnant, ce qu'un visage humain peut exprimer avec un simple regard. Ruby a une section complète sur le sujet, à la fin de son **GUIDE DU PARFAIT ESPION**. Elle vous y explique comment utiliser votre visage pour transmettre à votre complice espion un tas de renseignements et même des messages codés.

Quand j'arrive à la maison, Marcie bavarde avec Stan dans la cuisine. Stan est justement en train de dire : « J'ai vu ton frère un peu plus tôt et il était vraiment de mauvaise humeur. Qu'est-ce qu'il lui prend ? Il ne m'a même pas saluée. »

Et Marcie de répondre : « Oh, pas la moindre idée. Peut-être qu'il a enfin découvert à quel point Saffron est ennuyante. »

Stan rectifie : « Amber. »

Et Marcie de dire : « Amber, Jasmine, Chloé… comment ferait-il pour ne pas être déprimé ? »

Et Stan dit : « Bah, ce n'est sûrement pas ça. Ton frère raffole des filles ennuyantes. »

Et je dis : « Moi, je sais pourquoi. »

Toutes deux se tournent vers moi.

Je répète : « Je sais pourquoi Kurt est de mauvaise humeur. »

Et les deux me demandent : « Pourquoi ? »

Et je réponds : « À cause de Kira. »

Marcie s'étonne : « Comment ça, à cause de Kira ? »

Et j'explique : « À cause de Kira et Josh. Kurt
n'apprécie pas trop que Kira ait un petit ami aussi
séduisant que Josh. »

Marcie et Stan se regardent et disent : « Ooohhh. »

Alors Marcie me demande : « Mais comment le sais-
tu ? »

Et je réponds : « Parce que je suis en train de lire ce
livre intitulé le **GUIDE RUBY REDFORT DU
PARFAIT ESPION — COMMENT SAVOIR CE
QU'ON SAIT SANS LE SAVOIR**, qui m'a tout appris
sur le langage corporel et les expressions faciales. »

Alors je leur raconte que Kira embrassait un garçon
devant la boutique et que Kurt s'est mis à malmener
les tomates en conserve parce qu'il était contrarié.

Et Stan de dire : « Voilà qui explique pourquoi Kira
m'a dit qu'elle se cherchait un nouvel emploi. »

Et Marcie d'enchaîner : « Ils sont manifestement fous
l'un de l'autre. »

Stan me demande : « Hé, je peux voir ton livre ? »

Et Marcie semble un brin étonnée qu'elle me

demande ça, mais après avoir jeté un coup d'œil au **GUIDE RUBY REDFORT DU PARFAIT ESPION**, elles semblent le trouver fascinant.

Je vois bien qu'elles sont impressionnées par mes déductions au sujet de Kurt, mais je sors de la pièce comme si c'était d'une absolue évidence et je vais dans la chambre de Kurt voir s'il n'y aurait pas un courriel de Betty.

Il y en a un.

Salut CB,

Cette nouvelle élève a l'air horrible. Elle essaie sans doute de s'acoquiner avec Justin Barrette. Crois-tu vraiment que Karl Wrenbury va finir avec les deux pieds dans les plats? Lui en as-tu parlé?

Et parlant de filles horribles...

On m'a offert de me joindre à l'équipe de natation et comme je ne suis pas mauvaise nageuse j'ai dit oui, mais devine qui en est le capitaine? Cette Quincy. Toute une surprise, hein?

Qu'est-ce qui t'arrive d'autre?

Quoi de neuf en ce qui concerne ta chambre?

Joueras-tu dans la pièce de Noël?
Avons-nous enfin un nouveau professeur?
Bisou. Betty P. Belhumeur

Je relis son message : « Avons-*nous* enfin un nouveau professeur ? »

Et je me dis qu'elle va revenir. Sinon, pourquoi aurait-elle écrit : « Avons-*nous* enfin un nouveau professeur ? »

Appelle-moi-Cedric et Appelle-moi-Maud ont peut-être pris conscience qu'il était injuste de m'avoir enlevé Betty. Peut-être ont-ils l'intention de la renvoyer ici.

J'écris :

Allô Betty,
Nous n'avons toujours pas de nouveau professeur, hélas! Mais ne t'inquiète pas : d'ici à ce que Cedric et Maud se décident à te ramener, nous en aurons un. Je ne sais pas trop, en ce qui concerne la pièce de Noël — je n'ai pas vraiment le goût de jouer les comédiennes.

À part ça, pas grand-chose de neuf, sinon que ma chambre n'est pas encore finie mais qu'on y installera bientôt un radiateur.

Il paraît que Kira quittera bientôt L'Aubergine.

Je t'aime. Ton amie, CB

P.S.: Oui, j'ai dit à Karl de se méfier, mais tu le connais : il n'écoute jamais…

Je monte au grenier pour voir où en sont rendus les ouvriers polonais. Tout de suite, je remarque la note sur le radiateur mais aussi l'araignée sur la note.

Ce n'est pas que j'aie peur des araignées, mais je n'aime pas celles qui semblent poilues. Je jette un coup d'œil dans le **GUIDE RUBY REDFORT DU PARFAIT ESPION** pour savoir quoi faire et je constate que Ruby n'a pas consacré de chapitre à ce problème ; peut-être qu'aux yeux de Ruby, à l'exception des tarentules et de leurs proches cousines, les araignées ne sont que des créatures à huit pattes aussi inoffensives que n'importe quels autres insectes — quoiqu'il ne s'agisse pas exactement d'insectes à proprement parler.

Elle a cependant écrit un chapitre intitulé

«LES SOUCIS INUTILES ET AUTRES PEURS
RIDICULES».

Selon Ruby, «si vous le désirez, vous pouvez
choisir de perdre pas mal de temps à vous soucier
de choses absolument insignifiantes, mais à quoi
bon, alors qu'il y a tant de questions de vie ou
de mort pour vous causer des insomnies et des
sueurs froides ?»

Je décide d'en convenir avec Ruby, mais je ne suis
pas certaine de la manière d'enlever l'araignée de sur
la note. Par bonheur, quand j'appelle à l'aide, Jacek
est encore au rez-de-chaussée, en train de prendre
une collation en compagnie de Grand-P'pa. Il se
débarrasse de l'araignée en deux secondes ; il n'a pas
du tout l'air effrayé et me tend alors la note. On n'y
lit qu'un seul mot : **kaloryfer**, et je devine qu'il
signifie soit «araignée», soit «radiateur» en polonais.
Je me dis que ce serait utile de savoir dire : «il y a une
araignée sur mon radiateur» ou encore «il y a une
araignée dans ma chambre» puisque les araignées ne
sont pas forcément sur les radiateurs.

Jacek m'apprend qu'en polonais on dit : «**W moim
pokoju jest pajak.**» Après son départ, je me dis que

si j'apprenais la phrase «Il y a une araignée dans ma chambre» en toutes sortes de langues, je pourrais toujours demander de l'aide, peu importe l'endroit où je me trouverais.

Je commence par téléphoner à la petite amie d'oncle Ted, Stina, pour lui demander comment on dit «Il y a une araignée dans ma chambre» en suédois.

Bien gentiment, elle me dit que c'est «**Det är en spindel i mitt rum**.» Elle me promet aussi de m'envoyer un dictionnaire suédois si je veux — au cas où j'aurais besoin de savoir quelque chose d'autre. Ça me fait plaisir parce qu'on n'est jamais trop bien renseigné — c'est Ruby Redfort qui le dit.

Que faire si vous êtes cerné par une meute de loups

Le lendemain, je suis encore éveillée par un autre bruit inhabituel. Deux personnes se querellent — ce qui n'est pas particulièrement étrange chez nous. Ce qui est plus étrange, c'est qu'il s'agit de Maman et Papa.

Je ne dis pas qu'il ne leur arrive jamais de prises de bec ou qu'ils ne se font jamais de reproches — seulement je ne les ai jamais entendus se quereller ainsi. On dirait le type d'engueulade que pourraient avoir Kurt et Marcie, *ou* Marcie et moi, *ou* Martin et Marcie, *ou* Martin et moi.

Pas Maman et Papa.

Je descends à la cuisine à la recherche de quelque chose à manger qui ne soit pas des rôties.

Ce problème-là est réglé : le pain étant couvert d'une

épaisse couche de poussière de plâtre en provenance du plafond, pas question de manger des rôties.

Papa dit à Maman : « Mais pourquoi as-tu laissé le pain traîner sur le comptoir ? »

Maman lui répond : « Eh bien ! si tu rentrais à la maison après le travail de temps à autre, tu pourrais peut-être retrouver la boîte à pain, parce que je n'ai aucune idée de l'endroit où elle se trouve. »

Papa réplique : « Eh bien ! au cas où tu l'aurais oublié, il faut bien que quelqu'un gagne un peu d'argent pour payer toutes ces rénovations. »

Et Maman de rétorquer : « Je ne sais pas pourquoi tu t'en donnes la peine. J'adore pouvoir observer la cuisine quand je suis aux toilettes, à l'étage. »

Papa la relance : « Eh bien ! navré de devoir gâcher ton plaisir, mais ce trou va être réparé. Je t'avais promis de m'en occuper et c'est exactement ce que j'ai fait. »

Alors Maman lève les yeux vers le plafond et dit : « Eh bien ! je suis peut-être *myope comme une taupe*, mais ça ne m'a pas l'air d'un plafond réparé, ça. Oh ! Est-ce Martin ou Marcie dans le bain ? »

À les écouter, je sens le poil de mes avant-bras se

hérisser parce que, si leur dialogue peut sembler cocasse aux oreilles d'inconnus, il ne m'amuse pas, moi, puisqu'il s'agit de ma mère et de mon père. Parce que je sais une chose que vous ignorez peut-être, à moins de les connaître aussi bien que moi : jamais ils ne se querellent ainsi. D'habitude, ils se chamaillent avec un brin d'humour et Papa finit toujours par embrasser Maman, une fois qu'il est bien certain d'avoir raison et qu'elle a tort. Il l'embrasse toujours, et il ne part jamais au bureau sans l'avoir embrassée.

Mais pas ce matin, en tout cas.

Les choses vont mal dans ma famille et tout le monde commence à en vouloir à tout le monde.

En marchant en direction de l'école, je pense au chapitre de Ruby intitulé «QUE FAIRE QUAND VOUS ÊTES PERDU EN FORÊT ET CERNÉ PAR UNE MEUTE DE LOUPS ENRAGÉS ».

C'est une situation délicate d'être à la fois perdu et cerné par les loups, mais il ne faut pas oublier que

vous êtes dans une forêt et que les forêts sont
constituées d'arbres. Et si vous savez ce que sont
les loups — des chiens, en réalité —, vous vous
rappellerez que les chiens ne savent pas grimper
aux arbres.

Ils s'imaginent parfois qu'ils savent le faire.

Mais ils en sont incapables.

Alors vous devez *absolument* grimper dans un arbre, à
toute vitesse.

Ça pourrait même vous aider à vous réorienter,
puisque de là-haut vous aurez une meilleure vue sur
la forêt.

Vous devrez attendre là-haut jusqu'à l'aube, puisque
c'est à ce moment que les loups vont se coucher.

Si par chance vous avez des allumettes avec vous,
faites un feu, parce que les loups ont peur du feu.

Le problème, c'est qu'il peut être malaisé d'allumer un
feu de camp quand vous êtes cerné par des loups qui
pourraient vous dévorer toute crue avant même que
vous ayez amassé suffisamment de branches mortes
pour le feu.

Une fois arrivée à l'école, j'explique à Karl Wrenbury
cette solution d'urgence.

Il prétend qu'il n'utiliserait aucun des deux trucs. Il s'installerait tout simplement à quatre pattes et se mettrait à hurler. Il dit qu'il essaierait de convaincre les loups qu'il est l'un des leurs.

Qui plus est, il essaierait de les convaincre qu'il est le chef de la meute et ils lui feraient tous confiance au point de lui indiquer comment sortir de la forêt et il lui suffirait d'attendre qu'ils s'endorment pour leur fausser compagnie.

Karl Wrenbury conclut : « Les loups ne sont pas un problème ; ce sont les ours qui m'inquiètent. »

Karl a raison, parce que j'ai fait une recherche sur les ours dans Internet et j'ai découvert qu'ils couraient vraiment vite. Et qu'ils avaient un odorat très fin. *Ils peuvent même détecter la présence d'un demi-craquelin au fromage émietté au fond de votre poche.* Ils sauront qu'il est là, même si vous ne savez pas vous-même que le demi-craquelin se trouve encore là depuis votre visite au musée des sciences avec l'école.

Alors, règle numéro un : vérifiez s'il n'y a pas de miettes au fond de vos poches, parce que même un reste de pastille pour la toux pourrait attirer un ours. L'autre problème avec les ours, c'est que non seulement ils peuvent courir, mais ils peuvent également grimper aux arbres, et nager, et creuser. La seule chose qu'ils ne puissent faire, c'est voler. Mais moi non plus, alors je ne suis pas plus avancée... Ruby dit :

« Que faire quand vous tombez sur un ours ?
         Souhaiter que ça ne vous soit pas arrivé ! »

ILLUSTRATION 85. QUAND VOUS APERCEVEZ UN OURS

Après les classes, je remarque que Karl traîne près du portail de l'école. Il adresse un sourire béat à Clem Hansson qui bavarde avec Grace Grapello et Cindy Fisher et qui ne semble pas le voir.

À mon retour à la maison, un courriel de Betty me remonte le moral.

Salut CB,

L'école est toujours aussi ennuyante, mais au moins on a des activités bien excitantes après les classes, comme le surf.

J'essaie de convaincre Maud et Cedric de m'acheter une planche — sinon, je dois me contenter de rester sur la plage en maillot de bain, avec un air idiot.

Quincy m'a offert de me prêter sa planche, mais je ne suis pas sûre de vouloir m'acoquiner avec elle.

Je dois me sauver parce que Maud et Cedric m'emmènent au resto chinois. Savais-tu que cette ville est l'un des meilleurs endroits au monde pour les restos chinois et que j'adore les mets chinois?

À plus tard. Be

P.S.: C'est vraiment trop bête, à propos de Karl.

Be ? Pourquoi est-ce qu'elle signe *Be* ?

Et pourquoi envisage-t-elle même la possibilité de
s'acoquiner avec cette Quincy ?

Et qu'est-ce qu'elle veut dire par « C'est vraiment trop
bête, à propos de Karl » ? C'est plus que bête : c'est
vraiment très sérieux !

Je feuillette le **GUIDE RUBY REDFORT DE LA
SURVIE** à la recherche d'un bon conseil sur ce
qu'il faut faire quand les gens que vous connaissez
se comportent de manière étrange. Mais je ne
trouve rien.

Je suppose que Betty souffre de quelque symptôme
tardif du décalage horaire ou qu'elle a contracté un
virus inconnu. Je me prépare à lui répondre quand
soudain le téléphone se met à sonner.

C'est Papa. Il me dit seulement : « Je suis coincé ici
pour au moins deux heures de plus. Dis à ta mère de
me garder quelques tranches de pain. Oh ! et puis à
bien y penser, laisse tomber pour les rôties. J'attraperai
quelque chose à manger en chemin. »

Il a l'air absolument grognon.

Je retourne à l'ordinateur et j'écris :

Salut Betty,
J'aimerais bien aller au resto chinois avec toi.
Depuis quelque temps, on ne mange que des
rôties ici. J'ai décidé de ne pas participer à la
pièce.

Avant que je n'aie écrit davantage, des coups très
bruyants à la porte d'entrée m'interrompent. Les
coups se font insistants et je reste là à me demander
qui ça peut bien être. Finalement, je descends au rez-
de-chaussée pour répondre par la fente du courrier :
« Qui est là, s'il vous plaît ? »
Et la voix contrariée me répond : « *Moi*, ta mère. »
Et je lui demande : « Mais pourquoi tu ne te sers pas
de ta clé ? »
Et elle me répond : « Parce que M. Larsson a réussi
à renverser *accidentellement* le contenu de mon sac
et que mes clés sont tombées dans la bouche de
chauffage central. Maintenant pourrais-tu simplement

m'ouvrir
cette satanée
porte ? »

Et après que je lui ai ouvert, sa première phrase est :
«Où est ton damné père ?»
Je lui dis qu'il a téléphoné et qu'il rentrera plus tard.
Puis je me sauve.
Je termine mon courriel en toute hâte, au cas où Kurt
reviendrait.

L'ennui, c'est que tout le monde ici est dans
une humeur extraordinexceptionnellement
exécrable.
Je t'aime. CB

Parfois les gens doivent vider leur sac

Lorsque je redescends au rez-de-chaussée, Maman est avec Grand-P'pa dans sa chambre et lui raconte sa mauvaise journée.

Grand-P'pa hoche la tête et ne dit essentiellement rien, se bornant à faire claquer sa langue dans sa bouche — c'est la bonne chose à faire, en l'occurrence. Grand-P'pa est manifestement passé maître dans l'art de calmer les gens.

Pour sa part, Ruby Redfort dirait : « COMMENT TRAITER UNE PERSONNE EN COLÈRE : laissez-la parler. N'émettez que des sons apaisants, ne faites que des gestes calmants. ATTENTION : N'ESSAYEZ PAS D'ARGUMENTER AVEC ELLE. IL SERA IMPOSSIBLE DE LUI FAIRE ENTENDRE LA VOIX DE LA RAISON SI ELLE EST TRÈS EN COLÈRE. »

M. Larsson a encore fait des siennes, poussant tout le monde à vouloir grimper aux rideaux.

Maman dit : «Il est devenu très irritable sous prétexte qu'il ne lui restait plus de hareng mariné. Il aime bien manger du hareng sur une tranche de pain de seigle, avec des betteraves.»

Maman ajoute : «Il me semble que j'ai suffisamment de soucis personnels sans avoir en plus à devoir courir à droite et à gauche pour trouver du hareng. Sans compter qu'en plus de renverser mon sac, il a réussi à coincer sa marchette dans la bouche du chauffage central. Je ne sais même pas comment il s'y est pris, mais ça a vraiment été la goutte qui a fait déborder le vase !»

Grand-P'pa hoche la tête et dit : «Hmm, très astucieux, le bonhomme.»

Maman répond : «Ça, tu peux le dire.»

Alors Grand-P'pa répète : «Hmm, très astucieux, le bonhomme.» Puis il se met à tapoter le bras de Maman ; du coup, il me semble qu'elle a meilleure mine. Et elle glisse quelques tranches dans le grille-pain.

D'après Ruby, «les gens doivent parfois vider leur sac — ensuite ils se sentent mieux».

Au matin, je m'éveille et vais me brosser les dents à la salle de bains avant que Marcie ou Kurt n'y aille. Kurt se montre de plus en plus intéressé à son hygiène personnelle depuis qu'il s'est mis à fréquenter Amber, Chloé, Jasmine et C'est-quoi-son-nom-déjà. Maman pense que c'est arrivé dès qu'il s'est rendu compte que les filles aiment les garçons qui sentent bon même s'ils ont *l'air sale.*

Nous préférons tous qu'il soit plus propre de sa personne, mais nous n'avons qu'une seule salle de bains, alors c'est devenu plus difficile qu'avant d'y avoir son tour. Je suis devenue experte dans l'art d'éviter le trou dans le plancher, qui a au moins l'utilité de nous permettre de garder un œil vigilant sur la cuisine.

J'y vois notamment Maman en train d'enfiler son manteau; elle doit partir plus tôt qu'à l'accoutumée parce que c'est sa journée de travail au centre pour personnes âgées.

Elle s'informe auprès de Papa pour savoir s'il a téléphoné à la Ville afin de s'arranger pour que les débris soient enlevés, ainsi qu'il avait promis de le faire.

Et Papa de dire que non, il n'en a pas eu le temps ou il a oublié ou il n'y avait pas encore pensé et qu'il est désolé, qu'il en avait bien l'intention, et il laisse ses propos dériver comme un cerf-volant au bout de son fil.

Et il finit par proposer : «Tiens, sortons ce soir, je veux dire juste toi et moi. Plus de rôties.»

Et Maman de répondre : «Tu sais quoi : je m'en fiche.»

Et   elle   s'en   va.

Je frissonne parce que jamais, absolument jamais je n'ai entendu Maman dire qu'elle s'en fiche. En fait, elle n'accepte même pas que nous prononcions ces mots. Elle prétend que c'est *la phrase la plus déprimante qui soit.* Selon Maman, les gens qui disent qu'ils s'en fichent ont baissé les bras, et on ne devrait baisser les bras que lorsqu'il n'y a plus aucune solution.

Et je me mets soudain à penser que LE PIRE SOUCI DONT JE N'AVAIS MÊME JAMAIS SONGÉ À ME SOUCIER est bien pire que mon PIRE SOUCI à propos du déménagement. Parce qu'il me semble que LE PIRE SOUCI DONT JE

N'AVAIS MÊME JAMAIS SONGÉ À ME
SOUCIER serait de voir ma mère et mon père
divorcer. Et c'est bizarre, étrangement bizarre, que
je me sois fait tant de souci à l'idée de déménager
alors que c'est la famille de Betty qui allait partir.
Et que je me sois fait tant de souci à l'idée que les
parents de Betty puissent divorcer alors qu'en fait
ce sont les miens qui semblent les plus susceptibles
de le faire.

Peut-être que ma vie ressemblera à celle de Karl
Wrenbury, que mon père partira quelque part sans
nous dire où — mais il est plus probable que ce soit
ma mère parce qu'elle

en a vraiment marre de nous tous
et
qu'elle en a soupé de
tout.

Je sors mon carnet et note **PIRE SOUCI :** Que
Maman et Papa divorcent. Mais je m'arrête
parce que je ne veux pas que ce soit formulé par écrit.
Une fois écrit, un souci devient pire que pire. Je vais
au lit, mais je n'arrive pas à fermer l'œil de la nuit.

Que faire lorsqu'il n'y a pas d'avion dans le ciel

N'ayant quasiment pas dormi de la nuit, j'arrive en retard à l'école. Je ne vois personne, sauf quatre élèves, et je suis *absolument* surprise d'apercevoir Karl s'agripper au bras de Justin Barrette qui s'est enroulé autour du cou de Karl. Au début, je ne suis pas sûre de ce qui se passe — c'est difficile à déterminer. Ils ont presque l'air de s'amuser, un peu comme quand Kurt et Martin jouent à la lutte et que Kurt laisse gagner Martin parce qu'il est petit.

Mais à les voir se tortiller, je constate que Justin Barrette ne laisse pas Karl gagner et qu'ils ne sont pas en train de s'amuser — en tout cas, Karl n'en a pas l'air, car son nez saigne sur son chandail. Sa mère ne sera pas contente, parce que je sais que ce chandail est neuf.

Benji Morel — le garçon qui s'assoit toujours au fond de la classe et qui ne dit jamais un mot — ramasse un tas de stylos de couleurs variées qui traînent sur le pavé et qui sont étalés comme un arc-en-ciel. Clem s'est précipitée à l'intérieur, laissant son sac par terre. Je suppose qu'elle est allée chercher M. Skippard afin qu'il intervienne, même s'il est bien probable que Clem soit à l'origine de la bagarre.

Je savais qu'à cause d'elle Karl se mettrait les pieds dans les plats. Je peux rayer le **SOUCI Nº 13** de ma liste puisqu'il n'est plus un souci mais un fait accompli. ET maintenant ma nouvelle inquiétude, c'est le **SOUCI Nº 14: Que Karl Wrenbury soit expulsé de l'école.**

M. Skippard sort puis attrape Justin Barrette et Karl par le bras et les traîne jusque dans l'école. Karl arrive en retard en classe parce qu'il lui a fallu aller mettre de l'ouate dans sa narine. Lorsque j'aperçois Justin Barrette à la récréation, il n'a pas l'air d'un gars qui s'est battu ; il n'est même pas décoiffé !

À mon retour à la maison, je vais au frigo et constate qu'il a disparu. Il me faut quelques minutes avant de le retrouver. Il est dans la chambre de Grand-P'pa, ce qui n'a pas l'air de l'incommoder. Il dit que c'est plus pratique quand il veut un morceau de fromage.

Je décide qu'il vaut peut-être mieux rester dans sa chambre jusqu'à l'heure du repas, parce que je n'ai nulle part où aller et qu'on a de meilleures chances de manger si on reste dans la pièce où se trouve le frigo. Plus tard, pendant que Kurt s'absente, je me glisse dans sa chambre pour aller lire mes courriels de Betty, mais elle ne m'a pas écrit. Je m'apprête à lui en écrire un, mais j'entends Kurt claquer la porte d'entrée, alors je file comme l'éclair.

Cette fin de semaine passe très lentement — pas moyen d'être seule nulle part, et le temps est de plus en plus morne. Maman passe le plus clair de ses jours au centre pour personnes âgées et Papa n'est pas lui-même. Quand Martin éclabousse son veston de ketchup par accident, Papa ne se montre pas des plus conciliants. «Désolé», dit Martin. Et Papa lui répond: «Eh bien! parfois, être désolé ne suffit pas!»

En fin de compte, il passe la majeure partie de la fin de semaine dans son bureau et n'entre que très peu en communication avec nous. On dirait qu'il s'est métamorphosé en Kurt. Je décide de parler à

Grand-M'man de cet étrange comportement ; c'est sa mère après tout, elle sait peut-être quoi faire.

J'ai de la chance, elle dit qu'elle appellera lundi, c'est-à-dire demain. En attendant, j'ajoute une ligne dans mon `Carnet des pires soucis` :

`SOUCI Nº 15 : Que les gens`
`ne se comportent plus`
`comme d'habitude.`

Lundi, je quitte l'école en courant pour ne pas manquer l'appel de Grand-M'man. Je suis tellement pressée que j'en oublie mon sac et quand je rebrousse chemin pour le prendre, j'aperçois Clem Hansson en compagnie de Justin Barrette. Elle est en train de lui donner de ses bonbons.

Arrivée à la maison, je me verse à boire puis je m'assieds près du téléphone avec une assiette de biscuits. Au bout d'un moment, je perds le compte des minutes que j'ai passées là parce que le téléphone s'entête à ne pas sonner et que mon esprit s'est mis à divaguer.

Martin monte et descend les escaliers en sautillant et je lui lance : « Pourrais-tu, s'il te plaît, aller sautiller ailleurs, parce que j'attends un appel *très* important. »

Et il me dit : « Pas du tout. »

Et je lui dis : « Bien sûr que si, idiot. »

Et il me dit : « Non, non. »

Et je lui demande : « Qu'est-ce que tu veux dire, *non, non* ? »

Et il répond : « Le téléphone est débranché, et ne fonctionne donc pas, parce que les ouvriers l'ont brisé. »

Je dis : « Eh bien ! une chance que tu m'as prévenue ! »

Et il réplique : « C'est ce que je viens de faire. »

Et j'explose : « Oui, c'est ce que tu *viens* de faire, alors que tu aurais pu me le dire au moins quarante-sept minutes plus tôt, espèce de ver de terre ! »

Alors je lui lance une tomate un peu trop mûre qui va s'écraser sur le mur, et il me balance un verre d'eau, mais me manque par un kilomètre, et je lance un sachet de thé déjà utilisé et lui renverse le pot à jus sur la tête, et je m'apprête à lui lancer un bol de clémentines lorsque nous entendons une clé dans la serrure de la porte avant.

Nous figeons tous les deux parce que c'est sûrement Maman et je dis : « Il faut ramasser ce bordel avant qu'elle le voie, parce qu'elle sera fâchée et qu'il se pourrait même qu'elle parte. » Et Martin demande : « Pourquoi ? *Pourquoi* va-t-elle partir ? » Et je dis : « Parce que Papa et elle vont probablement divorcer. » Et comme Martin se met à geindre, j'ajoute : « Pas un mot. Peu importe ce qui arrive, *tu gardes ça pour toi.* » Et Martin hoche la tête, mais il est incapable de garder un secret et je sais bien qu'il va me trahir.

Je viens de violer une des règles les plus importantes selon Ruby Redfort : « NE JAMAIS CONFIER UN SECRET À UN PANIER PERCÉ. » Du coup, j'ai ajouté un autre souci à mon palmarès, à savoir le **SOUCI Nº 16 : Confier à un panier percé quelque chose que personne n'est censé savoir.**

À ce moment précis, Jacek entre. Il me regarde, puis regarde Martin, puis regarde les murs. Il ressort en refermant la porte derrière lui et je l'entends dire à

Maman : « N'entrez pas tout de suite dans la cuisine ; nous n'avons pas tout à fait fini de nettoyer. » Puis Jacek pointe sa tête dans l'embrasure de la porte et dit : « Posprzataj szypko *. »

Martin et moi nous mettons à courir comme des poules sans tête, pour tout nettoyer. Et je constate quelque chose : je n'ai personne à qui confier mon pire souci, ce SOUCI DONT JE N'AVAIS MÊME PAS SONGÉ À ME SOUCIER. Je ne peux évidemment pas en parler à Grand-M'man, parce qu'elle est de la famille et que ça risque de la peiner. Normalement, je me confierais à Maman, mais puisqu'elle est au cœur de ce souci… Et j'aimerais bien appeler Betty, mais le téléphone est en dérangement.

Je pense à ces conseils de Ruby Redfort sur les urgences, regroupés sous la rubrique « COMMENT ENTRER EN CONTACT LORSQUE L'ON N'A PAS DE TRANSMETTEUR ».

Selon Ruby, « vous devez faire un gros feu et écrire S.O.S. en caractères géants de manière à ce qu'un avion qui vous survolerait puisse lire le message ».

* En polonais : « Dépêchez-vous ; nettoyez tout ! »

Je veux bien, mais que faire quand il n'y a pas d'avion dans le ciel?

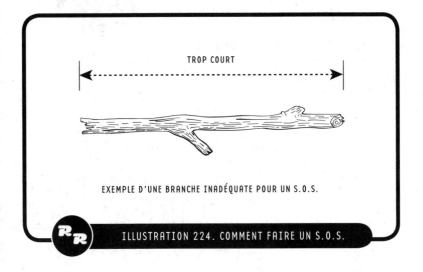

TROP COURT

EXEMPLE D'UNE BRANCHE INADÉQUATE POUR UN S.O.S.

ILLUSTRATION 224. COMMENT FAIRE UN S.O.S.

Les signaux secrets ne sont des signaux que dans la mesure où quelqu'un sait les interpréter

Environ une semaine plus tard, je marche vers l'école et j'aperçois Clem Hansson escortée par sa mère. Pas en voiture — les deux circulent à vélo. Mme Hansson est très belle, elle ressemble un peu à Clem, mais avec des cheveux bruns. Je remarque qu'elle ne repart pas tout de suite mais prend le temps d'aller à la rencontre des amis de Clem. Elle ne me voit pas parce qu'elle est trop occupée à parler à Grace Grapello, à Karl et à tous les autres. Je vais attendre près des portes. Perchée au haut des marches, je lis mon **GUIDE RUBY REDFORT DE LA SURVIE**.

En levant les yeux, je vois Clem Hansson qui court dans la cour. Elle vient vers moi mais ne me regarde pas et je suis surprise qu'elle s'arrête et se mette à fouiller dans sa poche. Elle me tend une enveloppe et

m'annonce : « C'est une invitation. Pour ma fête. »
Et son regard vagabonde, un peu comme si elle
ne voulait pas montrer qu'elle me parle. Et je me
demande pourquoi elle m'invite, *moi* — et puis je
me dis que c'est probablement sa mère qui l'a obligée
parce qu'elle invite tout le monde et que les mères
aiment l'équité et peuvent vous obliger à faire des
choses comme ça. Elle reste devant moi à attendre
— à attendre quoi, ça je n'en suis pas certaine.
Je remue le contenu de mon sac, comme si je
cherchais quelque chose. Elle ajoute : « C'est le
samedi 27. »
Et je dis : « Oh. »
Et elle dit : « Crois-tu pouvoir venir ? C'est à
seize heures. »
Et je me demande pourquoi elle s'est donné la peine
de me tendre l'invitation si elle avait l'intention de
tout me dire avant que je l'aie lue.
Je réponds : « Il va falloir que je demande la permission
— je ne suis pas sûre de pouvoir. C'est pendant la
semaine de relâche — il se peut que je sois occupée. »
Et elle me dit : « D'accord. » Elle regarde mon livre et
examine plutôt curieusement mon manteau et j'ai

l'impression qu'elle veut me demander quelque chose. Mais quand elle aperçoit Justin Barrette, elle s'en va. Je vois bien qu'elle est soulagée et que la seule raison qui pourrait justifier ma présence à ses yeux serait d'avoir un cadeau de plus. Tout le monde ira, de toute façon. Elle a dû inviter l'école en entier ; probablement que même Justin Barrette ira.

Revenue à la maison, je ne prends pas la peine de parler à ma mère de la fête de Clem Hansson, de peur qu'elle m'oblige à y aller. Elle aime que les gens maintiennent des rapports cordiaux. Je ne veux pas qu'elle voie l'invitation. Je ne l'ai même pas décachetée. J'ouvre mon tiroir à chaussettes et fourre l'enveloppe à l'intérieur d'une paire de collants rayés.

L'automne, j'ai toujours hâte à la semaine de relâche parce qu'il y a tellement de choses à faire. Betty et moi avons toujours trouvé qu'il n'y avait pas assez d'heures dans une journée. Mais ce congé-ci ne m'apporte aucun plaisir. Karl est très pris les premiers jours parce qu'il reçoit des cousins à lui ; il me dit que je peux passer quand même, mais je n'en ai pas vraiment le goût. Noah est également parti, et mon amie Suzie Woo aussi. Il n'y a personne en ville, et je n'ai rien planifié.

Essentiellement, je fais de longues promenades, je lis mes livres de Ruby Redfort et je traîne mon désœuvrement de ci, de là.

Le temps est agréable, cependant; il fait un froid saisissant, mais sans vent, et quand je monte au haut de la colline je peux voir très, très loin.

Parfois j'ai l'impression que les objets éloignés sont plus beaux que ceux à proximité de nous.

Le mercredi, je vois Karl et son frère Alf à l'autre bout du parc Sésame. Ils courent après un ballon de soccer avec leurs cousins. Je vois aussi mon amie Lucy Mackay qui fait des courses avec sa mère. Elle me salue et je la salue en retour, mais je ne traverse pas le boulevard pour aller lui parler — je continue ma route.

J'arrête à L'Aubergine pour déguster un lait frappé. Je n'ai pas envie de rentrer, certaine que ce sera trop bruyant chez moi. Je suis assise au comptoir avec mes livres de Ruby Redfort et Kira m'interpelle :

«Hé, petite, qu'est-ce que tu lis?»

Et je réponds : « "COMMENT ADRESSER DES SIGNAUX SECRETS À UN COMPLICE". C'est un chapitre du **GUIDE RUBY REDFORT DU PARFAIT ESPION**.»

Et elle s'exclame : «Super ! J'ai toujours voulu être une espionne quand j'étais fillette ! Qu'est-ce que ça raconte ?»

Et je dis : «Eh bien, je suis en train de lire ce passage sur les signaux de détresse à utiliser avec un complice espion, dont cette technique qui consiste à clignoter des mains. Regarde.» Et je lui montre l'illustration. «D'après Ruby, "il est vital que votre complice connaisse votre signal de détresse ; autrement, une grimace et un clignotement de main pourraient passer pour un sourire et un salut."»

Elle s'exclame : «Eh, c'est trop génial !»

PREMIÈRE ÉTAPE
FERMER LA MAIN

DEUXIÈME ÉTAPE
OUVRIR LA MAIN

RÉPÉTER AUSSI SOUVENT
QUE NÉCESSAIRE

ILLUSTRATION 9. CLIGNOTEMENT DE MAIN EN CAS DE DÉTRESSE

« Ce n'est pas tout : il y a aussi ce signal que tu peux faire juste avec tes yeux en regardant de haut en bas, et qui signifie "Tire-moi de là, ça urge". »

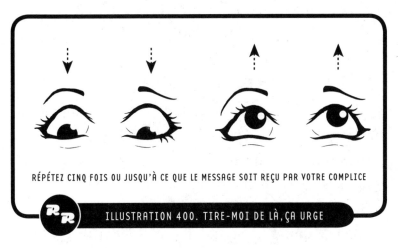

RÉPÉTEZ CINQ FOIS OU JUSQU'À CE QUE LE MESSAGE SOIT REÇU PAR VOTRE COMPLICE

ILLUSTRATION 400. TIRE-MOI DE LÀ, ÇA URGE

Kira est absolument captivée. Ça se voit à sa manière de se pencher sur mon livre en disant : « Cette Ruby est vraiment un as ! »

Ruby a également un chapitre qui vous apprend comment siffler très fort. Pour ce faire, il faut mettre des doigts dans votre bouche. Je dis à Kira que je n'ai jamais réussi à faire ça et elle répond : « *Vraiment ?* C'est facile, il faut juste placer sa langue au bon endroit. » Elle pousse ce sifflement extrêmement fort et je l'envie parce que Ruby affirme que « **si vous** n'entendez pas ça, c'est que vous n'entendez tout simplement pas ».

Sur le chemin du retour, je traverse le parc et monte la colline. Je vois M. Enkledorf au loin, qui se dirige vers le centre pour personnes âgées. Dans son sillage, il y a Justin Barrette et le garçon à la drôle de coupe de cheveux qui imitent sa démarche — ce qui n'est pas très gentil parce que c'est un très vieux monsieur au dos brisé. Je me demande bien comment ils marcheront, eux, quand ils auront cent ans ou plus. À la maison, je me rends compte que je suis absolument déprimée.

Je songe à toutes les choses qui me sont arrivées et à tous ces PIRES SOUCIS DONT JE N'AVAIS JAMAIS SONGÉ À ME SOUCIER et qui viendront m'accabler.

Et je suis prise de nausée car je sais que les choses ne s'arrangeront pas. Elles vont empirer et il n'y a qu'une seule personne à qui j'ai envie de me confier — et peut-être est-elle la seule à pouvoir m'aider.

Parfois il faut vider son sac, quitte à se sentir encore plus triste

24

La maison est très paisible et je marche sur la pointe des pieds vers la chambre de Kurt. Par bonheur, il n'y est pas. Je m'assieds devant son ordinateur.

J'ai décidé que je devais me confier à Betty ; elle pourra m'être de bon conseil.

J'écris :

Allô Betty,

Rien ne va plus.

Je n'arrive plus du tout à dormir et je suis vraiment nulle en classe parce que mon cerveau fonctionne au ralenti.

Je m'inquiète pour Karl. Il a été pris à se bagarrer avec Justin Barrette et il l'a fait juste parce qu'il est jaloux de l'amitié de

Justin avec Clem Hansson. Elle va lui valoir de gros ennuis — je le sens. Et s'il se met les pieds dans les plats à nouveau, tu sais ce qui lui arrivera: il devra quitter l'école.

Kira a commencé à fréquenter Josh, mais j'aurais préféré qu'elle sorte avec Kurt, et tout le monde se querelle, et plus personne ne s'entend. Même que ma mère et mon père vont divorcer et que ma mère va probablement déménager. Ma seule activité prévue pour la semaine de relâche, c'est la fête chez Clem Hansson, mais pourquoi aurais-je envie d'y aller?

Je t'aime. CB

Je relis en silence mon courriel, et voir ce que j'ai écrit me déprime encore plus, parce que j'ai l'impression que ce n'en est que plus vrai.

J'ai le curseur sur le bouton «Envoyer» et je suis sur le point de cliquer quand soudain j'entends un cri: c'est Maman.

Je cours au rez-de-chaussée et vois Crépu, couvert de peinture, courir partout dans la cuisine. Marcie réussit

184

à l'attraper et salit sa jupe du même coup — ce qui ne la réjouit guère, vous l'aurez deviné. Maman crie après Martin, et Martin couine : « *Ce n'est pas ma faute.* »

Et Maman dit : « Je t'avais pourtant dit de ne pas laisser entrer Crépu ici. Regarde ce qui est arrivé ! »

Et Martin dit : « Il s'est faufilé entre mes jambes. »

Et Maman dit : « Eh bien ! il va falloir que tu te charges de nettoyer les dégâts, parce que je vais devoir passer mon après-midi chez le vétérinaire. » Elle est très en colère.

Et elle ajoute : « Martin, tu es un ver de terre ! »

Si vous connaissez ma mère, vous savez qu'elle ne dirait jamais une chose pareille — d'ailleurs elle me chicane toujours quand je traite Martin de ver de terre.

Je vais avec ma mère chez le vétérinaire. C'est assez long, retirer la peinture, et le vétérinaire doit raser le poil de Crépu pour éliminer tout risque d'empoisonnement. Il devra porter un de ces gros entonnoirs, en plus. Quand je regarde Crépu, je suis dévastée à l'idée que je ne pourrai pas l'inscrire au spectacle d'animaux, parce que je vois mal comment lui refaire une beauté et qu'à vrai dire il n'a même plus l'air d'un chat.

À notre retour, je me rappelle que je n'ai pas expédié mon courriel à Betty et je me précipite dans la chambre de Kurt. Je remarque qu'en fait j'ai reçu un message de Betty, qui se lit comme suit :

Salut Clarice,

Je meurs d'envie de te raconter : en plus de me joindre à l'équipe de natation, je me suis inscrite à la troupe de théâtre jeunesse. Quincy dit que c'est super formidable et que je vais sans doute m'éclater parce que j'ai déjà fait des ateliers d'art dramatique.

En tout cas, il y a pas mal de gentilles personnes dans la troupe et on a un joli petit théâtre où présenter des spectacles. C'est vraiment professionnel.

Je me demande ce qui t'arrive ces temps-ci. Ta chambre est-elle terminée ?

J'espère que tu as du plaisir et que tout va super bien pour toi !

Bisou. Be

Je scrute son courriel bouche bée, avec une drôle d'impression. On ne dirait plus Betty Belhumeur. Je relis en silence mon propre message et puis j'appuie sur la touche «Supprimer» et regarde les mots disparaître un à un, de la fin au début, jusqu'à ce qu'il ne reste plus que les deux premiers: «Allô Betty». Puis j'écris:

Les choses vont SUPER BIEN ici et j'ai beaucoup de plaisir.
Ma chambre est vraiment jolie. J'ai un tas d'amis qui viennent la visiter, qui sont absolument impressionnés et qui l'adorent.
C'est dommage que tu ne puisses la voir.
Je t'aime. Clarice Bean
P.S.: J'ai laissé tomber l'art dramatique parce que je n'ai plus de temps à y consacrer, j'ai beaucoup trop d'activités encore plus intéressantes à mon horaire.

Et même si écrire ce courriel me donne l'impression de me sentir mieux, quand j'appuie sur «Envoyer», je constate que je me sens encore plus triste.

Comment devenir invisible

Le samedi après-midi, je file à toute vitesse à la boutique pour acheter des œufs pour Maman. Grand-P'pa trouve difficile d'affronter la journée sans avoir mangé au moins un œuf, de préférence un œuf dur. L'Aubergine est fermée et il y a un avis sur la porte qui se lit ainsi :

Désolé, les amis. Je n'ai pas entendu le réveille-matin. J'ouvrirai la boutique au sortir du lit. Sincèrement vôtre.

Waldo Park

Et bien entendu je suis intriguée par le fait qu'il ait pu rédiger cet avis alors qu'il est encore au lit — à moins qu'il ne l'ait écrit avant de se coucher, mais, dans ce cas, *comment pouvait-il savoir* qu'il n'entendrait pas son réveille-matin ?

Je traverse la rue vers Renards et Cie. Je parcours les allées à la recherche d'œufs biologiques — en supposant qu'ils en ont. À travers les étagères, j'espionne Karl Wrenbury. Il contemple les boîtes de farces et attrapes, des trucs comme des fausses mouches, des faux yeux et ces bracelets qui traduisent votre humeur et autres bidules dans le genre.

Puis, il se met à fouiller dans le présentoir à cartes de souhaits. Il en compare deux, l'une sur laquelle il y a une peinture d'arc-en-ciel et qui dit : « *Puissent tous tes souhaits d'anniversaire se concrétiser* », et l'autre avec une photo de plusieurs petits lapins et à l'intérieur de laquelle on lit : « *Je sautille à l'idée que tu passes un joyeux anniversaire.* »

Je constate qu'il ne sait pas laquelle choisir. Il n'arrête pas d'en poser une, puis de reprendre l'autre. À la fin, il opte pour les lapins. De toute évidence, il achète cette carte de souhaits pour Clem Hansson puisque sa fête a lieu aujourd'hui. Ça m'était *absolument* sorti de l'esprit. À la toute dernière minute, il décide d'acheter aussi un de ces poissons diseurs de bonne aventure — vous savez, ces poissons en cellophane que vous appliquez sur votre main pour savoir quel type de personne vous êtes.

L'ennui, c'est que vous n'avez le choix qu'entre une demi-douzaine de profils et c'est impensable qu'absolument tout le monde puisse entrer dans l'une de ces six catégories. Je reste cachée derrière les fèves au lard et les pois chiches en conserve jusqu'à ce que Karl ait quitté la boutique.

En sortant à mon tour, je croise presque Justin Barrette — par bonheur pour moi, il ne regarde pas dans ma direction. J'en profite pour me glisser dans une cabine téléphonique et faire semblant de passer un coup de fil. C'est une vieille technique de Ruby — j'ai dû la voir faire ça des millions de fois à la télévision. Selon elle, «faire semblant d'être au téléphone est une belle manière d'éviter un ennemi juré et de vous rendre invisible».

De la cabine, je peux l'épier. Je le vois traverser la rue ; il s'arrête et sort quelque chose de son sac, puis regarde autour de lui. Je crois qu'il écrit sur le mur, mais je ne peux pas voir quoi ; puis il file. Je suppose qu'il s'en va à la fête de Clem, comme tous les autres. Dès qu'il a tourné le coin, je cours de l'autre côté de la rue pour voir ce qu'il fabriquait. Et c'est là que j'aperçois l'affiche du film **Cours, Ruby, cours** désormais ornée d'un graffiti au feutre vert :

UN Film pOUR Les NUls !

Jacek ne s'énerve pas trop au sujet de la peinture sur le plancher — pas mal moins que Papa, en tout cas. Il affirme qu'il peut arranger ça, sauf que ça va retarder le reste de l'ouvrage parce qu'il avait presque terminé la cuisine.

En sortant de la maison, Kurt me lance : « Oh, je crois que ta copine Betty t'a envoyé un courriel. »

Je monte voir — même si ce qu'elle m'a écrit m'indiffère.

Le message se lit comme suit :

Salut Clarice,

Juste pour t'avertir : Cedric et Maud m'emmènent dans la famille de Quincy. Ils ont un chalet dans les montagnes. Il se peut que je sois difficile à contacter pour quelque temps. Je crois que je vais avoir pas mal de plaisir et, l'été prochain, les parents de Quincy disent qu'elle et moi, nous pourrons aller visiter le parc national et peut-être même voir des ours.

J'ai très hâte.

C'était super d'avoir de tes nouvelles — on dirait que tout s'arrange.

Tiens-moi au courant, comme dirait Ruby Redfort.

Ciao.

X Be

Mais qu'est-ce qu'elle entend par *voir des ours* ? Oublie-t-elle ce que Ruby Redfort dit à propos des ours ?

En l'occurrence : « Que faire quand vous tombez sur un ours ? Souhaiter que ça ne vous soit pas arrivé ! »

Plus question de perdre mon temps à écrire des courriels à Betty ! Et je m'en fiche qu'elle parte. Elle est déjà partie, comme tout le monde ; elle s'est acoquinée avec cette Quincy qui n'est probablement rien qu'une m'as-tu-vu, c'est absolument clair.

Je monte au grenier pour prendre mon **GUIDE RUBY REDFORT DE LA SURVIE**. Je devrais peut-être aller au chapitre «COMMENT FAIRE FACE AUX OURS» mais devinez quoi ? La planche mal clouée n'est plus là. Je veux dire : la planche est là, mais elle n'est plus mal clouée…

Je ne suis pas sûre de ce qui s'est passé.

C'est un mystère étrange, et même très bizarre en vérité.

Comment vais-je récupérer mon livre ?

Et mes billets pour la première de **Cours, Ruby, Cours** ?

Si seulement il y avait eu un chapitre sur «QUE FAIRE LORSQUE VOTRE CACHETTE SECRÈTE DISPARAÎT MYSTÉRIEUSEMENT» !

Mais voilà, l'ennui avec Ruby, c'est que ce genre de chose ne lui arrive jamais, à elle !

Est-il possible de ne penser à rien?

Pour une fois, retourner à l'école ne me dérange pas trop parce que cette semaine de relâche a été la pire de toute ma vie. La première chose que j'aperçois, c'est une affiche pour le spectacle d'animaux et ça me met dans une humeur encore plus massacrante, parce que même ça, c'est fichu pour moi maintenant que Crépu est rasé.

Tandis que j'accroche mon manteau sur ma patère, Karl s'approche et me dit: «Pourquoi agis-tu de manière si étrange?»

Je lui réponds: «Qu'est-ce que tu veux dire? Je ne pense pas agir de manière étrange. C'est plutôt *toi*.»

Alors il dit: «Les gens essaient d'être gentils avec toi, mais tu t'en fiches. Tu préfères être seule et ne plus parler à personne.»

Et je dis: «Tu dis ça juste parce que tu t'es fait

hypnotiser par Clem Hansson et qu'elle aime bien Justin Barrette, et que ça te rend jaloux. »

Alors ses joues s'empourprent et il réplique : «Je ne suis pas jaloux. »

J'insiste : «Ah oui ? Alors pourquoi est-ce que tu te bagarres avec lui ? »

Il répond : «Tu ne comprends rien à rien. »

Alors je dis : «En tout cas, je comprends que tu vas te mettre les pieds dans les plats comme l'an passé, mais quand ça arrivera ne compte pas sur moi pour t'aider. Je ne sais même pas pourquoi je me suis fendue en quatre la dernière fois ! »

Et il dit : «Et moi, je ne comprends pas pourquoi je me donne la peine de te parler ! »

Je réplique : «Eh bien ! ne me parle donc plus, si c'est si pénible ! »

Et il dit : «Eh bien ! si c'est ce que tu veux… »

Je réponds : «Absolument. »

Alors il me regarde sans rien ajouter puis tourne les talons et s'en va.

Je n'avais pas vraiment voulu dire ça, je ne le pensais pas vraiment, sauf que c'est *lui* et pas moi qui agit de manière étrange.

Pourquoi est-il devenu l'ami de Clem Hansson et de Grace Grapello ? Et pourquoi se bagarre-t-il avec Justin Barrette ?

Après ça, les choses me semblent différentes. Clem ne se donne plus la peine de me parler, même pas un peu, et elle ne me regarde même plus. Et je remarque qu'elle se tient de plus en plus dans un coin de la cour, à parler avec Justin Barrette. Je peux même la voir partager sa collation avec lui — lui qui avait l'habitude de voler celle de Benji Morel.

Le lendemain à la récréation, il y a un attroupement autour du tableau d'affichage ; on peut lire la liste des gens qui joueront dans la pièce de théâtre présentée à Noël.

La pièce, c'est *Blanche-Neige*.

Je l'ai déjà dit, je ne veux pas jouer dans la pièce cette année parce que je ne suis pas d'humeur à divertir les gens. Clem Hansson a décroché le premier rôle — celui de Blanche-Neige, qui est une fille plutôt morne, mais c'est quand même le premier rôle de la pièce et c'est mieux que tous les seconds rôles que j'ai tenus dans toutes les pièces où j'ai joué depuis quatre ans que je fréquente cette école, alors ce n'est vraiment pas juste parce que Clem est élève ici depuis très peu de temps.

Les quelques nuits qui suivent, je n'arrive pas du tout à dormir. Et jeudi, je me sens vraiment dans le cirage. Comme j'adresse la parole à de moins en moins de gens, je suis soulagée d'entendre Maman m'annoncer : « Téléphone pour toi ! »
C'est Grand-M'man.
Je confie à Grand-M'man que mes insomnies sont en train de me transformer en un véritable zombi.
Et que je suis en train de devenir un peu folle, et que peut-être mes neurones ne pourront-ils plus se développer, et que je vais devenir encore plus stupide. J'ai besoin de neurones parce que je veux apprendre le polonais, mais je n'arrive même plus à me souvenir de comment on dit « il y a une araignée dans ma chambre », l'une des phrases que je m'étais pourtant exercée à prononcer correctement, parce qu'elle est bien utile. D'après Ruby, les langues sont particulièrement importantes dans le monde des espions. « Si vous ne les maîtrisez pas, comment vous imaginez-vous pouvoir duper les gens ? »

Grand-M'man dit : « Tout ça me semble assez troublant. Certaines gens prétendent qu'il est bien de pouvoir se vider l'esprit de toute pensée et de ne penser à rien du tout, mais ça me semble inutilement compliqué comme démarche. J'ai toujours cru qu'il était plus facile d'additionner des choses que de les soustraire. »

Je songe aux maths, et aux soustractions qui sont en effet plus ardues que les additions. Et qu'il est souvent plus difficile de se débarrasser des choses que d'en acheter de nouvelles.

Grand-M'man dit : « Les moines tibétains passent des années et des années à apprendre comment ne penser à rien. Ce n'est pas une tâche aisée. »

Après lui avoir dit au revoir, je monte à ma *presque* chambre pour m'exercer à ne penser à rien, et je constate instantanément que Grand-M'man avait raison : avant même de m'en être rendu compte, je suis en train de réfléchir à la couleur dont j'aimerais peindre les murs et je songe au vert parce que Betty Belhumeur dit toujours que le vert est une couleur très apaisante, une couleur qui aide à méditer, et je médite sur la méditation et mes propres aptitudes grandissantes pour la méditation, et je médite sur le fait que je n'ai pas besoin qu'on m'aide à méditer — au contraire, j'aimerais penser moins et je souhaiterais parfois pouvoir ne penser à rien, et je me rappelle les moines tibétains et Grand-M'man et je pense qu'*il est difficile de ne penser à rien.*

Elle a absolument raison.

Je me demande comment faire pour empêcher les idées noires de vous bourdonner dans la tête. Ruby Redfort a probablement écrit sur le sujet dans son **GUIDE DE LA SURVIE**, mais malheureusement mon exemplaire est coincé sous les planches du plancher avec mes billets pour ***Cours, Ruby, cours***.

Mais je m'en fiche désormais parce que je n'ai plus envie d'y aller. Je me mets à penser à Betty et à la surprise avec laquelle je n'ai pas pu la surprendre, puis je sors mon `Carnet des pires soucis` et y inscris :

`SOUCI Nº 17: Les idées noires qu'on n'arrive plus à chasser de son esprit.`

Vendredi après l'école, tout le monde se pointe avec son animal domestique. Je ne reste pas pour assister au spectacle — je n'en ai pas envie, puisque Crépu n'y participe pas. La mère de Clem Hansson a emmené le lapin de Clem. Tous les élèves s'attroupent autour de lui et demandent s'ils peuvent le prendre dans leurs bras. Elle laisse tout le monde le porter, même Robert Granger, à qui je ne ferais jamais confiance puisqu'il a la manie de tout échapper par terre. Justin Barrette s'approche et s'adresse même à la mère de Clem qui lui laisse prendre le lapin aussi. Et je me dis que Justin Barrette est tout à fait le genre de type qui réussit toujours à passer pour un bon garçon aux yeux des adultes. Je me dis aussi que c'est en partie à cause de son allure — il ne ressemble pas à l'image que se font la plupart des gens d'une brute. Et, comme dirait Ruby, «les gens voient bien ce qu'ils veulent voir». Justin Barrette s'exclame : «Quel gentil lapin ! J'aime beaucoup les lapins.»

Et si vous croyez ça, on peut vous faire croire n'importe quoi.

Comme à la plupart des gens, d'ailleurs.

200

De menus détails finissent par se révéler bien plus graves que prévu

À mon arrivée à l'école lundi, tout le monde jacasse et je me demande ce qui se passe. Oubliant que Karl et moi ne nous parlons plus, je lui demande : « Qu'est-ce qui se passe ? Qu'est-ce qui est arrivé ? »

Et Karl répond : « On a perdu le lapin de Clem après le spectacle d'animaux — *mais je parie que tu t'en fiches !* » Et il s'en va.

Je me sens fatiguée comme un ours à l'approche de l'hiver, parce que je n'ai toujours pas pu fermer l'œil de la nuit. J'essaie désespérément de me concentrer sur ce que raconte Mme Wilberton. C'est difficile parce que c'est plutôt ennuyant. Et aussi parce que mes paupières se ferment d'elles-mêmes, malgré les ordres que leur donne mon cerveau.

Mme Wilberton commence par annoncer la

disparition du lapin suédois de Clem Hansson et demande que tout le monde se lance à sa recherche. Je suis si fatiguée à cause du manque de sommeil que je cogne des clous, et j'ai le malheur de trouver Mme Wilberton debout près de mon pupitre. «Je constate que *Clarice Bean* n'est pas très préoccupée par cet événement fâcheux, mais je garde espoir que vous autres saurez faire preuve de plus d'empathie qu'elle. Sur une note plus joyeuse, je vous signale que c'est l'anniversaire de Benji Morel aujourd'hui.» Ça se voit que Benji aurait préféré qu'elle n'en fasse pas mention, parce qu'il n'aime pas attirer l'attention sur lui — il s'assied toujours au fond de la classe et ne dit absolument jamais rien. En fait, je ne connais même pas le son de sa voix, parce qu'il ne prononce jamais plus d'un mot à la fois, et toujours si bas qu'on l'entend à peine.

Justin Barrette interrompt Mme Wilberton en cognant à la porte de la classe. Il lui apporte un message de Mme Marse. En entrant, il lance un clin d'œil à Clem qui fait semblant de ne pas le voir, mais je l'ai quand même remarqué.

Mme Wilberton lit le message puis dit à Justin

Barrette d'attendre pendant qu'elle fouille dans ses affaires à la recherche de ce que Mme Marse semble lui avoir demandé.

Mme Wilberton continue de parler. « Alors, Benji, qu'est-ce que tu as reçu pour ton anniversaire ? Un beau cadeau ? »

Les joues de Benji sont rouges et sans doute chaudes tandis qu'il répond de sa toute petite voix à peine audible : « Ceci. »

Il s'agit d'un couvre-chef avec des rabats pour protéger les oreilles, fait de laine et de similifourrure. J'observe Justin Barrette, qui arbore un rictus moqueur.

Pendant la récréation, Karl se porte volontaire pour faire des affiches avec une photo du lapin disparu. Au dîner, je traverse la cour à toutes jambes pour aller à mon banc préféré avant qu'on m'y devance, mais mes lacets se dénouent comme d'habitude. *Je déteste ces chaussures* — leurs lacets se dénouent tout le temps. D'après Ruby, il faut toujours éviter de courir avec des lacets défaits parce qu'une fois, alors qu'elle tentait d'échapper à un ennemi juré, elle avait trébuché et s'était fait capturer puis enfermer dans un donjon, et tout ça à cause d'un lacet défait. Ruby affirme que «ce sont ces petites erreurs qu'il faut éviter de commettre — les menus détails qui finissent par se révéler bien plus graves que prévu».

Je me penche pour les renouer et, tandis que j'ai presque fini, j'entends comme un sifflement en provenance de l'arrière de l'abri à vélos. Puis je constate que ce n'est pas du tout un sifflement, mais plutôt un murmure — et qui donc pourrait bien être en train de murmurer derrière l'abri à vélos?

J'utilise une authentique technique de Ruby Redfort en continuant d'attacher mes lacets alors qu'ils sont déjà noués. Ce qui implique que si jamais la personne que vous espionnez vous prend sur le fait, elle ne peut vous soupçonner de rien puisque vous avez un alibi*.

Il y a une voix basse qui dit: «Alors tu ferais mieux de l'avoir d'ici lundi, sinon…»

Et il y a une deuxième voix, plus douce, et celle-là prononce des mots que je ne peux entendre.

Je suis tentée d'aller voir de qui il s'agit. Je pourrais faire semblant de tourner le coin par accident — juste pour voir — très rapidement. Mais j'entends alors un son qui me fait changer d'idée. Le son d'un rire, un rire pas très gentil ; le genre de rire qui vient du garçon à la drôle de coupe de cheveux. À ce moment, je comprends que ce murmure très bas appartient, bien sûr, à Justin Barrette.

Parfois, quand vous êtes perdu en mer, il arrive qu'on vous repère

28

Aujourd'hui à l'école, on procède au tirage au sort qui détermine la personne âgée avec laquelle on partagera une collation. Je préférerais ne plus participer à cette activité. Je préférerais ne pas m'être portée volontaire, parce que je n'ai plus le cœur à ça. Mais que faire? Je suis bien obligée de participer, parce que Maman serait fâchée si je me défilais et que, maintenant qu'elle et Papa vont divorcer, j'aime mieux ne pas aggraver la situation.

Je crois aussi que c'est une bonne idée — il y a des gens vraiment gentils au centre pour personnes âgées, et je connais d'ailleurs plusieurs d'entre elles.

Et puis, certaines d'entre elles ne reçoivent presque jamais de visiteurs et c'est une honte, alors ce sera sympa pour elles.

Mme Wilberton procède au tirage dans notre classe. Elle a une grosse boîte dans laquelle il y a tous les noms.

Tout de suite, Robert Granger et Arnie Singh pigent le nom de Mme Levington — c'est bien eux, ça! Mme Levington achète toujours de bons gâteaux et des boissons gazeuses et aime bien gâter les gens et, si ça se trouve, ce sera *elle* qui leur préparera une collation, parce que c'est son genre.

Noah et Suzie Woo pigent M. Enkledorf, mon préféré. Mais il reste M. Flanders, que j'aime bien parce que nous partageons un intérêt pour les biscuits et que je trouve toujours des sujets de conversation avec lui.

Il a toujours de ces déclarations, comme: «*Le Fig Newton, ce fameux roulé aux figues, ne manque pas d'intérêt. Savais-tu qu'il a été inventé au XIXe siècle et qu'à l'origine on le farcissait non pas de figues, mais de mouches?*» Et je lui réponds des trucs du genre: «Oui, je l'ai entendu à la radio, mais saviez-vous que le biscuit Oreo a été découvert en Amérique du Sud par un explorateur allemand du nom de Monsieur Von Strudel?»

Je pense à M. Flanders et aux biscuits quand j'entends Mme Wilberton me dire : « Clarice Bean, viendrais-tu piger un nom ? »

Alors je vais à la boîte toute seule ; tous les autres y sont allés deux par deux. Je pige un bout de papier plié et retourne à ma place. Je le déplie et devinez quoi ? — mais je ne devrais pas m'en étonner, compte tenu de la tournure qu'a prise ma vie ces derniers temps.

Mme Wilberton demande : « De qui s'agit-il ? »

Je réponds : « Je n'arrive pas à lire cette écriture — je devrais peut-être piger à nouveau —, on dirait qu'il n'y a pas de nom d'inscrit ici… »

Mme Wilberton lance : « **Arrête donc de te comporter comme une idiote !** Laisse-moi plutôt lire… »

Je lui tends le petit bout de papier froissé. Et alors Mme Wilberton annonce : « M. Larsson. »

Personne ne dit rien, pour la bonne et simple raison que personne ne connaît M. Larsson à part Karl qui, après avoir attiré mon regard, se met à jouer du violon avec son crayon.

Une fois que tous les noms ont été pigés, je lève ma

main et dis : « Mme Wilberton, je ne crois pas pouvoir partager ma collation avec M. Larsson. »

Et Mme Wilberton de répliquer : « Pourquoi donc ? »

Et je dis : « Eh bien, voyez-vous, c'est un homme plutôt difficile avec qui il n'est pas aisé de s'entendre, et je crois qu'il n'aime pas beaucoup les gens, et surtout pas les gens qui sont aussi des enfants. »

Et Mme Wilberton dit : « Alors, si je te comprends bien, M. Larsson *ne mériterait pas qu'on lui rende visite*, c'est cela ? »

Et je réponds : « Non, je ne dis pas qu'*il ne devrait pas recevoir de la visite* mais simplement qu'il est la personne âgée la plus difficile du centre pour personnes âgées et que c'est plus difficile pour moi de lui rendre visite parce que je ne suis même pas en équipe. »

Mme Wilberton me regarde comme si j'étais vraiment folle et *absolument* stupide.

Elle balaie la classe du regard et dit : « L'un ou l'une d'entre vous voudrait-il accompagner Clarice Bean auprès de M. Larsson ? Il n'est sûrement pas si méchant… »

Mais bien entendu il est trop tard, et tout le monde

sait que je dis la vérité — tout le monde me croit.
Karl garde les yeux fixés sur ses mains, comme si elles étaient vraiment intéressantes, et la cloche se met alors à sonner car c'est la fin de la journée, point final.

À la sortie, alors que je marche vers mon banc sous l'arbre, voilà que je les entends à nouveau : les murmures.

Cette fois cependant, je distingue mieux la voix douce. Je l'entends dire : « Mais je n'ai pas vingt dollars. » Et la voix grave, celle de Justin, répond : « Je croyais que c'était ton anniversaire. Je parie qu'on a dû te donner un peu d'argent. »

Et alors j'en déduis qu'il s'agit de Benji Morel, parce que c'était son anniversaire et qu'en plus Justin Barrette s'en prend à lui constamment, en partie parce qu'il a souvent un paquet de croustilles avec lui et que Justin Barrette en raffole.

Je suis sur le point de franchir les portes de l'école quand j'entends Justin Barrette crier : « J'aime bien ton chapeau, Benji. »

Et il semble que je sois la seule élève consciente du fait que Justin Barrette ne vient pas de se montrer gentil — bien sûr que Justin Barrette n'aime pas le chapeau de Benji Morel; s'il l'aimait, il ne le dirait pas, il s'en emparerait, tout simplement.

Je marche vers chez moi, vraiment déprimée.

Je traîne les pieds. Les feuilles mortes et en voie de décomposition forment un tapis humide sur le sol.

Ma situation ne fait qu'empirer. J'ai un nouveau souci, le **SOUCI Nº 18 : M. Larsson** — quoique peut-être devrais-je le classer au rang de **SOUCI Nº 1**, puisque je devrai rendre visite au vieil homme le plus difficile, malcommode et déplaisant qui soit, seule, absolument seule et sans le moindre soutien.

Derrière moi, il y a quelqu'un qui court et qui crie. Je me concentre sur le pavé sous mes pieds — ce n'est que quand il m'attrape le bras que je constate que ce quelqu'un s'adressait à moi. C'est Karl. Il est complètement à bout de souffle.

Je m'arrête et me tourne vers lui qui halète : «Hmm. Eh bien, j'ai pensé que je devrais peut-être, tu sais, t'accompagner parce que ça ne m'ennuie pas trop de visiter le centre pour personnes âgées et que j'ai l'habitude des vieux malcommodes. »

Et là-dessus, il continue son chemin en courant.

Et je n'ai même pas pu placer un mot.

Je reste figée là, bouche bée, et le regarde courir pour rattraper Alf.

J'ai presque envie d'éclater en sanglots tellement je suis absolument soulagée.

Ça me rappelle la fois où Hitch avait sauvé Ruby Redfort du naufrage.

Ruby leva les yeux vers Hitch penché au dessus d'elle. Il était là, sanglé dans son habit noir, et lui souriait. « Salut, fillette. Je me suis dit que tu avais peut-être envie d'un peu de compagnie. »

Ruby le regardait, incrédule.

Elle se demandait : « Par quel miracle m'a-t-il retrouvée ? »

Mais elle dit plutôt : « Et moi qui croyais enfin avoir un peu de calme et de tranquillité ! »

Le dernier être que vous voudriez rencontrer, c'est bien un ours

Le samedi après-midi, je décide d'aller faire un tour chez Karl. Parce que, voyez-vous, il m'a dit : «Si jamais tu en as le goût, tu peux toujours venir à la maison demain — enfin, si tu veux.» De la part de Karl, c'est une invitation en bonne et due forme, alors que pour la plupart des gens ce ne serait qu'une suggestion qui n'engage à rien.

Tout est affaire de compréhension; il faut savoir ce que les gens veulent dire quand ils parlent. Certaines personnes pensent vraiment ce qu'elles disent, d'autres pas.

La maison de Karl fait partie d'un pâté de maisons identiques, dont chacune a une porte orangée, et dont il est très difficile de se rappeler laquelle est la bonne. Par erreur, je sonne à la porte d'à côté et un très vieil homme vêtu d'un chandail sans manches et d'un pantalon roulé d'une drôle de manière vient répondre. Il est très heureux de me voir et me prend pour une certaine Marge. Il me demande comment va ma jambe et si je lui ai apporté ses biscuits pour la digestion.

Je réponds : « Ma jambe va bien, merci, mais malheureusement je n'ai pas les biscuits. »

Il me dit : « As-tu remarqué mes jardinières de fenêtre, Marge ? »

Je dis : « Oui, elles sont ravissantes. »

Nous bavardons encore un peu de tout et de rien, et j'en oublie presque que ce n'est pas à lui que je venais rendre visite. Par bonheur, quelqu'un glisse la tête par la porte de chez Karl. C'est son frère, Alf.

Il dit : « Tu viens voir Karl ? »

Je dis : « Oui, mais j'avais oublié laquelle de ces portes était la vôtre. »

Il dit : « C'est la porte orangée. »

Je dis : « Elle est pareille à toutes les autres portes orangées. »

Il dit : « Sauf qu'il y a cette bosse *ici*. »

Je dis : « Ah. »

Il dit : «Allô, monsieur Alphonse. »

M. Alphonse répond : «Allô, Rupert. Et comment va le jeune Olivier ? »

Alf répond : «Il va très bien, merci. »

Je dis : «Au revoir, monsieur Alphonse. »

Il dit : «Au revoir, Marge. »

Je demande à Alf : «Pourquoi est-ce qu'il roule ses pantalons comme ça ? »

Et Alf me répond : «Parce qu'il *aime* qu'ils soient roulés. »

Sur le sofa, Karl regarde une émission de télé pour les tout-petits.

Je lui dis : «Eh oh ! »

Et il répond : «Eh, CB, viens t'asseoir. »

Je lui demande : «Alors, mon p'tit frère, ça gaze ? »

C'est le genre de réplique que Ruby Redfort lancerait à Clancy Crew.

Nous bavardons en sirotant des boissons gazeuses et en regardant cette émission vraiment étrange, sans doute destinée aux bébés parce qu'il ne s'y passe *absolument rien.*

Nous parlons de M. Larsson, qui est vraiment un homme terrifiant. Karl me raconte que, la dernière fois qu'il est allé au centre pour personnes âgées, M. Larsson a perdu la boule et a balancé son pouding à bout de bras.

Je dis : « Qu'est-ce que tu veux dire ? »

Et Karl répond : « Eh bien, j'étais allé au centre pour personnes âgées avec ma mère qui emmenait les chiens en visite. »

Au cas où vous l'ignoriez, tous les mois, la mère de Karl emmène quelques animaux domestiques au centre pour personnes âgées. Voyez-vous, les pensionnaires n'ont pas le droit d'avoir des animaux de compagnie autres qu'un poisson rouge ou une perruche.

Les gens qui s'y connaissent prétendent qu'il est bon pour les personnes âgées de côtoyer des animaux. Ils appellent ça de la zoothérapie — ce qui veut simplement dire qu'on peut aider les gens à se sentir bien grâce aux animaux de compagnie.

En tout cas, Karl explique : « J'étais là avec deux chiens, un chien saucisse nommé P'tit-bout, et puis Hector, qui n'est pas un pure race, juste un chien quelconque. Alors, une chose qu'il faut savoir des chiens saucisses, c'est qu'ils sont tout petits et qu'ils peuvent se glisser sous les meubles sans qu'on les remarque. Et justement, P'tit-bout s'est faufilé sous le fauteuil de M. Larsson, là où il gardait son sac d'emplettes plein de friandises spéciales, et quand il a regardé sous son fauteuil il a surpris P'tit-bout en train de dévorer ses friandises, et c'est là qu'il a perdu les pédales. »

Alf hoche la tête et Karl ajoute : «Pas vrai, Alf ? »
Et Alf acquiesce : « *Complètement* perdu les pédales. »

«Et M. Larsson a dit : *"J'avais acheté ce gâteau au gingembre pour mon dessert !"* Et l'une des préposées aux bénéficiaires court lui chercher un dessert de la cafétéria, mais M. Larsson le regarde et le regarde encore, puis le ramasse et *le lance à bout de bras contre le mur.* »

Et je dis : «Quel genre de dessert ? »

Et Karl répond : «Une sorte de pouding, ou peut-être un gâteau éponge, je ne sais plus. »

Alf dit : «Je crois que c'était un gâteau éponge. »

Et Karl de renchérir : «Oui, parce qu'il est resté des

bouts spongieux sur le mur, c'est ce qui arrive avec un gâteau éponge.»

Je demande : «Et puis après, qu'est-ce qui est arrivé?»

Karl hausse les épaules et dit : «Il est parti en trombe.»

Et Alf confirme : «**Il est tout simplement parti en trombe.**»

Je raconte à Karl et Alf l'anecdote des clés de ma mère, tombées dans une bouche de chauffage après que M. Larsson a eu renversé le contenu du sac de Maman.

Et Karl répond : «Incroyable!»

Et Alf de lancer en écho : «**Incroyable !**»

Et alors je leur parle du hareng et de ce qui arrive quand il n'y a pas de hareng.

Et Karl observe : «Eh bien! il lui faut du hareng. Il est un peu comme le comte von Vicomte; s'il ne mange pas des yeux au déjeuner, il perd tous ses pouvoirs.»

Alors je dis : «J'ai entendu dire qu'un jour où il n'y avait pas de hareng, il avait menacé de manger le canari de M. Enkledorf.»

Ce n'est pas tout à fait exact. En fait, il avait plutôt dit : «Et qu'est-ce que je devrais manger, alors? Le canari?» Mais ma version de l'incident est plus croustillante, non?

Alors Alf dit : « Un jour où ma mère était allée au centre avec les animaux, elle a perdu de vue la tortue et a même dû repartir sans elle. »

Et Karl d'approuver : « Oui, c'est vrai. Et c'est parce que M. Larsson l'aurait dévorée, avec des frites. »

Mais Alf de le contredire : « *Non*, parce que plusieurs semaines après, on a retrouvé la tortue sous l'évier, toujours en vie, en train de grignoter des éponges. »

Et Karl de dire : « Non, ce n'était pas la même tortue. »

Assis là, nous méditons là-dessus quand soudain Karl lance : « Je me demande si M. Larsson mange des enfants. »

Et je réponds : « Juste les petits. »

Et nous nous tournons tous deux vers Alf qui proteste : « Arrêtez, vous deux ! »

En fait, nous sommes en train d'aggraver nos soucis. Et je suis ravie de ne pas avoir à rendre visite toute seule à M. Larsson.

Tandis que nous continuons à bavarder, la télé est allumée. Et nous restons assis, les yeux exorbités, alors que les émissions se succèdent sans que nous ne nous donnions la peine de changer de poste. Nous continuons de regarder.

Et je suis contente parce que l'émission suivante est vraiment intéressante et absolument captivante. Elle s'intitule *Mangeurs d'hommes* et parle de ces animaux sauvages qui peuvent littéralement et délibérément dévorer des êtres humains ; l'émission propose la reconstitution des récits de gens qui ont échappé de justesse à des rhinocéros, à des lions, à des crocodiles et même à des hippopotames dont on ne se douterait pas qu'ils sont dangereux, tellement ils ont l'air béat, mais qui pourtant le sont. Très.

Et si tous ces gens ont survécu, c'est qu'ils ont réussi à poser le bon geste au bon moment. L'émission nous montre la reconstitution de ce qui est arrivé à ces gens en Afrique qui avaient un lion à leurs trousses, et nous montre aussi comment les lions s'y prennent. Ils s'attaquent toujours à la proie la plus facile, la plus petite, ou celle au pas le moins sûr, et l'isolent de ses semblables.

C'est d'ailleurs ce que ce lion avait fait à cette dame. Et son mari avait astucieusement détourné l'attention de l'animal en s'approchant à cheval et en criant, afin que le lion se dise : « *Mmm, peut-être que je devrais plutôt pourchasser celui-là, puisqu'il semble avoir si hâte de se faire dévorer.*» Et le lion s'était détourné de la femme. Et c'était un geste très courageux de la part de l'homme, quand on y pense, parce qu'il aurait pu y passer. Mais, par bonheur, le lion s'était lassé et avait choisi de se rabattre sur un zèbre.

À la fin de l'émission, Alf demande : «Irez-vous vraiment rendre visite à M. Larsson ?»

Et je me tourne vers Karl, en priant pour qu'il n'ait pas changé d'idée.

Karl se tourne vers moi et dit : «Où est le problème ? C'est juste un vieux grincheux, après tout !»

Mais quelque chose dans sa voix me laisse croire qu'il n'en est pas si sûr.

À mon retour à la maison, il y a sur la table un paquet qui m'est adressé. Il vient de Grand-M'man. À l'intérieur, il y a une radio miniature Ruby Redfort toute blanche, avec de petits écouteurs. «*Pour t'occuper l'esprit*», dit la petite note qui l'accompagne. C'est l'un des plus beaux cadeaux qui m'aient jamais été offerts — on peut le garder toujours sur soi.

L'appareil a un petit cordon rouge. Ruby Redfort
écoute constamment la radio et elle y capte des
messages secrets destinés à elle seule, que personne
d'autre ne saurait comprendre puisqu'ils sont codés.
Cette nuit, je suis étendue sur mon lit, incapable de
dormir, alors je mets mes écouteurs et allume ma
radio. Je tourne le bouton pour parcourir la bande, et
il doit bien y avoir des *trilliards* de stations différentes.
Je tombe sur une entrevue avec un monsieur au
Bangladesh. Le monsieur s'est fait pourchasser par un
tigre qui a surgi soudainement dans un champ où il
travaillait avec un tas d'autres gens, et quelqu'un avait
crié « Un tigre ! », alors tout le monde s'était sauvé
en courant, mais il ne faut vraiment jamais courir
devant un tigre.

Les tigres sont extrêmement rapides et aucun être
humain n'a la moindre chance de les semer en
courant, pas même un athlète olympique.

Ce monsieur le savait, mais que faire d'autre ?

Alors il s'est mis à courir, mais tous les autres avaient
une longueur d'avance sur lui. Il ne lui restait plus
qu'une mince chance de survivre, et c'était de faire
le mort. Imaginez-vous vous jetant par terre et ne

bougeant plus un muscle, à attendre que le tigre se lance sur vous et vous achève tandis que vous savez bien qu'il se pourlèche les babines. *Mais non*, le tigre s'est désintéressé de lui, il ne voulait pas manger un cadavre, alors il a passé son chemin. Et, bien que l'émission soit vraiment palpitante, je commence à m'assoupir.

Je suis presque en train de ronfler quand un mot vient m'arracher soudain à ma torpeur : « Ours ! »

À la radio, une femme déclare : « Le *dernier être* que vous voudriez rencontrer, c'est bien un *ours*. »

Et elle explique qu'on ne peut lutter contre un ours, parce qu'il est *trop fort* et qu'il peut même *déchirer une voiture* à mains nues.

Elle dit encore que si vous essayez de faire le mort, peut-être qu'il passera son chemin, et peut-être pas.

Les ours sont imprévisibles, comme bien des gens.

Alors votre seule option, c'est de prendre ce risque et d'espérer que vous aurez de la chance. Et même si tous ces renseignements me fascinent, je me sens encore glisser dans la torpeur et je n'entends plus que des choses comme

« N'ayez pas d'aliments dans vos poches…

Restez en groupe… »

Et la dernière chose que j'entends

tandis que je sombre dans le sommeil, c'est :

« Et surtout, surtout, quelle que soit la situation,

NE FAITES JAMAIS SURSAUTER

UN OURS. »

L'être humain est parfois doté d'une force surhumaine

Aujourd'hui, la journée à l'école ne me semble pas si mal — elle est bien moins pire que les précédentes. Je crois encore que le comportement de Karl est bizarre — il regarde toujours Clem Hansson avec un sourire béat, comme en T R A N S E, et fronce les sourcils quand il aperçoit Justin Barrette —, mais au moins nous nous parlons à nouveau.

C'est la récréation et je marche dans la cour. Je passe près de l'abri à vélos et j'entends Justin Barrette murmurer. Il dit de sa voix grave : « Je t'ai prévenu : si tu ne me donnes pas vingt dollars, je ne te le rendrai pas. »

Je m'immobilise.

L'autre voix est à peine audible, mais moins grave ; je crois distinguer les mots : « C'est ce que tu m'avais dit l'autre jour et je t'ai donné les vingt dollars. »

Et la voix de Justin Barrette répond : « Eh bien ! je te le redis maintenant. »

Et l'autre voix réplique : « Mais je n'ai pas vingt dollars de plus, c'est tout ce que j'avais. »

Et alors Justin Barrette dit : « Dans ce cas, donne-moi donc ton ridicule couvre-chef. »

Et alors la voix douce dit, presque en pleurant : « *Non, tu ne peux pas avoir mon couvre-chef, c'est un cadeau d'anniversaire.* »

Bien entendu, je sais maintenant que j'avais raison. C'est Benji Morel, parce qu'il a effectivement un chapeau ridicule. Mais je m'étonne qu'il ne le cède pas à Justin Barrette, s'il tient tant à récupérer cette autre chose qu'on lui a prise. D'ordinaire, Benji Morel fait tout ce qu'on lui demande.

Et la voix grave dit : « À toi de choisir : soit tu veux récupérer Karnine, soit tu y renonces. »

Et la deuxième voix demande : « Mais qui me dit que tu l'as encore en ta possession ? »

Du coup, je tends une oreille encore plus attentive parce que, voyez-vous, c'est une déclaration très étrange.

Qui est Karnine ?

Qu'est-ce que Justin Barrette a en sa possession ?
Et comme je les entends faire le tour de l'abri, je
m'éclipse en courant parce que, si Justin Barrette
apprend que je sais quelque chose, ce sera mon
tour de lui verser mon argent de poche — moi
qui n'en ai même pas !

Je suis presque arrivée à la porte de l'école quand je
me retourne et vois Benji Morel se précipiter vers la
classe. Alors j'aperçois Justin Barrette et devinez qui
est avec lui ? *Clem Hansson.* Voilà qui confirme mes
soupçons à son sujet : tout le monde la croit gentille,
alors qu'en fait elle veut du mal à Benji Morel.

Tout l'après-midi, je me demande comment persuader
Karl de me croire — parce que, voyez-vous, il
n'appréciera pas que je lui raconte que Clem Hansson
n'est pas très gentille, en fin de compte, et que j'en ai
maintenant la preuve.

Je suis absorbée par mes pensées à tel point que
Mme Wilberton me reproche de ne pas assez porter
attention à son cours et décide de me garder en
retenue pour nettoyer le tableau noir.

Je sors par-derrière — je passe près de l'abri à vélos —

dans l'espoir de rattraper Karl avant qu'il n'enfourche sa bicyclette et pédale jusque chez lui.

Il y a là encore quelques élèves, dont Karl et Clem Hansson. Ils ne se parlent pas, mais Karl traîne autour d'elle.

Clem récupère son vélo, qui est jaune et couvert d'autocollants. Elle se penche pour ouvrir son cadenas. Je préfère attendre qu'elle s'en aille.

Justin Barrette traîne dans les parages lui aussi, avec le garçon à la drôle de coupe de cheveux. Ils se lancent des glands de chêne et l'un des glands touche presque Clem qui fait semblant de ne pas l'avoir remarqué.

Je vois le garçon à la drôle de coupe de cheveux regarder Justin Barrette de son regard étrange.

Justin Barrette lance un autre gland, et cette fois atteint carrément et délibérément le dos de Clem Hansson. Il a fait exprès, c'est sûr.

Voilà qui m'étonne : ils sont amis, alors pourquoi lui lance-t-il des glands de chêne ?

Elle ne se retourne pas, ni rien.

Et il est évident que ça l'agace.

Voyez-vous, il voudrait qu'elle se retourne parce qu'il veut manifestement la contrarier, or si elle n'est pas contrariée, c'est qu'il a échoué à la seule chose à laquelle il excelle.

Il n'abandonne pas, ce ne serait pas son genre —
Il fait partie de ces gens qui n'abandonnent jamais.
Et il est tout excité.
Et il n'arrête pas de dire des choses, des choses méchantes.
Et je ne comprends pas du tout ce qui se passe.
Je crois qu'ils ont dû se quereller.
Mais à quel propos?
Pendant tout ce temps, le garçon à la drôle de coupe de cheveux se contente de ricaner.
Et soudain Justin Barrette saisit la tuque de Clem et la balance au-dessus d'une flaque comme s'il avait l'intention de l'y échapper.
Et Clem tourne autour, les joues empourprées, le regard perçant, en disant: «*Redonne-moi ça!*»
Je ne l'ai jamais vue dans cet état: elle est vraiment furieuse et, même si elle ne crie pas, tout le monde s'arrête pour la regarder.
Et le garçon à la drôle de coupe de cheveux, lui, regarde Justin Barrette qui, pendant une seconde, semble hésiter.

Puis il fait mine de redonner à Clem sa tuque et, soudain, la lance à bout de bras sur le toit de l'abri à vélos.

Clem le regarde et dit : « C'est ma grand-mère qui me l'a faite. »

Elle est hors d'elle et pourtant elle ne pleure pas, ni rien. Elle lui jette seulement un regard chargé de haine.

Elle se tient là, à fixer Justin Barrette qui essaie de ricaner, mais il n'est pas très bon ricaneur.

Alors elle enfourche son vélo et s'en va.

Sans se retourner.

Et je suis *absolument* confuse.

C'est vraiment terrible et plus personne ne rigole et Karl déclare : « Tu es vraiment un idiot, Justin Barrette. » Et alors il ajoute quelque chose d'encore plus dur et grimpe sur l'abri, puis il rampe sur le toit. Il n'y a plus que ses jambes qui dépassent, il tend la main vers la tuque de Clem et, juste au moment où il la saisit, Justin Barrette empoigne sa jambe et se met à tirer, à tirer, à tirer et je me mets à crier « Laisse-le, crétin, tu vas le faire tomber ! »

Mais il n'arrête pas de tirer et soudain Karl bascule

et tombe avec un bruit pas du tout agréable.

Il ne se relève pas. Il est écrasé par terre.

Tout le monde est silencieux. Lentement, Karl essaie de se remettre sur pied. Il n'est pas solide sur ses pattes et son visage est pâle comme un linge.

Il tient toujours la tuque de Clem dans son poing.

Et il enfourche sa bicyclette, mais je ne peux m'empêcher de remarquer que son bras n'a pas l'air normal, qu'il a l'air désarticulé.

Tandis qu'il se met à pédaler, je lui crie : «Karl, je pense que tu t'es cassé le bras. Je vais aller chercher M. Skippard.»

Mais Karl ne m'écoute pas et je crois qu'il est en état de choc. Comme dit Ruby Redfort : « L'être humain est parfois doté d'une force surhumaine. » Quand vous êtes à moitié mort et que vous vous êtes presque fait amputer un bras, vous pouvez *encore* monter à vélo.

Quand je raconte tout ça à M. Skippard, il sort en courant. Par bonheur, Karl n'est pas rendu bien loin. M. Skippard garde son calme, un peu comme mon père le ferait dans pareille situation. Mon père sait comment agir en cas d'urgence. Dans ce domaine il n'y a personne de plus fiable que lui, sauf peut-être mon oncle Ted.

M. Skippard emmène Karl à l'infirmerie et appelle une ambulance. Tout le monde reste là, à attendre l'ambulance ; et tout le monde regarde Karl que les ambulanciers installent à l'arrière du véhicule.

M. Skippard l'accompagne — on n'a pas pu joindre la mère de Karl, qui est sans doute en train de promener les chiens. J'ai de la peine pour Karl parce que même si M. Skippard est gentil, je sais que Karl aurait préféré avoir sa mère à ses côtés.

Je regarde à mes pieds ; il y a la tuque de Clem par terre. Karl a dû la laisser tomber quand les ambulanciers ont soulevé sa civière.

Je commence à me poser des questions sur Clem Hansson et sur ce qui se passe entre Justin Barrette et elle.

Je ramasse la tuque tachée de boue et l'essore un peu, puis je retourne dans l'école avec l'intention de l'accrocher à sa patère pour qu'elle la trouve demain en arrivant.

Je me demande si je ne devrais pas plutôt aller chez elle lui porter la tuque. Comme ça, elle n'aurait pas à

s'inquiéter. Mais je n'ai pas vraiment envie d'y aller,
pas maintenant. Je dois rentrer chez moi.

Et juste au moment d'accrocher la tuque à la patère,
j'aperçois quelque chose à l'intérieur.

Une sorte d'écusson que l'on y a cousu.

Et sur cet écusson,

il y a

une mouche.

Peut-on à la fois tout savoir et ne rien savoir du tout?

Avant que je sois ressortie, il s'est mis à pleuvoir des clous. J'aurais dû prendre mon ciré ce matin, mais qui aurait pu savoir qu'il y aurait un pareil déluge? Certainement pas les météorologues, en tout cas.

Je suis trempée de la tête aux pieds, mais je m'en fiche. Je repense à Clem qui s'en est allée à vélo, et à son expression quand Justin Barrette a lancé sa tuque sur le toit. Et je me rappelle l'avoir entendue confier à Karl que sa grand-mère lui avait tricoté cette tuque et que sa grand-mère était maintenant décédée.

Et je comprends que Karl s'était lui aussi rappelé ce détail.

Et je commence à comprendre que je me suis trompée royalement.

La pluie s'insinue entre mon col et mon cou. Elle

est glaciale et me donne l'impression qu'elle pourrait pénétrer ma peau. Heureusement, je suis imperméable. Nous le sommes tous.

Et je me dis : à quoi bon lire tous ces renseignements sur les lions, les tigres, les requins ? À quoi bon savoir comment trouver de l'eau dans un désert ? Ou comment regagner la terre ferme lorsqu'on est perdu en mer ? *Je vis ici, rue Navarino, et toutes ces choses ne me sont guère utiles dans ma vie quotidienne.* Ruby Redfort écrit de stupides romans d'aventures ; ils n'ont rien à voir avec la *vraie* vie.

J'ai lu son **GUIDE DU PARFAIT ESPION — COMMENT SAVOIR CE QU'ON SAIT SANS LE SAVOIR**. Et tout ce que j'ai découvert, c'est que je ne sais rien du tout. Je croyais tout savoir sur Clem Hansson alors que j'avais tort.

Quand j'arrive à la maison, il n'y a plus une parcelle de moi qui ne soit pas détrempée par la pluie. Alors l'eau ne peut plus que dégoutter par terre.

Il n'y a que Grand-P'pa à la maison. Alors je monte à ma chambre pour y chercher des chaussettes sèches, mais personne n'a fait la lessive ces derniers temps et je devrai plutôt enfiler des collants. Je fouille dans mon tiroir à chaussettes pour en trouver une paire qui ne soit pas trouée. Je sors ma paire de collants à rayures préférée, qui est pareille à celle de Betty Belhumeur, mais en glissant ma jambe à l'intérieur je sens quelque chose de plat et en papier.

J'y mets ma main et en retire une enveloppe. Et je me souviens : *la carte d'invitation de Clem.*

Je ne l'avais jamais même regardée.

Je l'ouvre et constate que la carte est faite à la main, pas à l'ordinateur. Sur la couverture, il y a une sorte de cœur rouge — je reconnais là un dessin typiquement scandinave, qui paraît-il est assez courant en Suède.

À l'intérieur, le message se lit comme suit :

S'il te plaît, j'aimerais que tu viennes à mon anniversaire ce samedi à 16 h. Tu peux porter ce que tu veux. Et pas besoin d'apporter de cadeau, c'est à ta discrétion. Je serais juste heureuse de te voir.

Affectueusement, Clem

P.S. : J'aimerais vraiment que tu sois là ; j'ai seulement invité Karl et toi.

Le message a été écrit avec des feutres de différentes couleurs, comme un arc-en-ciel.

D'un côté, elle a dessiné la mouche de Ruby Redfort et de l'autre il y a un petit autocollant représentant un lapin — vers lequel pointe une flèche partie du mot **kanin**. C'est un drôle de mot et je me demande s'il veut dire lapin en suédois, ou s'il s'agit du nom de son lapin à elle. Je songe aux lapins et aux arcs-en-ciel, à Clem qui est toujours en train de dessiner des lapins et des arcs-en-ciel. Et ça me rappelle Karl dans la boutique, quand je l'ai vu choisir une carte représentant des lapins ou un arc-en-ciel pour l'anniversaire de Clem, auquel il s'est donné la peine d'aller et pas moi, et c'était donc pour ça qu'il était fâché contre moi. Et c'était donc pour ça que Clem ne m'adressait plus la parole après la semaine de relâche, parce que je ne m'étais pas donné la peine d'aller à son anniversaire — et non pas, contrairement à ce que j'avais cru, parce qu'elle s'était acoquinée avec Justin Barrette et s'était désintéressée de moi. Elle ne s'était jamais liée d'amitié avec Justin Barrette. Tout ce temps, elle avait tout fait pour devenir mon amie — elle avait même cousu à l'intérieur de sa tuque un écusson à l'effigie de la mouche de Ruby, dans l'espoir que je la remarque — parce que si j'avais été une parfaite espionne comme Ruby, je l'aurais remarquée et je serais venue à la rescousse.

Exactement comme Ruby vient au secours de Clancy Crew dans **Cours, Ruby, cours** pour le sauver des griffes de ses ravisseurs. Mais Clem n'a pas été kidnappée... Alors je prends mon dictionnaire suédois — celui que la petite amie d'oncle Ted m'a offert — et je cherche le mot **kanin**＊.

Le mot y figure bel et bien, et le dictionnaire dit qu'il faut le prononcer kâânîîne — ça ne se prononce donc pas tout à fait comme ça s'écrit. Et soudain je comprends quelque chose. Je me rappelle l'endroit où j'ai entendu ce mot auparavant. Je me rappelle ces voix derrière l'abri à vélos. Ce n'était pas *Benji Morel* qui avait maille à partir avec Justin Barrette. Ce n'était pas son couvre-chef à lui que Justin Barrette essayait de prendre. Et donc ce n'était pas à *Benji Morel* que Justin Barrette voulait extorquer vingt dollars. Bref, ce n'était pas une chose appartenant à *Benji Morel* que Justin Barrette avait en sa possession... C'était une chose appartenant à Clem.

Justin Barrette avait enlevé le lapin de Clem.

Ne regarde pas tout de suite, mais vois qui c'est

Je regarde et regarde encore la carte d'invitation.
Comme dirait Ruby Redfort, toutes les pièces du
casse-tête se sont mises en place et forment une image
bien différente de celle à laquelle je m'attendais.
Je me demande quoi faire et je me souviens de
quelque chose.
Et je sais qui peut m'aider et qui je dois trouver.
En réfléchissant à tout ça, j'enfonce mes pieds nus
dans mes bottes, descends l'escalier en courant puis
attrape mon imperméable au vol et l'enfile. Je crie à
Grand-P'pa : «Où est Marcie? Stan est-elle
avec elle?»
Et Grand-P'pa répond: «Elle est allée me chercher des
œufs au magasin.»
J'insiste: «Est-ce que Stan est avec elle?»

Et Grand-P'pa dit : « Je ne sais pas, mais elle était avec une fille aux ongles bleus. »

Je répète : « Stan ? »

Grand-P'pa dit : « Stan, c'est ça. Elles sont allées m'acheter des œufs au magasin. »

Et déjà je file par la porte tandis que Grand-P'pa me crie : « *Tes lacets sont défaits !* » et je cours sur le trottoir jusqu'au bout de la rue, tout en continuant de réfléchir.

C'est ce que le majordome de Ruby, Hitch, me conseillerait de faire comme dans toute affaire de vie ou de mort : « Continue de réfléchir, fillette. Ceux qui ne cessent jamais de réfléchir s'en sortent toujours en vie. »

Et je réfléchis au fait que Karl a essayé de venir en aide à Clem, mais que ça n'a pas marché.

Et j'entends mes pieds marteler le trottoir si vite que j'ai presque l'impression que ce n'est pas moi qui cours.

Et je pense à l'homme à cheval qui essayait de distraire le lion — je me rends compte que c'est pour ça que Karl s'est comporté de manière si étrange : il a voulu détourner de Clem l'attention de Justin Barrette, et ça a parfois marché.

Et d'autres fois, ça n'a pas marché.

Voilà ce qu'il essayait de faire.

Et je réfléchis à l'homme qui avait arrêté de courir pour faire le mort devant le tigre — en ignorant le tigre, en n'étant pas effrayé par lui, l'homme était devenu sans intérêt pour le fauve, qui l'avait laissé tranquille puisqu'il ne le trouvait plus amusant.

Mais ignorer Justin Barrette n'avait pas aidé Clem.

Pas plus que de se montrer gentille avec lui — d'une manière qui rappelle le truc de nager en direction d'un requin comme si sa présence ne vous incommodait pas.

Mais pourquoi donc détourner l'attention de Justin Barrette, l'ignorer ou essayer de se montrer gentil avec lui ne fonctionnait-il pas, alors que ça marchait avec les lions, les tigres et les requins ?

Je cours de plus en plus vite et mes bottes me frottent l'arrière des chevilles et je regrette de n'avoir pas enfilé mes collants. J'approche de plus en plus de L'Aubergine et je ne veux pas manquer Stan et Marcie, alors je décide d'emprunter un raccourci, la petite ruelle, même si Maman me dit de ne jamais emprunter toute seule une ruelle sombre le soir, *mais il y a urgence.*

Et j'entends mes pas et leur écho dans la ruelle étroite et très sombre, et j'aperçois deux silhouettes au bout de la ruelle en face de L'Aubergine. L'une est plus grande que l'autre. Je suis soulagée à l'idée que c'est sûrement Marcie et Stan qui reviennent vers la maison et que je les ai trouvées à temps.

Et tandis que je cours, je sens mon lacet qui pend.

Et je pense sans cesse aux lions   tigres   requins.

Et comme ces pensées s'agitent dans mon esprit, je trébuche sur mes lacets et tombe face contre terre, quoique je réussis à mettre mes mains pour amortir ma chute, mais je m'érafle le genou sur le sol.

Je sens déjà que je me suis écorché la jambe. Je ne peux pas voir dans la pénombre, mais je sais que je saigne.

Soudain j'entends fuser un ricanement.

Le ricanement du garçon à la drôle de coupe de cheveux.

Et quand je lève les yeux, j'aperçois Justin Barrette.

Ne faites jamais sursauter un ours

Maman a raison. Il ne faut jamais emprunter une ruelle quand il fait noir. Mais il est trop tard maintenant : me voici coincée à terre par Justin Barrette.

Et je peux apercevoir les lumières de L'Aubergine et je peux voir Kira, à genoux dans la vitrine de la boutique, probablement en train de balayer des mouches.

Justin Barrette dit : «Regardez-moi ça : la copine de ce nul de Karl Wrenbury.»

Je ne dis rien.

Il dit : «Et alors ? Qu'est-ce que tu as à m'offrir ?»

Il glisse la main dans une poche de mon imperméable et en sort une pièce de monnaie.

Ma pièce pour les appels téléphoniques d'urgence.

Il demande : «C'est tout ?»

Et le garçon à la drôle de coupe de cheveux ricane.

Justin Barrette fouille dans mon autre poche et en tire le biscuit polonais.

Je l'avais complètement oublié.

Il demande : « C'est quel genre de biscuit, ça ? »

Et il le fourre dans sa bouche.

Mais je ne dis rien.

Je ne bouge pas, comme le conseille Ruby Redfort : « Ne bougez pas. Continuez à réfléchir. Ne paniquez pas. »

Je me rappelle toutes ces fois où j'ai pu éviter Justin Barrette parce que j'avais Betty Belhumeur avec moi pour me dire : « Ne regarde pas tout de suite, mais vois qui c'est... »

Malheureusement, je suis maintenant seule.

Les deux jettent sur moi un regard méchant, le même regard qu'ils jetaient sur Benji Morel, et je me dis que *ne rien faire* ne marchera pas avec Justin Barrette parce qu'il n'est pas un tigre

et que détourner son attention ne marchera pas parce qu'il n'est pas un lion

et qu'afficher de l'assurance ne marchera pas parce qu'il n'est pas un requin.

Mais qu'est-il donc, au juste ?

Et je ne sais pas pourquoi je dis ça, mais les mots surgissent de ma bouche.

Parce que, voyez-vous, je dois faire quelque chose.

Je dis: «Je sais que tu as enlevé le lapin de Clem Hansson.»

Et pour la première fois, Justin Barrette a l'air vraiment surpris — mais juste pendant une toute petite seconde.

Et c'est alors que je réalise ce qu'est Justin Barrette.

Il est la pire chose qui soit.

Justin Barrette est un ours.

Et je sais qu'*il ne faut jamais faire sursauter un ours.*

Mais il est trop tard. Il me soulève par le manteau. Et je sens le sang qui coule de ma blessure au genou sur ma jambe.

Et il aperçoit quelque chose: mon écusson Ruby à l'effigie d'une mouche.

Et il demande: «La Hansson en a un pareil. Qu'est-ce que c'est?»

Et je ne dis rien.

J'essaie juste de me souvenir de ce qu'il faut faire quand on rencontre un ours.

Et je prie pour que Kira lève les yeux. Si elle levait les yeux, elle me verrait, c'est sûr qu'elle me verrait.

Justin Barrette annonce : «Je crois que je vais le prendre. »

Et il se met à tirer sur l'écusson pour l'arracher de mon ciré.

Et je proteste : «Non, tu ne prendras pas mon écusson. »

Et il dit : «Je prendrai tout ce que je voudrai. »

Et la seule chose qui me reste à faire, c'est mon signal Ruby : ma dernière chance d'attirer l'attention de Kira.

C'est un geste un peu bizarre et pas du tout naturel.

Mais Kira ne voit pas.

Oh! comme j'aimerais qu'elle lève les yeux.

Et juste comme Justin Barrette réussit à arracher mon écusson, une voix dit : «Qu'est-ce que tu fais, le gros? » et une main lui reprend l'écusson.

C'est Kira.

Justin Barrette dit : «Oh, elle venait juste de me donner son écusson. »

Kira répond : «Ah oui? Mon œil! »

Et elle se met à siffler, ce sifflement très bruyant que Ruby Redfort sait faire.

Du coup, Kurt sort de la boutique et demande :

«Qu'est-ce qu'il y a? » Et dès qu'il me voit, il court

vers moi avec en main la serviette avec laquelle il essuyait les bocaux.

Et Kira dit : « Ces deux nuls prétendent que ta sœur venait de leur donner son écusson. »

Et Kurt dit : « Ma sœur ne leur donnerait jamais son écusson de Ruby. »

Justin Barrette a l'air effrayé et l'autre garçon aussi.

Et alors je m'écrie : « Ils ont enlevé le lapin de Clem Hansson. »

Justin Barrette dit : « Ce n'est pas vrai, je vous le jure. »

Alors une autre voix intervient : « C'est vrai et tu le sais. »

C'est Stan. Et quand il l'aperçoit, Justin Barrette a l'air encore plus effrayé.

Stan ajoute : « J'ai vu un lapin dans la cour derrière chez vous. »

Justin Barrette dit : « Je veillais sur lui. »

Stan répond : « Justin, peut-être t'imagines-tu que tout le monde est assez stupide pour croire à tes mensonges mais, moi, *je te connais*, tu te souviens ? »

Les yeux de Justin Barrette sont gros comme des pièces de deux dollars et il dit : « C'était juste une blague. »

Et Stan réplique : « Ah oui ? Eh bien ! dis-moi,

247

pourquoi est-ce que personne ne rit?»

Et Justin Barrette n'ose pas répondre.

Stan ajoute : «Je crois que tes parents seront de très mauvaise humeur quand ils vont apprendre tout ça.»

Et le visage de Justin Barrette blêmit. «Ne leur dis pas, s'il te plaît.»

Stan demande : «Et selon toi, pourquoi devrais-je me taire?»

Et Justin Barrette gémit quasiment : «Je vais aller le chercher maintenant, promis. Je vais le rendre. Mais ne le dis pas à mes parents, s'il te plaît.»

Stan réplique : «Eh bien! Justin, ce sera *à ma discrétion*, pas vrai?»

Et elle l'escorte vers chez lui. Du coup, il n'a plus l'air d'un ours et ressemble plutôt à une marmotte.

J'ignore où est passé le garçon à la drôle de coupe de cheveux; il semble avoir disparu.

Mais je me rappelle les conseils de la femme à la radio au sujet des confrontations avec les ours : *mieux vaut être en groupe...*

Soudain, je regarde autour de moi et je constate que je ne suis pas seule du tout.

Je dis à Kira : «Merci du coup de main.»

Et Kira répond : «Pas de quoi, fillette.»

Et je lui propose : «Pourquoi ne viens-tu pas à la maison avec nous, quand vous aurez fermé la boutique? À moins que tu aies un rendez-vous avec Josh…»

Kira dit : «Bah, on ne sort plus ensemble.»

Et Kurt dit : «Oh! formidable, je veux dire, quel dommage… Mais, oui, tu devrais passer à la maison…»

Et il lui donne un coup amical avec sa serviette.

Et elle dit : «Mon salaud, tu vas me le payer!»

Et ils reprennent leur petit rituel de poursuites et de taquineries.

À ce moment précis, Marcie sort de Renards et Cie. Elle demande : «Où est passée Stan? Eh, ton genou saigne; qu'est-ce qui t'est arrivé?» Je lui raconte et elle reprend : «Justin Barrette?... Oh! le cousin de Stan. Quel nul!» Et puis elle ajoute : «Oh! Ne regarde pas tout de suite, mais voici cette autre nulle d'Amber!»

Je dis : «Probablement qu'elle vient chercher Kurt.»

Et Marcie répond : «Bah, tu n'as pas su la nouvelle? Ils ne sortent plus ensemble.»

À notre retour à la maison, Papa dit : « Ne regardez pas tout de suite, mais devinez ce qu'on mange, les enfants… »

Et je réponds : « Des rôties ? »

Et Grand-P'pa de dire : « Oh, quelle bonne idée ! »

Papa réplique : « Eh bien ! malheureusement pour vous, c'est du poulet. »

Et Marcie d'enchaîner : « Servi sur des rôties. »

Maman intervient : « Très drôle. Regardez ! Nous avons une nouvelle cuisinière. »

Martin regarde Papa et demande : « Quand est-ce que vous allez divorcer ? »

Et Papa de répondre : « Je ne savais pas que nous divorcions. Personne ne m'en a parlé. »

Et Maman de lui faire écho : « Non, personne ne m'en a parlé à moi non plus. »

Et Martin d'insister : « Clarice me l'a dit. »

Je grimace. « Espèce de panier percé ! »

Papa dit : « Clarice, tu plaisantes, j'espère ? Je suis fou de ta mère. »

Et Maman ajoute : « Merci, mon amour. Et les jours

où tu n'es pas en train de me rendre folle, je suis assez folle de toi aussi…»

Et Marcie de me lancer un drôle de regard qui, je crois, signifie : «*Sortez-moi d'ici, quelqu'un !*»

Quand vous avez envie de vous enfuir en panique, gardez votre calme

34

Évidemment, comme on l'a gavé d'anesthésiants et qu'il a le bras cassé, Karl ne peut pas m'accompagner au centre pour personnes âgées.

Je vais chez lui et Alf m'ouvre la porte.

Je demande : « Comment va Karl ? »

Et Alf me répond : « Il prend des cachets. »

Quand j'entre, Karl est pâlot et a la voix chevrotante.

Il dit : « Eh, oh ! CB. Quoi de neuf ? »

Je réponds : « Tout et n'importe quoi. Pas mal de choses, en fait. »

Alors je lui raconte pour Justin et le lapin, et comment Stan l'a forcé à le ramener chez Clem et obligé à présenter des excuses, ce qui n'est vraiment pas dans la nature de Justin Barrette.

Et Karl de s'exclamer : « *Wow !* CB, comment as-tu découvert le pot aux roses ? »

Et je lui dis : « Eh bien ! j'ai lu le **GUIDE RUBY REDFORT DU PARFAIT ESPION — COMMENT SAVOIR CE QU'ON SAIT SANS LE SAVOIR**. C'est un livre plein de renseignements utiles et judicieux. »

Karl demande : « Mais pourquoi Clem n'en a-t-elle parlé à personne ? »

Et Alf de renchérir : « Oui, elle aurait dû en parler à quelqu'un ! »

Je réponds : « Justin Barrette lui avait probablement dit que, si elle en parlait, elle ne reverrait jamais son lapin. Ce genre de truc arrive toujours dans les aventures de Ruby Redfort. »

Et Karl acquiesce : « Tu as raison, parce que Clem devait avoir vraiment peur de Justin Barrette. »

Et je dis : « Et moi qui croyais qu'il était tout sucre tout miel avec elle et qu'elle l'aimait bien. »

Karl réplique : « Tu sais comment il est, Justin Barrette ! C'est ce qu'il veut que l'on croie. Mais il est sournois. »

Et Alf d'approuver : « Oui, il est sournois. »

Karl reprend : « Il n'a pas cessé de lui faire des mauvais coups, comme lui voler son costume de gymnastique, manger ses collations puis jeter son sac par terre, mais il le faisait toujours quand personne ne regardait. »

Et maintenant que Karl m'en parle, je vois tout. Et bien entendu, Justin Barrette avait glissé ce feutre vert dans la poche de Clem pour lui causer des ennuis. Et j'avais marché, je l'avais cru. Je dis : « Je crois que je ne ferais pas une très bonne espionne. »

Karl répond : « Grâce à toi, elle a pu récupérer son lapin, non ? Elle doit être très contente du service que tu lui as rendu ! »

Et je dis : « En fait, je ne lui ai pas dit que c'était moi qui avais découvert le pot aux roses. Je me sentais trop mal parce qu'elle doit être convaincue que je suis une personne horrible, même pas assez gentille pour ouvrir sa carte d'invitation. »

Karl répond : « Oui mais, grâce à toi, elle a tout de même récupéré son lapin. »

Et Alf d'ajouter : « Oui, grâce à toi ! »

Puis Karl dit : « Je suis vraiment désolé de ne pas pouvoir rendre visite à M. Larsson avec toi. »

Et je dis : « Ne t'inquiète pas. Je suis certaine qu'il n'est pas si méchant. »

Et Karl dit : « Non, je suis sûr qu'il est vraiment très gentil. »

Et je dis : « Au fond, tu veux dire. »

Et Alf dit : « Au fond du fond du fond. »

Et Karl dit : « Oui, quand tu auras appris à le connaître. »

Et je dis : « Oui, quand j'aurai appris à le connaître, je suis certaine que nous serons les meilleurs amis du monde. »

Et Alf jette un regard de biais à Karl.

Et Karl dit : « Mais attention : ne lui offre pas de dessert. »

Et je réponds : « Je sais, pas de dessert. Surtout pas de gâteau éponge. »

Et il dit : « Et si jamais tu lui offres un dessert, n'oublie pas de te planquer. »

Et Alf répète : « Oui, n'oublie pas de te planquer ! »

Le jour de la visite, plus rien ne me semble tellement drôle. Je pense à Karl qui doit regarder la télé avec Alf et je souhaiterais être avec eux.

Maman m'a déposée devant l'entrée principale et est

partie stationner la voiture. Et j'essaie de garder mon équilibre avec le plateau de biscuits aux raisins, que je tiens d'une main, puis mon sac et le cadeau pour M. Larsson, que je tiens de l'autre main. Je lui ai acheté une plume Ruby équipée d'un thermomètre. Maman dit que ça pourra lui être bien utile, parce qu'il sort constamment avec des vêtements qui ne sont pas suffisamment chauds. Il prétend que la température d'ici n'a rien de comparable à celle qu'il a connue autrefois, que nous ne savons rien du froid ici. J'aimerais que Maman se presse, parce que mes collants commencent à descendre et que j'ai l'impression qu'ils sont déjà tombés à la hauteur de mes genoux. Et puis il fait froid, très froid — quoique M. Larsson ne serait pas de cet avis. Maman arrive enfin et nous entrons dans l'immeuble, en silence parce que Maman est occupée à se demander si elle n'a rien oublié et que je suis occupée à me soucier de savoir si M. Larsson me lancera un dessert par la tête. Et je pense à la tortue de la mère de Karl : où était-elle donc passée ? M. Larsson l'avait-il vraiment mangée ? Et j'ai des sueurs froides.

Je prépare ma théière et dispose les biscuits dans une

assiette de manière à dessiner une étoile, parce que je veux lui donner l'impression que c'est Noël, et qu'en conséquence il devrait peut-être faire preuve de plus de bienveillance à l'égard de l'humanité en général. Maman a emmené notre chien Ciment rendre visite à M. Enkledorf et il essaie de lécher mes biscuits. J'en ai mis quelques-uns de côté pour M. Flanders, parce qu'en sa qualité d'expert en biscuits il sera sûrement intrigué par leur forme inhabituelle.

Je marche très lentement dans le couloir avec le plateau qui fait un peu de bruit et la théière dont le contenu reflue un peu par le bec et coule dans le sucrier — et je devine, je parie que M. Larsson s'en offusquera. J'espère que le thé n'a pas trempé les biscuits, parce que je les ai cuisinés moi-même et que, bien qu'ils ne soient pas tout à fait circulaires, ils sont délicieux. J'y ai mis un peu de gingembre, parce que je sais que M. Larsson aime bien le goût du gingembre.

Pendant tout ce temps, je continue de rêver que je suis ailleurs. Je dépasse la porte de la chambre de M. Flanders, qui fait jouer de la belle musique, piano je crois. Puis je dépasse la chambre de Mme Lovett, puis celle de M. Enkledorf, et je continue jusqu'au bout du couloir. Et je suis bientôt là, debout, avec le plateau bien équilibré, et je me dis que je ferais peut-être mieux de ne pas frapper, de déposer simplement le plateau près de la porte et de prendre mes jambes à mon cou. C'est ce que Ruby suggère de faire, lorsque vous rencontrez une forme de vie hostile : « Sauve qui peut. »

Je résiste à cette envie.

Je prends une profonde inspiration et je cogne un, deux, trois coups.

Puis je me dis que s'il n'a pas répondu avant que j'aie fini de compter jusqu'à dix, je partirai. Et je compte

1 2 3 4 5 6 7 8 9...

Et, juste avant 10, j'entends du mouvement et une vieille voix qui dit : « *Entrez.* »

Et ma main est sur la poignée de porte, je m'apprête à la tourner, quand je sens une petite tape sur mon bras. Je ne me rends même pas compte qu'il s'agit d'une petite tape avant que quelqu'un me dise :

«Clarice Bean,
je me demandais si je pouvais
être jumelée avec toi.»
Je me tourne et aperçois Clem Hansson.
Et avant que j'aie pu répondre quoi que ce soit,
M. Larsson ouvre sa porte en la faisant grincer et
lance: «Alors, vous entrez ou quoi?»

Quelqu'un détectera toujours l'indétectable... à la fin

Je suis là, à observer M. Larsson. C'est un homme de grande taille — même s'il est un peu courbé. Son visage n'est guère amical, on dirait qu'il grimace en permanence. Je fais une chose que conseillerait Ruby Redfort : je souris à m'en décrocher la mâchoire. Et je dis : «Bonjour, Monsieur Larsson. Je m'appelle Clarice Bean, et voici Clem.»

Alors Clem dit : «**Hejsan**, Herr Larsson.»

Et je sais, pour l'avoir appris de Stina, la copine d'oncle Ted, que cela signifie bonjour en suédois.

M. Larsson a l'air décontenancé pendant deux bonnes secondes puis répond : «**Hejsan**.»

Alors Clem et M. Larsson se mettent à parler en suédois et je reconnais certains mots, pas tous, alors je ne peux pas savoir ce qu'ils se disent exactement. Mais je devine à leur ton que M. Larsson n'est pas sur le point de nous lancer des desserts par la tête.

M. Larsson pose les yeux sur mon plateau et me dit : « Quels beaux biscuits ! Sont-ils au gingembre ? »

Et je réponds : « Oui, ils le sont. En fait, je les ai aromatisés au gingembre, mais ce n'était pas la recette initiale. Je ne l'ai ajouté qu'à la fin, quand je me suis rappelé que vous aimiez le gingembre.

M. Larsson dit : « Quelle délicate attention ! Mais comment savais-tu que j'aimais le gingembre ? »

Je ne peux pas lui dire que je connais l'histoire du dessert qu'il a balancé à bout de bras parce qu'un chien avait mangé ses biscuits au gingembre, alors je me contente de répondre : « Oh, je l'ai entendu dire. »

Nous prenons une tasse de thé — dans mon cas, ce n'est que du lait, parce que je n'aime pas le thé et que j'ai décidé d'arrêter de faire semblant — et nous causons un peu en français, un peu en suédois.

Je dis : « **Det är en spindel i mitt rum** * », parce que c'est la seule phrase que je connais en suédois.

M. Larsson renchérit : « Moi aussi, j'ai une araignée dans ma chambre. Et j'aimerais bien qu'elle s'en aille, parce que je n'aime pas les araignées. »

Il y a une araignée dans ma chambre.

261

Clem surenchérit : « Moi non plus. »

Je dis : « Je peux la faire sortir si vous le voulez. Je n'ai pas trop peur des araignées. » Je la prends *à mains nues*, parce que la présence de deux personnes qui semblent plus effrayées que moi par les araignées me donne du courage.

Je vois bien que M. Larsson est impressionné, tout comme Clem d'ailleurs.

Alors Clem lui demande pourquoi il est venu vivre ici, et il répond que c'est sa fille qui voulait qu'il s'installe ici avec elle, parce qu'elle s'inquiétait de le savoir seul en Suède.

Et Clem dit qu'elle est venue ici à cause de son père qui s'est trouvé un emploi en rapport avec l'environnement, et qu'il va donc travailler en environnement dans notre région.

Alors ils parlent de la Suède, et M. Larsson nous confie que son pays lui manque terriblement.

Et je commence à comprendre pourquoi il s'est montré si antipathique, parce que quand vous êtes triste il est difficile d'être gentil. Vous voudriez que tout le monde vous laisse tranquille, même si bien souvent vous aimeriez qu'on vous parle.

Et je crois que ce doit être difficile pour Clem d'être arrivée dans ce pays et de s'être montrée gentille avec tout le monde, alors que la plupart du temps elle voulait juste être ailleurs. Et alors je pense à Betty qui doit se sentir un peu seule à San Francisco, et je décide de lui écrire un courriel dès que je serai de retour à la maison.

Juste avant de partir, je dis : «Je vous ai apporté ce cadeau. » Et je lui donne ma plume Ruby Redfort avec le minithermomètre, et il dit qu'on ne lui a jamais rien donné d'aussi utile.

M. Larsson dit qu'il a beaucoup apprécié notre visite et qu'il espère que nous reviendrons le voir.

Et je réponds que peut-être un jour il pourrait venir chez nous ; c'est toujours agréable de sortir.

Et il répond : « **Tak** », ce qui signifie *merci*.

Et je dis : « **Varsågod** », ce qui signifie *de rien*.

Une fois dehors, je demande à Clem : «Comment as-tu su que M. Larsson était suédois ? » Elle me répond : «Il porte un nom suédois. »

Et je dis : « Je suis désolée d'avoir manqué ton anniversaire et désolée aussi d'avoir cru que tu étais l'amie de Justin Barrette. »

Et elle dit : « Ce n'est pas grave. »

Et j'ajoute : « Si j'avais remarqué ton écusson à l'effigie d'une mouche, j'aurais compris que tu ne pouvais pas être amie avec lui. »

Et elle dit : « Je sais. »

Et je reprends : « As-tu les nouveaux livres de Ruby Redfort ? Parce que j'ai le **GUIDE DU PARFAIT ESPION** et le **GUIDE DE LA SURVIE**.

Je pourrais te les prêter si tu veux. »

Elle dit : « J'aimerais bien ça. »

Et je dis : « En tout cas, merci beaucoup de m'avoir accompagnée pour la visite à M. Larsson. J'étais un peu nerveuse. »

Elle répond : « **Varsågod**. »

Et nous nous disons au revoir, et je comprends qu'elle n'est pas du tout bavarde, et ça me plaît. Elle ressemble plus à Hitch qu'à Ruby.

Et tandis que je m'éloigne sur le trottoir, elle me crie : « Merci d'avoir sauvé mon lapin. » Et je crie à mon tour : « Mais comment sais-tu que c'est moi ? » Elle me répond : « Stan me l'a dit. Mais j'avais vu ton écusson et je savais que tu viendrais à ma rescousse, à la fin. »

De retour à la maison, je crie : « `Czecs` ! * »
Et Jacek répond : « `Tutaj` ! * »
Il s'affaire à peindre ma chambre. Les murs sont d'une blancheur éclatante, le plancher aussi et, même s'il n'a appliqué que la couche d'apprêt, je trouve la chambre déjà très jolie. Plutôt spacieuse aussi, quoique c'est d'un spacieux plutôt petit.
Je parle à Jacek de la planche mal clouée qui ne l'est plus, et du livre auquel je n'ai plus accès. Il décloue la planche et la soulève, et voilà, je peux reprendre mon livre et mes billets pour **Cours, Ruby, cours**.
Jacek me dit qu'il peut laisser la planche dans son état initial.
Et je lui dis : « D'accord. »
Après son départ, j'examine mes billets. La date approche, c'est la semaine prochaine.
Je descends au rez-de-chaussée et je téléphone à Clem. « Es-tu prise vendredi prochain ? »

* « Allô ! » et * « En haut ! », en polonais.

Elle répond : « Non, pourquoi ? »

Et je dis : « Oh, je me disais juste qu'on pourrait se voir, comme ça. »

Et elle dit : « Oui, ce serait sympa. Et qu'est-ce qu'on ferait ? »

Et je réponds : « Rien de spécial. »

Peut-être l'infini n'est-il pas une si grande cause d'inquiétude

J'ai parlé à Betty au téléphone la semaine dernière. C'était sympa de réentendre sa voix, et elle semblait ravie d'entendre la mienne.

Je lui ai raconté tout ce qui est arrivé, et elle m'a dit regretter d'avoir manqué tout ça — ça lui semblait une aventure très excitante.

Je lui ai dit que ça ressemblait un peu à cette histoire de Macey Gruber que j'avais commencé à écrire, et que ça m'avait donné une idée pour le dénouement.

Pas étonnant que j'aie eu tant de mal à imaginer des revirements de situation, parce que je n'avais jamais pensé que tout ce qui m'était arrivé pouvait arriver dans une histoire, et encore moins dans la vraie vie.

Et Betty en convenait avec moi ; c'est drôle de penser que parfois la vraie vie est plus invraisemblable qu'une histoire de Macey Gruber ou qu'un roman de Ruby Redfort, et je suppose que c'est ce qu'il y a de bien dans la vraie vie : il y a toujours plus d'un revirement de situation.

Je lui ai demandé si elle était allée voir les ours, et elle m'a dit que non, pas encore.

Alors je lui ai conseillé de lire le **GUIDE RUBY REDFORT DE LA SURVIE** avant d'y aller, parce que les ours peuvent être problématiques, et elle m'a dit qu'elle le lirait.

Nous avons ensuite parlé de Clem et de Quincy, la nouvelle amie de Betty, et du fait que nous nous entendrions sûrement toutes à merveille.

Et elle m'a dit que c'était bizarre de ne pas aimer quelqu'un au début et de l'aimer beaucoup après avoir fait plus ample connaissance.

J'étais d'accord avec elle : la vie nous réserve tellement de surprises.

Elle a dit qu'elle regrettait de manquer la première de **Cours, Ruby, cours** et qu'elle était très impressionnée que j'aie pu en faire la surprise à Clem. Et elle m'a demandé de lui envoyer quelques photos de moi en compagnie de Céleste Estivault. J'ai répondu :

« Compte là-dessus, fillette ! »

C'était triste de se dire au revoir, mais nous venions de parler sans interruption pendant une heure et dix-sept minutes et Maman m'a fait remarquer que ça coûterait moins cher de m'envoyer par avion là-bas — alors peut-être mes parents le feront-ils, qui sait ?

J'ai commencé à économiser.

Après avoir raccroché, je suis montée au grenier. Je me suis assise par terre sur le sac de Betty et j'ai regardé ma chambre pendant quelques minutes, peut-être sept, et je me suis sentie heureuse de la disposition de mes affaires dans la pièce.

J'ai décidé de garder la chambre blanche. Je trouve ça propice au sommeil, et Maman m'a dit que je pouvais dessiner sur les murs si je le voulais, puisque c'est mon espace à moi. À ce jour, je n'ai dessiné qu'une mouche, à côté de laquelle il y a une photo de Betty et de moi.

Ensuite, j'ai ouvert la fenêtre et j'ai levé les yeux vers les étoiles. C'était une nuit très fraîche, le ciel était plus clair que d'habitude et il avait l'air encore plus lointain.

J'ai pensé à cet astronaute que j'avais entendu à la radio à propos de comment on se sentait dans l'espace.

Il prétendait qu'il s'y sentait très calme, parce que quand on regarde par le hublot d'une fusée, tout ce qu'on voit ce sont les étoiles à perte de vue — et c'est rassurant de savoir que l'Univers est si vaste, et que l'humanité n'est rien qu'une race d'insectes sur une petite sphère qui tourne sur elle-même au cœur de la galaxie.

On aurait dit que je pouvais voir toutes les étoiles. J'ai songé que Betty Belhumeur pouvait elle aussi voir toutes ces étoiles — pas en même temps, parce que c'était encore le jour chez elle, mais qu'à la tombée de la nuit elle pourrait voir les mêmes étoiles que moi.

Et j'ai pensé que, même si le monde peut parfois sembler vaste et que les gens peuvent nous sembler bien loin, le monde est quand même tout petit.

Peut-être que c'est à ça que ça sert, l'infini : à nous rappeler que les choses, sur cette planète, ne sont jamais aussi grandes qu'on peut le croire, pas comparées à l'infini, en tout cas. Parce que, voyez-vous, si l'on prend l'infini comme point de référence, Betty Belhumeur habite pratiquement la porte à côté.

Et je commence à comprendre que l'infini n'est pas une si grande cause d'inquiétude après tout.

Je prends mon **GUIDE RUBY REDFORT DE LA SURVIE** parce que je me demande ce qu'elle dit des *ours, alors je feuillette le livre d'une couverture à l'autre — et en le feuilletant je trouve deux pages qui semblent collées l'une à l'autre. Puis, en regardant plus attentivement, je remarque ce qui est écrit en caractères tout petits, petits, petits, si petits qu'on peut à peine les lire…*

SI VOUS VOULEZ SAVOIR QUOI FAIRE DU PIRE SOUCI DONT VOUS N'AVIEZ JAMAIS SONGÉ À VOUS SOUCIER

déchirez le long de la ligne pointillée

et quand je fais ce qui est écrit,
quand je déchire la page,
voici ce que je peux lire de l'autre côté…

Le truc, c'est de ne pas
s'empêcher de dormir
pour si peu, fillette.

Gina   Lauren

À Gina, ma toute première meilleure amie.

Merci à Ann-Janine Murtagh, Alice Blacker, David Mackintosh,

Trisha et Rachel.

Et à tous ceux qui ont failli se briser un bras en tombant

du toit d'un abri à vélos — en particulier, à Adrian.

 Lauren Child a imaginé Clarice Bean en scrutant l'espace. Lauren Child adore scruter l'espace et aussi porter des lunettes fumées sur le dessus de sa tête. Elle n'a absolument presque jamais de soucis. Si jamais ça lui arrive, elle téléphone à son éditrice pour qu'elle se fasse du souci à sa place. À l'école, Lauren Child n'était absolument jamais tout à fait dans le pétrin et, si elle y était, ce n'était absolument jamais de sa faute. Parlant de fautes, Lauren Child n'est pas très forte en orthographe. Cela ne l'a absolument pas empêchée d'écrire des tas de livres exceptionnextraordinaires, dont certains ont même remporté des prix. Lauren Child habite à Londres et à Los Angeles.

À lire absolument!

C'est moi, Clarice Bean. Ma vie n'est absolument pas de tout repos.

Entre autres parce que je dois faire un exposé sur un livre et que Mme Wilberton, mon professeur, insiste pour qu'il s'agisse d'un livre instructif.

Moi, ce que j'aime lire, ce sont les AVENTURES DE RUBY REDFORT, parce qu'elles sont absolument passionnantes. Ce qui est aussi l'avis de Betty Belhumeur, ma meilleure amie dans l'absolu.

Sauf que, pour Mme Wilberton, ces livres ne nous instruisent pas du tout.

Mais, bien entendu, avec l'aide de Betty, je vais lui prouver qu'elle est absolument dans l'erreur.

Imaginez-vous que Mme Wilberton, qui adore les concours, a décidé d'organiser un grand concours d'épellation! Je suis dans le pétrin jusqu'au cou parce que moi, l'orthographe, je n'y comprends absolument rien. Pourquoi les mots s'écrivent-ils de manière si étrange? Et comment vais-je éviter d'être la risée de toute l'école le jour du concours? Mon ami Karl, lui, est très doué pour l'épellation… mais aussi très doué pour les ennuis. Et avec ses bêtises à l'école, il pourrait bien m'entraîner dans un pétrin encore pire. Mais pour moi, voyez-vous, laisser tomber un ami, ce serait absolument impossible.

Les éditions de la courte échelle inc.
5243, boul. Saint-Laurent
Montréal (Québec) H2T 1S4
www.courteechelle.com

Traduction :
Stanley Péan

Révision :
Vincent Collard

Infographie :
Sara Dagenais

Dépôt légal, 1er trimestre 2008
Bibliothèque nationale du Québec

Édition originale : *Clarice Bean, Don't look now*, Orchard Books

La courte échelle reconnaît l'aide financière du gouvernement du Canada par l'entremise
du Programme d'aide au développement de l'industrie de l'édition pour ses activités
d'édition. La courte échelle est aussi inscrite au programme de subvention globale du
Conseil des Arts du Canada et reçoit l'appui du gouvernement du Québec par
l'intermédiaire de la SODEC.

La courte échelle bénéficie également du Programme de crédit d'impôt pour l'édition
de livres — Gestion SODEC — du gouvernement du Québec.

**Catalogage avant publication de Bibliothèque et Archives nationales du Québec
et Bibliothèque et Archives Canada**

Child, Lauren

   Ne regarde pas tout de suite, Clarice Bean

   (Clarice Bean)
   Traduction de : Clarice Bean, don't look now.
   Pour les jeunes de 9 ans et plus.

   ISBN 978-2-89021-967-0

   I. Péan, Stanley. II. Titre.

PZ23.C4556Ne 2008   j823'.914   C2008-940214-6

Imprimé au Canada
sur les presses de l'Imprimerie Gauvin